한백림 新무협 판타지 소설

천잠비룡포

Fantastic Oriental Heroes

천잠비룡포 2

한백림 新무협 판타지 소설

초판 1쇄 찍은 날 § 2006년 5월 10일
초판 1쇄 펴낸 날 § 2006년 5월 16일

지은이 § 한백림
펴낸이 § 서경석

편집장 § 문혜영
편집책임 § 유경화
편집 § 심재영

펴낸곳 § 도서출판 청어람
등록번호 § 제1081-1-89호
등록일자 § 1999. 5. 31
어람번호 § 제2-0909호

주소 § 경기도 부천시 원미구 심곡2동 163-2 서경빌딩 3층
전화 § 032-656-4452   팩스 § 032-656-4453
http://www.chungeoram.com
E-mail § chungeorambook@hanmail.net

ⓒ 한백림, 2006

ISBN 89-251-0110-6 04810
ISBN 89-251-0108-4 (세트)

한백림 新무협 판타지 소설
천잠비룡포
Fantastic Oriental Heroes
天蠶飛龍袍
2
■우정(友情)
도서출판 청어람

목차

天蠶飛龍袍

제4장 소마군(少魔軍)

결국은 운남이다. 덥고 습한 기후가 피부로 느껴져 왔다.

한 달 기한을 잡고 왔었지만 더 오랜 시간을 머물러야 할 것

같다. 무척이나 아름답고 매력적인 곳이라 다행이 아닐 수 없다.

대리에서부터 시작했지만, 그의 어린 시절을 쫓는 것은 역시

나 쉽지가 않았다. 점창파까지 수소문을 해보았지만, 그들이 알

고 있는 것도 이미 알고 있는 바와 크게 다르지 않았다. 장성하여

이름을 날리게 된 이후의 행보만을 다시 한 번 확인했을 뿐이다.

가장 궁금했던 것은 그가 보유하고 있는 절기들의 근원이었다.

이제 와서는 그 절기들이 누가 창안한 것인지에 대하여 대략

적인 윤곽을 잡을 수 있게 되었지만, 이해할 수 없는 부분은 그

무공들을 얻게 된 연결 고리에 있었다. 아무리 찾아봐도 알기 어

려운 대목이다. 직접 만나서 물어보는 수밖에는 별다른 도리가

없겠지만, 쉽게 가르쳐 줄지도 의문이 든다.

…….

고생을 시키는 남자다.

무당파의 마검이나 화산파의 질풍검은 어린 시절을 추적하기

가 무척이나 쉬웠다. 장강 전체를 뒤지고 다녀야 했던 소림의 신권보다 더 큰 어려움을 안겨주고 있다. 고수가 성장하여 그 천명을 드러내기까지 가장 중요한 요소 중 하나가 그의 성장 배경이라 한다면, 이 남자만큼 나를 당혹스럽게 만드는 사람도 없는 것 같다. 굳이 꼽아보자면 파천 정도라고나 할까.
겨우겨우 소마군이라는 단어를 듣게 되었을 때는 횡재라도 한 기분이었다. 우연찮게 발도각주(拔刀閣主)와 동석했던 자리에서 들었던 한마디와도 똑같이 일치하는 단어였기 때문이다. 결국은 소마군이라는 알 수 없는 군대를 쫓아 오원까지 왔다. 그리고 나는 그곳에서 마침내 그의 어린 시절의 발자국을 발견하고 만다. 그것은…(중략)…….

한백무림서 미완
한백의 일기 中에서.

며칠이 지났다.

물건을 옮기는 지루한 훈련이 끝나고 밤이 되면, 아이들 몰래 밖으로 나와 발도각과 단파각을 연습했다. 실제로 차올리면서 시전해 보는 것은 몇 번 되지 않았다. 아이들의 눈길을 끌고 싶지 않았기 때문이다. 대부분은 상상 속에서 이루어지는 단련이었다.

하루는 산속이나 늪지에서 볼 수 있는 독충과 독사를 구별하고 피하는 방법에 대해 배웠다. 외팔 남자, 개구리 한 마리를 잘못 만져 한쪽 팔을 통째로 잘라내야 했다는 아창족 남자의 이야기는 생각했던 것보다 훨씬 재미가 있었다.

운남이란 예로부터 위험한 독물들이 들끓고 있다고 알려진 땅이었다. 바로 이 오원에서도 조금만 더 남쪽으로 내려가거나, 서쪽으로 산줄기를 하나 타 넘으면 그야말로 독물들이 우글거리는 땅을 만날 수 있을 것이라 하였다.

그렇다고 운남 전체가 그런 것은 아니었다. 특히나 이 오원 근처는 그런 독물들이 무척 적은 지역이라 할 수 있었다. 사람이 모여들면서 독물이 없어진 것인지, 아니면 독물이 없어서 사람이 모여든 것인지는 모른다. 그것은 말하자면 이렇다. 하늘이 있기에 땅이라 부르고, 땅이 있기에 하늘이라 부를 수 있는 것처럼, 하늘이 먼저 생겼냐, 땅이 먼저 생겼냐와 같이 까마득한 이야기라는 것이다.

결국 오원의 동남쪽에서 볼 수 있는 알록달록한 색깔의 개구리만 조심하면, 단숨에 목숨을 빼앗길 정도의 독물은 만날 수 없을 것이라 했다. 차라리 그런 독물들보다는 표범이나 호랑이 따위의 맹수를 더 조심해야 할 것이라는 말도 들었다. 뱀이나 벌레 같은 종류야 가까이 다가가지 않으면 그만이겠지만, 덩치 큰 맹수들이 달려드는 경우 어린아이들로서는 막을 방도가 없는 까닭이었다.

모처럼 배울 만한 것을 배웠다.

이곳에 들어와서 얻은 것치고는 그나마 가장 흥미롭고 유익한 부분이라 할 수 있었다. 그래 보았자 대산 같은 소년들은 이미 모두 다 알고 있는 것이겠지만 말이다.

“대산은 어디 있나?”

또다시 새로운 사람을 보게 된 것은 바로 다음날이었다.

뚜렷한 이목구비에 반반한 얼굴을 지닌, 이십 세 남짓의 젊은이였다. 전체적으로 단정한 외모를 지녔지만 어딘지 모르게 다가가기 싫은 분위기가 있었다. 이유를 말로 설명하기 어려운 꺼려짐이었다.

“두목은 왜 찾지?”

일어나 다가간 흑로의 목소리에도 서릿발 같은 한기가 흐르고 있었다. 젊은이가 흑로를 돌아보았다. 마치 높은 곳에서 내려다보는 듯한 시선이었다. 그가 귀찮다는 듯한 어조로 짧게 말을 끊었다.

“두목을 데려와.”

말 한마디.

무시당한 것이나 다름이 없었다. 흑로가 움찔하며 칼자루에 손을 가져가려는 것이 보였다. 하지만 결국 흑로는 그 손으로 칼자루를 감아쥐지 못했다. 어떻게든 억눌러 참고 있는 기색이 역력했다. 그 광경을 빠짐없이 눈에 담고 있던 단운룡이 옆에 있는 소봉에게 물었다.

“저건 누구야?”

“저놈? 저놈은 마사충(馬事忠)이야. 마 대인의 양자(養子)지. 최근에는 젊은 뱀이라고도 불려.”

“마사충…….”

"재수없는 놈이야. 자기가 이 소마군의 주인이라도 되는 줄 알거든. 늙은 뱀의 권세를 등에 업고 제멋대로 구는 놈이라서 아무도 좋아하지 않아."

그런 이야기를 듣지 않았더라도 마찬가지다. 세상에는 아무리 반반하게 생겼어도 괜히 싫은 놈이 있는 법이다.

이 마사충이 그런 자였다.

마 대인, 마건위가 늙은 뱀으로 불리고는 있지만, 그 호칭에는 오원을 지키는 영험한 영물이라는 느낌이 강했다. 그러나 이 젊은 뱀은 이름 그대로 혀를 날름대는 음흉한 뱀에 다름이 없었다. 싫은 기분이 드는 것도 그래서인 것 같았다.

"날 왜 찾지?"

때마침 들어온 대산에 비교하고 보니 더 더욱 그런 생각이 들었다. 투박하게 생긴 얼굴, 검게 그을린 얼굴을 보자면 마사충의 반반한 얼굴보다 훨씬 못하다고 이야기할 수밖에 없었다. 그러나 대산에게는 마사충이 가진 것을 훨씬 넘어서는 박력이 함께하고 있었다. 생긴 것의 차이를 단숨에 뛰어넘고도 남을 만한 기백이었다.

"아, 있었나? 소마군에게 전할 지령이 있어서 그렇다. 이쪽으로 와봐."

마사충이 대산에게 손짓했다.

마치 아랫사람에게 하는 행동이나 다름이 없다. 그러나 대산은 아주 잠깐 두 눈을 빛냈을 뿐, 표정 하나 변치 않은 태연한 얼굴로 걸음을 옮겨왔다. 마사충의 손짓을 따라 바로 앞까지 오더니 고저없는 음성으로 간단하게 물었다.

"지령이 뭔가?"

"모처럼 찾아왔는데 그렇게 딱딱하게 굴지 말라고. 그래서야 서로 좋을 것도 없지 않겠어?"

마사충의 말투는 솜털처럼 부드러웠다. 손을 들어 대산의 어깨에 턱하니 올려놓고는 입가에 맑은 미소를 지어냈다. 단운룡은 그 순간 대산이 내심 마사충의 손목을 잘라 버리고 싶었을 것이라는 데 목숨이라도 걸 수 있었다.

"지령이나 말해라."

"핫핫핫! 언제까지 그렇게 나올지 보겠다. 원래부터 아름다운 꽃에는 가시가 많은 법이지. 그래, 지령이 뭐냐고? 이런 것이다. '대산을 바보로 만들어라'."

"……."

"안 웃기냐? 모처럼 고심해서 만든 농담인데."

웃길 리가 있을까.

마사충은 아무래도 흑로보다 강한 인내심을 지닌 것 같았다. 흑로의 손은 이미 그 칼자루에 가 있었고, 그 두 눈은 숨기지 못할 살의로 불타고 있었던 것이다.

"그런 이야기나 하려고 어려운 걸음을 한 것이 아닐 텐데?"

"어려운 걸음이라니 당치 않은 소리! 뭐, 농담이라고 해도 틀린 말은 아닐 거다. 이 지령은 사실 너에게 내려진 것이라

보기엔 어려운 일이니까."

"무슨 말이지?"

"소마군은 출정시 수색대를 따로 편성한다. 그렇지?"

"그렇다."

"이번부터 다음 출정까지, 수색대는 반드시 가져와야 할 물건들이 있다. 그것이 이번 지령이야."

"그것이 어떤 물건들인가."

대산은 그 대화를 빨리 끝내고 싶어하는 마음을 숨기지 않았다. 곧바로 용건만을 묻는다. 그 역시도 좋아서 마사충의 앞에 선 것은 아니라는 뜻이었다.

"이번과 다음은 타가를 공격한다. 맹획 쪽은 요즘 잠잠해져서 싸울 만한 구실이 없는 상황이지. 타가를 공격할 때, 수색조는 적들의 갑옷과 모자를 가져온다. 원나라의 문장이 그려진 바로 그 갑옷이다. 다른 갑옷은 소용이 없어."

"그것들은 왜 구하지?"

"왜 구하냐고? 머리가 안 돌아가는 모양이로군! 갑옷을 팔아치울 상인이라도 구한 것이 아니겠나! 하기야 칼잡이 두목이 머리를 잘 쓸 필요는 없겠지. 어차피 칼잡이들은 갑옷을 뜯어낼 일도 없을 테니까."

대산은 참았다.

흑로뿐 아니라 다른 모든 아이들의 눈에서 분노의 기운이 감돌고 있음에도 대산은 달리 손을 쓰지 않았다. 그저 묵묵한 눈빛으로 마사충의 얼굴을 노려볼 뿐이었다.

"그것이 다냐?"

"그렇다. 일단은 그것이 전부다. 갑옷 하나, 모자 하나. 그 것이 수색조의 기본 할당량이다. 제대로 해주는 것이 좋을 거다. 소마군이 잡아먹는 식량도 만만치가 않아서 말이다."

마사충은 제 할 말만 쭉 뽑아내고는 곧바로 몸을 돌렸다.

뒤 한번 돌아보지 않은 채, 물 흐르는 듯한 걸음걸이로 소마군의 거처를 빠져나간다. 분노한 아이들의 눈초리만 그 뒤에 남았다.

"대체 왜 참는 거야?"

흑로의 목소리는 모두의 생각을 똑같이 대변하고 있었다. 하지만 대산은 흑로의 물음에 대답하지 않았다. 고개를 모로 돌리며 제자리로 걸음을 옮길 뿐이다. 흑로가 대산의 어깨를 붙잡으며 목소리를 높였다.

"왜! 저딴 놈이야 속 시원하게 베어버리면 그만이잖아!"

"……."

대산은 슬쩍 어깨를 틀어 흑로의 손을 뿌리쳤다. 아무 말도 하고 싶지 않다는 뜻이다. 흑로가 분을 참지 못한 듯, 칼자루를 손에 쥐며 나시 한 번 소리쳤다.

"두목이 못하겠으면 내가 하겠어!"

흑로는 정말로 뛰쳐나갈 기세였다. 아니, 실제로 땅을 박차고 있었다. 그때였다. 주변에 있는 아이들 틈에서 우목이 달려나오더니 재빠른 손놀림으로 흑로의 한쪽 팔을 잡아챘다.

"뭐야! 너는!"

"안 돼, 흑로 형."

우목의 얼굴은 일견 겁에 질린 것처럼 보였다. 하지만 그 눈빛과 손에 담긴 마음만은 진짜였다. 우목이 떨리는 목소리로, 그렇지만 진지한 어조로 흑로의 성급한 행동을 말렸다.

"그런 놈, 나가서 죽여봐야 좋을 것 하나도 없어. 양자이긴 해도 늙은 뱀의 아들이잖아."

"늙은 뱀의 아들인 것이 어때서! 오원은 그런 걸로 먹고사는 곳이 아니야!"

"흑로 형 말대로야. 하지만 우리도 그냥 땅을 파먹는 게 아니잖아. 늙은 뱀의 마음이 변하면 우리도 굶어 죽어!"

우목의 지적은 날카로웠다.

단운룡의 앞에서는 꿀 먹은 벙어리가 되었을지 몰라도, 이번에는 그렇지 않았다. 흑로가 얼굴을 굳히며 이야기를 들어줄 마음이 생긴 듯하자 힘을 얻은 목소리로 빠르게 말을 이어나갔다.

"늙은 뱀이 소마군을 만든 것은 결국, 우리한테 밥값을 할 기회를 준 것이나 다름이 없단 말이야. 오원에는 어린애들을 보살펴 줄 여유가 없으니까. 사실, 우리가 아예 없어져 버리면 어른들은 더 편할지도 모르는 일이라고!"

소마군은 마건위가 만들었다.

아이들을 전장에 내몰았다고 볼 수도 있지만, 달리 보면 아이들에게 스스로 살길을 열어준 것이라 해도 과언이 아니었다.

싸움만으로도 벅찬 마당에 어린아이들이 자꾸 늘어나게 되면 어른들은 그야말로 입에 풀칠하는 것조차 어려워질 수밖에 없다. 그나마 아이들이 싸움터에 나가서 화살 한 대, 말안장 하나라도 가져오니까 먹여 살릴 구석이 생기는 것이다.

그러나 그것도 수지가 맞는 장사는 아니다.

싸움이라는 측면에서만 본다면 얻는 것이 잃는 것보다 많다고 하기도 어렵다. 어른들도 먹고살기 힘든 때에 아이들 몇십 명의 입은 커다란 부담일 수밖에 없는 까닭이었다. 게다가 소마군에 들어오지도 못할 만큼 아주 어린아이들은 살아볼 기회조차 갖지 못한 채 밖에 버려지는 일도 비일비재했다. 먹는 것, 식량도 식량이거니와 다른 물자들도 부족하기는 매한가지다. 대산이 차고 있는 만도만 해도 그렇다. 대산의 것도 그렇지만 흑로가 잡고 있는 칼 역시도 이곳에서 얻은 것이 아니라 적들에게서 빼앗은 무기였던 것이다. 소마군이 유지되는 것 자체도 결국은 외줄타기처럼 아슬아슬한 상태라는 이야기였다.

"그렇다고 늙은 뱀이 그렇게 우리를 없애 버리지는 못할 거다."

"정말로 그럴 거라 생각해? 늙은 뱀은 무서운 사람이야!"

우목은 더 힘을 내고 있었다.

마건위는 보통 사람이 아니었다.

늙은 뱀.

뱀이라 함은 대저 예측하기 어려운 공격성과 재빠르고 냉혹한 움직임을 보이는 동물이라 할 수 있다. 먹이가 있으면 제 몸뚱어리보다 큰 것이라도 한 번에 삼켜 버린다.

그런 것이 뱀이다.

수가 틀리면 소마군을 단숨에 없애 버리는 일도 서슴지 않을 것이다. 그런 자의 비위를 건드려서 좋을 것은 없다. 아이들이 보기에 마음에 안 드는 마사충일지라도, 마건위에게는 친아들 이상으로 아끼는 양자라 알려져 있었으니 말이다.

"그래도 그놈은 그냥 둘 수 없어. 그렇게 깔보게 두지는 않을 거다."

"깔보이는 것이 아니야, 흑로 형. 두목은 두목 자신만 생각하는 것이 아니라고. 우리 소마군 전부를 생각하기 때문에 그놈을 그냥 살려주는 거지. 그렇지, 두목?"

우목이 대산을 바라보며 물었지만, 대산은 이에도 대답하지 않았다. 오히려 그런 이야기 전부를 듣기 싫다는 듯, 위층으로 올라가 버렸다. 그것을 본 흑로가 잡고 있던 칼자루를 놓으며 신경질적인 목소리로 말했다.

"나도 두목의 마음을 모르는 것은 아니야! 하지만 그런 놈이 날뛰는 것을 두고 볼 수는 없잖아! 두목이라면 한칼에 놈을 벨 수 있을 거라고! 그렇지 않아?"

화가 난 흑로.

흑로의 말에 대부분의 아이들이 고개를 끄덕였다. 우목이 하는 말은 대산이나 흑로 같은 소년에게나 통하는 말이다. 대다수의 아이들에겐 알기 힘든 복잡한 이야기였을 따름이다. 대산이 참고, 흑로가 참아준 것에 만족해야 한다. 아이들은 그저 화가 났을 뿐이고, 대산이든 흑로든 누군가가 나서주길 바랐던 것이다.

'한칼에 벨 수 있지만 참아줬다……. 그런 것이 아니겠지…….'

하지만 아이들하고도, 우목하고도 다른 생각을 하는 아이가 한 명 있었다.

단운룡이었다.

단운룡이 대산이 올라간 계단과 마사충이 나간 문 쪽을 돌아보며 고개를 설레설레 내저었다.

'두목은 참아준 게 아니야. 참을 수밖에 없었던 거지. 놈은 강해. 두목도 승부를 장담할 수 없어.'

우목의 말은 일리가 있었다. 대산이 참은 데에는 우목이 이야기한 것도 상당 부분 작용하고 있었을 것이다.

그러나 대산은 그래서 참은 것만이 아니었다.

마사충은 우목이나 흑로가 말하는 것처럼 약하지 않다. 한칼에 벤다? 불가능하다. 마사충의 힘은 대산만큼 강하다. 어쩌면 대산보다 강할지도 몰랐다.

단운룡은 알 수 있었다. 마사충은 무공을 익혔다.

무공을 익힌 자들만의 위험한 냄새가 전신에서 풍겨 나오고 있었다. 보자마자 싫었던 것은 그의 행태가 마음에 들지 않아서이기도 했지만, 그러한 냄새 때문이기도 했을 것이다. 그렇게 무공을 익힌 놈이 아니었다면, 아이들이 말했듯 한칼에 벨 수 있는 놈이었다면, 아마도 대산은 방금 전과 같이 가만두고 보지는 않았을 터다. 뭐라도 한마디 해줬을 것이 틀림없다. 그런 놈에게까지 참아줄 만한 성인군자가 결코 아니었기 때문이었다.

'고민이 많겠어. 두목 자리도.'

우목의 이야기를 들으며 다시 한 번 깨달은 것도 있었다. 이 소마군이라는 집단은 결코 안전하지 못한 집단이란 것을 말이다.

백척간두, 백 장 높이의 장대 위다. 떨어지기 십상이다.

풍전등화, 바람 앞의 촛불이다. 언제 꺼질지 알 수가 없다.

이 집, 소마군의 거처를 소마성(少魔城)이라 부르는 아이들이 있었다. 소마성은 모래성이다. 늙은 뱀이 만들었으니, 마음을 바꾸면 언제라도 부서뜨릴 수 있다.

대산은 그러한 모래성의 성주일 뿐이다.

아이들은 모래성 안에서 살고 있는 약하디약한 백성들이다.

쉽게 무너져 흩어져 버릴 모래성의 성주로서 그 백성들을 보살피려면 골치 아픈 일이 한두 가지가 아닐 것이다. 더욱이 언제든 뛰쳐나와 어른들 틈에 섞여 버리면 그만인 대산으로서는 말할 것도 없었다.

'뱀 한 마리까지 더해졌어. 이젠 나도 가만히 있어서는 안 되겠는데……'

이제는 파악이 끝났다.

소마군에 대해서.

대산도 알았고, 흑로도 알았다.

마사충이란 놈도 보았으니, 이제는 마건위만 보면 된다.

그 다음은 전장이다.

가장 보고 싶은 곳, 첫 출정 때의 놀라움이 머릿속을 스쳤다.

끝까지 볼 것이다.

갈 수 있는 데까지 가볼 것이다.

싸울 수 있는 준비가 차곡차곡 갖춰지고 있었다.

"몸은 좀 나아졌나?"

"많이 좋아졌지. 자네가 보내준 의원 덕분이다. 나이가 젊은 데도 솜씨가 대단하디군."

"박 의원? 훌륭한 의원이다. 운남에 기화요초가 많다고 하여 수행차 여기까지 온 모양이지만, 어쩌다 보니 이런 곳에 한참이나 눌러앉게 되었지. 욕심이 없는 남자야. 청백한 한 마리 백로와 같다.”

“이번엔 백로라. 가만 보니 동물에 빗대는 것을 무척이나 즐기는군. 예전에는 미처 몰랐는데 말이다.”

“간단히 설명이 되니까.”

“간단하다? 글쎄, 내 생각에는 그냥 겉멋이 든 것 같은데.”

“…몸이 좋아지긴 좋아진 모양이로군. 그런 말투라니.”

허유와 오기룡의 대화는 그처럼 허물이 없었다.

예전의 우정을 되찾은 것만 같은 모습이다. 그것이 꾸며진 것이든, 아니면 잠시 동안 추억으로 돌아간 것이든지 간에 이제는 더 이상 살을 에는 적의를 찾아볼 수가 없었다.

“여하튼 어쩐 일인가. 자네가 직접 오고 말일세.”

“친구의 회복을 살피고자 왔다면 물론 거짓말이 되겠지.”

허유는 솔직했다.

그저 친구를 만나 담소를 나누기 위해 몸소 찾아올 위인이 아니다. 그렇게 여유를 부릴 만한 상황도 되지 못했다.

“시킬 일이 있는 모양이로군.”

“그렇다. 하지만 아직 확실한 것은 아니야. 조만간 자네 힘을 좀 써야 할 일이 있을 것 같다.”

“내 힘을? 아무짝에도 쓸모가 없다고 하지 않았던가?”

“그렇지. 타가와 맹획을 상대하는 데 있어서는.”

“그 둘이 아니다? 다른 적이 또 있었나?”

“있었지.”

허유의 얼굴이 침중하게 변했다.

타가와 맹획을 말할 때보다 훨씬 더 심각한 얼굴이었다. 오기륭이 미간을 좁히며 눈살을 찌푸리더니, 이윽고 뭔가를 눈치챈 듯 침음성을 흘렸다.

"설마……."

"그 설마가 맞겠지. 적은 내부에 있다. 엄밀히 말해서는 적도 아니야."

"……!"

"있는 그대로 말하겠다. 늙은 뱀, 마건위가 뭔가를 꾸미고 있어. 내 짐작이 맞다면 실로 보통 일이 아니다. 짐작이 틀리기를 바랄 뿐이지만, 안타깝게도 그런 일은 별로 없었지."

"무슨 일인데 그러지?"

"지금 그 사정을 자세히 말할 단계는 아니다. 자칫하면 오원 전체가 둘로 갈라질 위험성이 있으니까. 그것은 나도, 마건위도 원하는 일이 아니야."

"둘로 갈라진다?"

"그렇다. 최근 들어 마건위는 오원의 단결을 촉구하는 데 목소리를 높이고 있다. 이전에도 그랬지만 요즘에는 아주 심해졌지. 아무래도 마건위는 오원을 하나로 모으는 데 있어 내가 방해가 되고 있다 느끼는 모양이다. 이번에 꾸미는 일도 그 연장선이라 보면 될 거다."

"답답하군. 제대로 이야기해 줄 것도 아니면서 그렇게 운만 떼어놓다니.”

“내 입장이 되면 자네도 그럴 수밖에 없을 것이다. 내 말 한 마디가 이 오원을 둘로 갈라놓을 수 있어. 그러면 끝장이다. 내분까지 일어나 버리고 나면 오원은 결코 버티지 못해.”

“그렇다면 버리고 떠나든지. 자네가 사라지면 내분이 일어날 구실도 없어져 버리는 거 아니냐.”

“크크크. 자네 말하는 것이 꼭 그 꼬마 놈 같군. 누가 누구에게 배운 것인가? 자네가 어린아이 하는 짓을 따라 하기엔 좀 많이 늙지 않았나.”

“말을 이상한 쪽으로 돌리지 말아라. 이놈이나 저놈이나 머리가 잘 굴러가는 것들은 도무지 말이 안 통해서 말이야.”

“그런가? 하기야 자네 말도 틀린 말은 아니겠지. 내가 사라지면 그만이라. 하지만 그렇게는 못해. 마건위는 뛰어난 자이지만, 혼자서 타가와 맹획을 막아내는 것은 불가능하다. 그 자는 지도자이기 이전에 전사(戰士)에 가깝다. 가만 놔두었다가는 오원 전체와 자멸할 가능성이 있어.”

“늙은 뱀이 전사다? 보통은 반대이지 않나? 늑대가 밖에 나가 싸우고, 뱀이 안에서 머리를 써야 할 것 같은데?”

“뱀과 늑대는 내가 붙인 말이 아니다. 무지(無知)한 부락민들이 만든 이야기지. 게다가 따지고 보면 뱀이란 동물은 그다지 교활하지가 않다. 교활해 보일 뿐이지.”

“그리고 늑대도 그렇게 음험하지는 않다, 이건가?”

"말장난할 때가 아니다. 게다가 자네는 그 꼬마 놈처럼 날카롭지도 않아. 어울리지 않는 짓은 하지 않느니만 못하다."

"말을 복잡하게 꼬아댄 것은 언제나 그랬듯 내가 아니라 자네다."

"대화가 안 되는군. 여하튼 말해두겠다. 머지않아 자네 힘이 필요하게 될지 모른다. 어쩌면 마건위가 직접 나설 수가 있어. 그러면 그를 상대할 만한 고수가 이쪽에는 한 명도 없다. 내가 직접 손을 쓰면 어떻게 되겠지만 알다시피 그럴 수가 없는 상황이지."

"그는 강한가?"

"물론 강하다. 타가와 맹획을 막아낼 수 있었던 것은 내 능력만으로 한 일이 아니었다. 나는 내 자신을 그렇게 과대평가하지 않아. 마건위가 없었다면 이 오원은 예전에 무너졌을 것이다."

"타가와 맹획을 막았다니, 그렇게 강하다면 나라고 별수있겠나?"

"그렇다고 마건위가 그들만큼 강하다는 이야기는 아니다. 청성파 삼청 진인의 호령 앞에서도 한 발짝조차 물러나지 않았던 불패신룡이라면, 운남 구석의 실력자 정도는 충분히 제압할 수 있을 거라 생각하는데? 그렇지 않은가?"

"언제 적 이야기를 하고 있는지 모르겠군. 청성파 오선인 앞에서 물러나지 않았던 것은 그저 젊은 시절의 객기였을 따름이다.”

“그랬나? 삼청 진인에게조차도 지지 않을 것이라는 기백이 전신에 서려 있었다고 들었다. 자네가 불패신룡이라는 이름을 얻은 것도 그때였지, 아마.”

“엉뚱한 것만 기억하고 있다니. 그것이 자네가 쓰는 수법인가? 사람 얼굴에 금칠을 해서 나설 수밖에 없도록 만드는 것?”

“그런지도 모르지. 하지만 자네가 불패신룡이라 불리는 것만큼은 사실이지 않던가.”

“대체 자네란 사람은 알다가도 모를 남자다. 좋아. 자네가 원한다면 내 힘을 빌려주도록 하겠다. 하지만 그 대신 확실히 해둘 것이 있다. 무엇인지는 알겠지?”

“자네의 힘을 빌리는 대신, 그 꼬마 놈을 풀어달라 이건가?”

“잘 알고 있구만.”

“아쉽지만 어쩔 수 없겠지. 예정에 없던 일이니까 자네 뜻대로 할 수밖에. 자네가 힘을 빌려주면 그 꼬마 녀석은 풀어주도록 하겠어. 지금도 딱히 붙잡고 있는 것은 아니지만.”

허유가 말을 맺자 오기륭이 당연하다는 듯 고개를 끄덕였다.

차라리 다행이다. 마건위에게 고마움을 느껴야 하는 것인지도 모른다.

오기륭이 나섬으로써 단운룡을 바깥으로 내보낼 수 있게

된 것이다. 그러나 돌아서는 허유의 두 눈에 또 다른 광채가 빛나고 있었음을 오기륭으로서는 미처 알 수가 없었다. 그 둘은 분명히 친구였으되, 서로 완전히 솔직해질 수는 없는 친구일 따름이었던 것이다.

이번 출정 목표는 멀었다.

남쪽으로 행군을 시작한 지 벌써 이틀째였다. 쏟아지는 태양 빛에 습기 찬 수풀이 선명한 초록빛을 뿜어내고 있었다. 세상천지, 녹색으로 물든 땅 위에서 사십 명의 아이가 구슬 같은 땀방울을 흘렸다. 아이들의 발밑에서 질퍽한 흙더미가 진한 발자국을 남기고 있었다.

"느낌이 안 좋아."

대산의 한마디를 들은 것은 바로 옆에 있던 흑로밖에 없었다. 흑로가 가까이 따라붙으며 대산에게 속삭였다.

"뭐가 안 좋은데?"

"위험해. 이번 출정."

흑로의 얼굴이 미미하게 굳었다. 대산의 느낌은 그 어떤 모호한 것이더라도 어지간해선 틀린 적이 없었던 까닭이다.

"긴장해야겠네."

"그래. 아이들에게는 알리지 마."

"당연한 소릴."

흑로는 아무렇지 않은 얼굴로 발길을 재촉했다. 위험한 느낌조차 받지 못하고 당한다면 모르되, 뭔가를 느꼈다면 차라리 다행이다. 모르면 아무런 방도가 없지만 알면 미리 피할수 있다. 위급함을 미리 알아채고 거기서 적절하게 빠져나오는 것 또한 대산이 지니고 있는 특별한 능력이라 할 수 있었다.

"공격대는 얼마나 앞에 가 있지?"

흑로가 반조에게 물었다.

깃발을 좋아하는 경포족의 반조.

반조는 발이 빠르고 눈썰미가 좋았다. 특히나 반조의 아버지는 수렵으로 생계를 꾸렸던 사냥꾼 출신이라 어려서부터 그런 쪽으로 배운 것이 많았다. 반조가 진흙 밭에 새겨진 어른들의 발자국들을 살펴보더니 이내 두 눈을 빛내며 대산과 흑로를 돌아보았다.

"일각 정도 지났어. 속도를 늦추고 있는 것 같아. 저 등성이만 넘으면 아래쪽에서 볼 수 있을 거야."

"좋아. 늦지 않았군. 보급조는 어때?"

"힘들어. 흑로 형."

"시끄러. 얼른 와."

수레에 달라붙어 있는 아이들의 얼굴이 울상이 되었다. 등성이, 오르막길이다. 어른들의 공격대 오십 명을 위한 보급 식량이 그 수레에 잔뜩 실려 있었다.

"빨리 가자. 그래도 저것만 넘으면 내리막길이잖아."

“무슨 소리야! 안 쏟고 옮기려면 내리막길이 더 힘들다고!”
“떠들 기운도 없으니까 닥쳐라, 이 씨부랄아.”
“뭐가 어째?”
“눈초리 봐라. 확 찢어버릴라!”
시끄럽게 말싸움을 하는 것을 보면 천상 아이들은 아이들일 수밖에 없다. 어디서 배웠는지 입에 달라붙지도 않는 욕지거리를 어색하게 쏟아내고 있었다.
‘이것이 소마군의 한계일 거야.’
뒤쪽의 보급대를 돌아본 단운룡이 고개를 설레설레 내저었다.
한데 뭉쳐서 달려갈 땐 어린아이들임을 잊을 만큼 대단한 위용을 자랑하지만 한 번 무너지기 시작하면 오합지졸이 따로 없다. 목숨 걸고 싸우러 가는 어른들이 바로 일각 앞에 있다는데도 아무런 생각 없이 떠들고 있는 것이다.
‘한 번 위험해지면 걷잡을 수 없겠어. 이 싸움… 느낌이 별로 안 좋은데 어떻게 할 거야? 이 공기를 느끼고 있겠지? 두목?’
단운룡은 대산에게 물었다. 마음속으로만.
언젠가 직접 물어볼 때가 올 테지만, 오늘은 아니다. 그렇지 않아도 굳어져 있는 대산의 표정을 보고 있자면, 이 안 좋은 예감을 똑같이 느끼고는 있는 모양이다. 예감했던 사태가 발생했을 때 어떻게 반응할지. 그것을 보고 싶었다. 대산이 취하는 행동을 보면서 그것을 배워두어야 하는 것이다. 적어도 이 오원에서는 대산의 경험이 훨씬 더 많은 까닭이었다.

"보인다. 어른들이야."

시끄럽게 떠들던 아이들이 제풀에 지쳐 조용해졌을 때쯤, 아이들은 언덕 능선의 꼭대기에 도착하게 되었다. 밑으로 길게 뻗은 내리막길 끝에는 키 작은 풀들이 넓게 깔린 커다란 공터가 자리하고 있었다. 어른들 공격조가 있는 곳은 바로 그 공터다. 공터에 진을 치고 휴식을 취하고 있다. 아이들이 운반해 올 식량을 기다리고 있는 것이다.

"서두르자. 잘못하면 혼나겠어."

아이들을 재촉한 것은 다름 아닌 소봉이었다. 소봉의 밉살스런 한마디에 보급조 아이들의 핀잔이 마구 쏟아졌다.

"소봉 형은 보급조도 아니잖아!"

"그래! 네 녀석이 한 번 끌어보란 말야! 얼마나 힘든지!"

"저 아가리를 한 번 찢어버려야 할 텐데!"

소봉이 얼굴을 찌푸리며 한 놈을 돌아보았다. 그리고는 마주 소리치며 신경질을 부렸다.

"넌 뭘 맨날 찢어! 아까도 입인가 뭔가 찢어버린다더만! 보급 수레나 가랑이 찢어지게 몰아봐라!"

"이 찢어 죽일 놈이!"

소봉과 동갑내기인 경포족의 금령이라는 놈이었다. 얼굴도 이름도 멀쩡하게 생긴 놈이 입이 걸기로는 둘째라고 불리기가 서러울 녀석이었다.

"조용히 해! 뭔가 이상하다!"

아이들을 일순간에 침묵시킨 것은 대산의 우렁찬 목소리였다. 중구난방으로 떠들던 아이들이 딱 입을 멈추고 긴장된 얼굴을 했다. 소봉과 금령은 숫제 목까지 움츠리고 있었다.

대산의 눈이 멀리 펼쳐진 공터를 날카롭게 살피고 있었다.

단운룡의 눈도, 다른 아이들의 눈도 그 공터 쪽을 향했다. 갑작스레 움직이기 시작하는 어른들의 공격조. 여유롭게 휴식을 취하던 모습들이 삽시간에 변화하고 있었다. 허리춤에 달고 있는 칼을 뽑는 어른들이 보였다. 등에 진 참나무 방패를 돌려 세우는 어른들도 있었다.

"공격이다! 적들이야!"

대산의 한마디가 신호라도 된 양, 공터의 저편 숲 속에서 붉은 모자를 둘러쓴 적병들이 달려나오기 시작했다. 원나라 문양이 새겨진 경장 갑옷과 손에 든 길쭉한 만도. 원마왕 타가의 병사들이었다.

"뒤로 물러! 적들이 우릴 보기 전에!!"

대산이 소리쳤다.

아이들이 황급하게 등성이 아래쪽으로 몸을 숙였다. 끌고 올라왔던 수레도 급하게 뒤로 돌려 아래로 내렸다. 다급하게 움직이는 서슬에 건량 주머니 몇 개가 땅 위로 튕겨 나왔다.

"어째서 벌써? 목표 지점까지는 한참 남았는데……!"

의아함에 가득 찬 목소리를 뱉어낸 것은 움츠러들어 있던 소봉이었다. 그러나 그 의문에 대답해 줄 수 있는 이는 아무도 없었다. 이번 출정의 목표는 본래 타가가 내보낸 별동대의 선진(先陣)이었다. 그들이 진을 치고 있는 곳을 급습하는 것이 이번 출정의 목적이었는데 그들이 있다는 진까지는 아직도 하루는 더 행군해야 되는 거리에 있었다. 그런 놈들을 왜 벌써 맞닥뜨리게 되었는지는 누구도 알 수가 없었다.

"두목. 적들의 숫자가 적어. 유인하는 거 아냐?"

놀라 있는 아이들 사이에서도 차분함을 유지하고 있는 목소리가 있었다.

아이들 틈에 섞여 묵묵히 행군하고 있던 우목이었다. 어느샌가 대산의 바로 옆에 붙어서 몸을 숙인 채 저편의 싸움을 주시하고 있었다.

"그래. 숫자가 적다. 저들은 진짜가 아니야."

대산이 고개를 끄덕였다.

납서족인 우목은 노상 책만 끼고 사는 것 같아도, 실제 싸움이 닥쳤을 땐 겁이 없는 모습들을 보여주곤 했다. 이런 때까지도 적들의 움직임을 정확하게 파악하고 있다. 우목이 싸움터를 바라보며 여전한 목소리로 말을 이었다.

"저것 봐, 두목. 다시 물러나잖아. 그런데도 꽤 피해를 입었어. 타가의 정예병들인가 봐."

우목의 말마따나, 뛰쳐나왔던 적들의 방향이 일순간 바뀌고 있었다. 짧은 시간 오원의 공격대를 미친 듯이 헤집고는 곧바로 달려나왔던 방향을 향해 돌아가고 있었다.

"반조! 달려라! 이번 공격대의 대장은 아창의 묵운 아저씨다. 대장에게 소마군이 어떻게 해야 할지 알아와라!"

"알았어!"

대산의 명령이다. 반조가 언덕 아래쪽을 향해 달리기 시작했다.

태양이 찬란한 대낮.

뿌려진 핏물은 먼 거리에서 보아도 선명할 정도의 붉은빛을 발산하고 있었다. 공격대의 어른들이 열 명 가까이 쓰러져 있다. 그러나 붉은 모자를 쓴 적병은 두 명밖에 쓰러져 있지 않았다. 단순 비교로만 보아도 상당한 피해였다.

'당장 철수해야 할 텐데……. 하지만…….'

달려가는 반조의 등이 빠르게 멀어졌다. 그것을 보는 단운룡의 머릿속에서 두 가지 생각이 팽팽하게 교차했다. 더 안 좋은 상황에 처하기 전에 돌아가야 한다는 생각과 전에 보았던 싸움과 같은 광경을 다시 한 번 보고 싶다는 생각이 바로 그것이었다.

그것은 결코 동시에 만족될 수 없는 바람들이었다. 아이들이 죽지 않는 것을 바란다면 철수하는 것이 옳겠지만, 마음 한편에서는 더 격한 싸움을 보고 싶다는 욕심이 자꾸만 고개를 쳐들고 있었다. 뛰어간 반조가 받아올 명령이 무엇이 될 것인지, 그야말로 기대 반 걱정 반으로 기다릴 수밖에 없었다.

"보급조! 식량을 나눠라! 어른들과 합류하게 되든, 아니면 당장 철수하게 되든, 수레는 적들의 표적이 되기 쉽다. 수색조! 수색조와 보급조가 식량을 함께 운반한다. 한 사람당 다섯 주머니씩 들면 충분할 거다!"

수레에 실린 건량 주머니는 백 개가 조금 넘었다. 보급조 아이들 열 명이 식량 주머니를 허리춤에 주렁주렁 매달았다. 수색조 아이들은 획득한 물건들을 수집하는 포대에 식량 주머니들을 한꺼번에 집어넣고 어깨에 둘러 묵직하게 걸쳐 멨다.

반조가 숨을 헐떡거리며 달려온 것은 아이들이 그렇게 준비를 끝마쳤을 바로 그때였다. 흑로가 반조의 어깨를 붙잡으며 물었다.

"어른들은 뭐래?"

반조가 주먹을 들고 엄지손가락으로 어깨 뒤쪽을 가리키며 끊어지는 목소리로 말했다.

"합류하래. 당장!"

단운룡은 보았다.

대산이 다른 아이들 모르게 이를 악물며 욕지거리를 뱉어 내는 것을. 하지만 다음 순간 대산은 언제 그랬냐는 듯 표정을 바꾸며 아이들을 돌아보았다. 놀라운 변모다. 그가 커다란 목소리로 소리쳤다.

"좋아! 소마군의 출정이다! 이번에는 상황이 어떻게 변할지 모른다! 그래도 우리는 다 살아남을 거다! 적들이 이상한 수

작을 부리고 있지만 우리에겐 소용없어! 적들을 물리치자!"

바로 이것이었다.

단운룡이 보고 싶었던 것.

대산은 속마음을 철저하게 감춘 채, 아이들의 사기를 한껏 끌어올리고 있었다. 대산의 진가가 그것이다. 이런 때일수록 두목이 흔들려선 안 된다는 것을 너무도 잘 알고 있는 것이다.

"가자!"

소마군의 아이들이 내리막길을 내달렸다. 뒤뚱뒤뚱 흔들리는 건량 주머니를 매달고서 얼마나 위험한지도 모르는 채 신나게 달려가고 있었다.

"왔는가……."

아이들을 맞이한 것은 심각한 표정의 어른들이었다. 보급조 아이들이 재빠르게 한 줄로 섰다. 품속에서 깨끗하게 빤 붕대 조각들을 꺼내 들었다. 부상당한 어른들이 자연스럽게 아이들 앞으로 모여들었다.

어른들이 상처를 돌보고 있는 동안, 대산은 어른들의 한가운데에 있는 거친 인상의 한 남자와 만나고 있었다. 이 공격대의 대장인 아창족 묵운이다. 머리 위에 검은 천을 두르고 있는 그가 심각한 어조로 이야기를 시작했다.

"적들의 동태가 심상치 않다. 어떻게 알았는지는 모르겠지만, 우리가 오고 있는 것을 미리부터 기다리고 있었던 듯해. 당장이라도 쫓아가서 죽이고 싶지만, 그래서는 안 될 것 같다. 함정이 틀림없으니까."

대산이 고개를 끄덕였다. 묵운이 공격대를 둘러보며 말을 이었다.

"함정이긴 해도 적들의 움직임을 알아두어야 한다. 그래서 일단 우리는 공격대를 둘로 나누기로 했다. 가장 몸이 날랜 전사들 스무 명이 나와 함께 적들을 쫓는다. 무리하게 교전을 벌이지는 않을 작정이지만 싸움을 완전히 피하기는 어려울 것이다. 여기서 그대로 철수하는 것이 좋을지도 모르지만, 그럴 수는 없다. 이대로 꼬리를 감춰서는 적들을 겁내는 것밖에 안 된다. 원수 놈들에게 물러날 바에는 차라리 죽는 것이 낫다."

"알겠습니다. 나머지는 어떻게 하는 겁니까."

대산의 태도는 전에 없는 공손함을 보이고 있었다. 같은 아창족의 어른이라 그런 모양이었다.

"나머지 공격대는 이곳에서 진을 치고 대기한다. 적들의 급습을 최대한 경계하고 있어야 할 것이다."

"그렇군요. 소마군은 어찌하면 좋겠습니까."

"일단 너는 우리를 따라온다."

"저요?"

"너와 흑로. 그리고 싸움에 능한 아이들을 데려와라. 너희를 합해서 다섯 명 정도까지."

"하, 하지만……."

"너와 흑로가 한 사람 어른 몫을 할 수 있다는 것을 잘 알고
있다. 나가서 싸우는 것이 전사의 역할이다. 너희의 힘이 큰
도움이 될 거다."

대산은 거부할 수 없었다.

아창족의 어른이 전사로서의 의무를 이야기했기 때문이다.
한 사람의 전사로 인정해 준다는 것인데, 여기서 싸우지 않겠
다고 했다가는 용감한 조상신들의 얼굴에 흙을 끼얹는 행동
이나 다름이 없었던 것이다.

"그렇게 하도록 하겠습니다. 소마군은 이곳에서 대기하는
겁니까."

"물론이다."

대산이 고개를 끄덕였다. 하지만 대산의 마음속에는 새로
운 걱정이 휘몰아치고 있었다.

'흑로라도 남겨두고 갈 수 있다면 좋았을 텐데.'

그러나 공격대의 대장은 흑로의 이름을 직접 불렀다. 그렇
다면 흑로도 함께 가야 한다. 그것이 아창족의 전통이자 운명
이었다.

'아이들로만 버텨야 한다. 적들이 들이닥치면 끝장이야.'

대산이 아이들의 앞에 섰다. 대산의 눈이 아이들을 훑었
다.

그나마 믿을 수 있는 아이라면 우목이 있겠지만, 정말 위급할 때 아이들을 통솔하기에는 부족한 느낌을 지울 수가 없었다. 마음이 무거웠다.

'어른들이 지켜주긴 하겠지. 문제는 그 다음일 거야. 만약에 어른들이 무너지기라도 한다면 소마군은 그대로 전멸이다.'

대산의 머릿속에 험악한 광경이 스쳐 지나갔다.

적들의 급습을 맞이한 어른들.

공격대의 대장인 묵운을 비롯한 강한 남자들은 모두 자리를 비운 상태다. 타가의 기마병이 어른들과 아이들의 머리 위를 덮친다. 피를 뿜으며 쓰러지는 어른들이 부지기수다.

대산도 없는 아이들은 우왕좌왕 어쩔 도리가 없다. 우목이나 소봉처럼 꾀를 낼 줄 아이들이 어떻게든 용을 써보겠지만 오래 버티지는 못한다. 어른들도 죽어 자빠지는 마당에 그런 꾀가 통할 리 없었다.

"나와 흑로, 그리고 호위조 몇 명은 어른들을 따라서 추적에 들어가기로 했다. 사람 수가 모자라서 그럴 수밖에 없다고 한다. 나머지는 여기서 어른들과 함께 진을 치고 대기하라는 명령이다."

아이들이 웅성거리며 서로의 얼굴을 돌아보았다. 대산과 흑로가 빠진다. 그것은 아이들에게 있어 적지 않은 충격일 수밖에 없었다.

"어, 얼마나 있다 오는 거야?"

소봉의 목소리였다. 아무리 짧은 시간이라고 한들, 싸움터에서 대산의 존재는 그야말로 절대적인 것에 다름이 아니었다. 아이들의 당황한 표정들이 대산의 마음에 무거움을 더했다.

"그렇게 오래 걸리지는 않을 거다. 걱정하지 마라. 무슨 일이 생겨도 어른들의 지시에 따라 움직이면 무사할 테니까. 알겠나?"

대산의 말은 절대 틀리지 않는다. 하지만 아이들이 품은 일말의 불안감까지 없애주기엔 어려운 감이 있었다. 대산의 부재는 그만큼이나 의미하는 바가 컸던 것이다. 특히나 단운룡의 마음에 와 닿는 예감은 더욱더 크기만 했다.

'거짓말을 하고 있어. 이건 역시 위험해.'

단운룡은 대산의 눈빛에 숨겨진 곤란함을 놓치지 않았다.

대산은 아이들을 걱정하고 있다. 무사할 것이라 말하고 있지만 결코 진심이 아니다. 이런 상황에서 추적이라니. 그 선택은 이미 그것만으로도 커다란 위험을 내포하고 있을 수밖에 없는 것이다.

'도망친다면… 어느 쪽으로 가야 하지?'

단운룡의 시선이 자연스럽게 주변의 지형을 살펴 나갔다. 이곳에 와 한 번 몸을 돌린 상태, 북쪽에서 남쪽으로 행군해 오고 있었으니 왼쪽은 서쪽이고 오른쪽은 동쪽이었다. 왼쪽

에는 넓게 펼쳐진 숲, 오른쪽으로는 좁게 이어진 숲길 뒤로
낮은 산자락이 버텨서 있었다.

'지금은 모르겠어. 무슨 일이 생기면 그때의 느낌으로 파악
할 수밖에 없겠는걸.'

혼자 움직이고 있는 중이라면 일단 왼쪽의 숲으로 뛰어들
겠다. 하지만 지금은 혼자가 아니었다. 단운룡 홀로 도망치는
것이 아닌 만큼 아직은 어느 쪽이 좋다고 확실하게 결정할 수
가 없었다.

더욱이 단운룡은 이곳에 대해 전혀 모른다. 처음 와본 곳,
눈에 보이는 지형 외에는 다른 무엇이 더 있는지 모르는 게
당연한 일이었다. 그런 마당에 어떤 확고한 판단을 내리기에
는 부족한 것이 너무도 많았다.

몸을 돌리려던 대산의 눈이 단운룡에게 이른 것은 바로 그
때였다. 다른 아이들과 달리 전혀 당황하지 않은 표정으로 무
언가를 궁리하는 작은 아이가 거기에 있었다. 신기할 정도로
눈에 띄는 놈이었다.

'하지만… 너무 어리다. 몇 살 더 먹었으면 또 모를 테지
만…….'

열한 살이라 했다.

시선을 사로잡는 놈이라고 해도 아이들을 통솔하기엔 무
리다. 뭔가 기대할 정도가 되려면 한참을 더 기다려야 했다.

'꼬마 놈. 죽지만 마라. 그것으로 충분해.'

그만큼이었다.

대산은 거기서 시선을 거두었다. 소마군의 아이들이 죽는 다 하면 무척이나 가슴이 쓰릴 테지만 그렇다고 해서 멈춰 있을 시간은 없었다.

아창족은 싸워야 한다.

죽은 사람들에 대한 애도는 그만큼의 적을 죽이는 것으로 충분했다. 걱정과 염려로 칼끝이 무너져서야 훗날 조상신들을 뵐 면목이 없었다.

대산은 어른들과 함께 남쪽의 숲으로 뛰어들어 갔다. 숲 속에서 나무 그림자에 섞여드는 그들이다. 길도 없는 밀림 속을 빠르게 전진해 나갔다.

"적이 더 있다. 이쯤에서 합류한 모양이다."

적들의 흔적이 사방천지에 가득했다. 숲에 대한 존경심이 없는 놈들이었다. 제멋대로 쳐낸 나뭇가지와 험악하게 짓밟힌 수풀들이 적들의 진행 방향을 고스란히 보여주고 있었다.

"고약한 냄새로군. 살기가 치밀 정도다."

"그래. 곳곳에서 말똥 냄새가 진동을 한다. 원나라 잡졸들이 아니랄까 봐."

경포족의 어른들이었다.

경포족의 남자들은 아창족처럼 타고난 전사들이 아니었을지 몰라도, 용맹하기로는 결코 아창족에 못지않았다. 평소에는 온화한 모습을 보이다가도 싸움터에 이르러서는 무서운 힘을 보여주곤 했다. 특히나 민족의 동포들과 힘을 합쳐 싸울 때는 용감한 아창족 전사들도 한 수 접어줄 만큼 무서운 위력을 자랑했다.

"숫자는 몇이나 되지?"

"스무 명을 조금 넘는 것 같다. 대기하고 있었던 놈들 쪽에서 네 발 짐승의 냄새가 특히 심하다. 기마병들이야."

대장의 질문에 대답한 남자는 포랑족 특유의 느릿느릿 말투를 쓰고 있었다. 포엽, 포랑족 최고의 사냥꾼이라 불리는 남자다. 포랑족에는 전사나 사냥꾼이 많지 않았지만, 오히려 숫자가 적기에 그 순도는 다른 민족들보다 더 높다고 알려져 있었다. 못생긴 코를 몇 번 킁킁거리더니, 순식간에 적들의 숫자와 구성을 파악하는 능력을 보여주었다.

"숲 바깥으로 나가면 기마병에게 당할 수 있겠군. 칼을 뽑아라. 숲에서 승부를 내야 한다."

숫자가 엇비슷하다면 숲에서 싸우는 것이 훨씬 유리했다.

적들에게 기마가 있다면 더 더욱 그렇다. 운남의 밀림은 오원 전사들의 삶의 터전, 숲이 익숙하다는 것은 두말할 것 없이 당연한 일이었다.

사사사삭.

대산과 흑로, 공격대의 어른들은 속도를 높였다. 빽빽하게 자라 있는 열대 우림 속을 거침없이 나아가는 그들의 움직임

은 이미 하나의 신법이라 해도 과언이 아니었다. 일만 년의
자연과 일천 년의 세월이 선물해 준 훌륭한 비기(秘技)다. 같
은 몸놀림으로 풀숲을 박차는 그들의 모습은 결국 한 가지 무
공을 연마한 동문(同門)이나 다름이 없었다.

"거의 따라잡았다!"

적들의 냄새가 더욱더 진해졌다. 대산과 흑로도 그 냄새를
맡을 수 있었다. 눈에는 아직 보이지 않지만, 저 앞에서 달려
가는 적들의 움직임이 생생하게 느껴져 왔다.

"속도를 올리는군! 눈치챘어!"

적들도 이쪽을 알아챘다.

원(元)이 중원을 장악한 이래, 그들의 병사들이 운남에 들
어온 지도 어느새 백 년이 지났다. 초원에서 태어난 군사들이
지만, 운남의 숲에도 꽤나 익숙하다는 이야기다. 적들이 기민
하게 반응한 것도 그래서다. 물론 운남에서 나고 자란 오원의
전사들에 비할 바는 아니었으나, 그렇다고 가볍게 보았다가
는 큰코다치기 십상이었다.

"방향을 바꿨다. 빠르다. 약속된 움직임이야!"

약속된 움직임이란 것.

그것이 의미하는 바는 하나였다. 계획대로 움직이고 있다
는 것이다. 다르게 표현하자면 유인책, 함정이라 말할 수 있
었다.

"앞지르자! 교란을 시켜야겠어. 어화와 자부는 나를 따라

와! 지휘는 포엽, 자네가 맡아라! 기회가 생기면 곧바로 적들의 뒤를 친다!"

대장은 각자의 역할을 정해주기 무섭게 옆쪽의 숲으로 짓쳐들었다. 두 명의 아창족 전사가 그의 뒤를 따랐다. 대단한 속도였다.

계속하여 적들의 뒤를 쫓았다.

이내 적들의 한가운데서 흔들림이 생겼다. 대장이 앞쪽에서 기습이라도 가한 모양이었다.

"지금이다! 속도를 내자."

대장에게 지휘권을 넘겨받은 것은 포랑족 최고의 사냥꾼이라 했던 포엽이었다. 전방의 변화를 감지한 그가 느릿하지만 힘있는 목소리로 오원의 전사들을 재촉했다. 어른들의 등이 빠르게 앞쪽으로 나아갔다. 대산과 흑로, 아이들이 재빨리 힘을 더했다.

'따라갈 수 있나?'

대산과 흑로는 일단 괜찮았다. 그러나 다른 아이들은 그렇지 못했다. 아이들에겐 벅찬 속도다. 대산이 흘끗 뒤를 돌아보고는 아이들과 보조를 맞추었다. 더 빨리 나아갈 수 있었지만 굳이 그럴 필요를 느끼지 못했다.

자신의 위치를 잘 알고 있기 때문이었다.

대산은 이 싸움의 주역이 아니었다. 앞장서서 나아가 보았자, 어차피 진짜 전사들만큼 강한 위력을 보여주지도 못할 것이 틀림없었다. 어른들의 후미에서 그들의 싸움을 지원하는 편이 지금의 대산에게 훨씬 더 어울리는 역할이었다.

'삼 년……. 삼 년 후에는!'

대산은 삼 년 후를 기약했다.

열여섯 살. 아이도 아니고 어른도 아니다. 어중간한 지금 으로는 이 아이들과 함께 나아가는 것이 옳다. 삼 년 후만 되면, 지금 이 속도를 벅차 하는 소년 전사들과 함께 대장처럼 앞질러 나아가는 진짜 전사가 될 수 있으리라.

그러나.

이번 싸움은 대산에게 그런 아이들로서의 역할, 그 이상을 요구하고 있었다. 삼 년 후 따위, 생각할 겨를이 없다. 다급한 외침이 저 앞쪽으로부터 울려 퍼지고 있었기 때문이다. 그것 도 포엽의 목소리가 아니라 앞서 나갔던 대장의 목소리다. 위 급함을 알리는 경고의 뜻이 한껏 담겨 있었다.

"고수가 있다! 속도를 줄여라! 방진(防陣)을 짜라!"

기습이 통하지 않았던 것인가.

어른들이 달려가는 속도가 현저하게 줄어들었다. 위치를 잡고 병장기를 고쳐 잡는 남자들의 얼굴에 긴장감이 감돌 았다.

적들이 망가뜨린 수풀 사이로 천천히 나아갔다. 나뭇가지 가 흔들리는가 싶더니, 낭패한 얼굴의 대장이 모습을 드러냈 다. 대장의 한쪽 팔 전체가 피투성이로 변해 있었다. 함께 갔던 전사들은 보이지도 않았다.

"돌아가야 한다. 적들은 강해. 쫓아와서는 안 되는 일이었다."

대장의 목소리가 낮게 깔렸다. 가까이에 선 몇 명만 들을 수 있는 작은 목소리였다.

"어화와 자부는?"

"죽었다."

누군가의 질문. 대장이 짧게 답했다.

어화와 자부는 뛰어난 전사였다. 그런데도 죽었다. 순식간에.

돌아가야 한다는 말이 절실하게 들리는 이유였다. 그러나 적들은 그들을 쉽사리 보내주지 않을 생각인 것 같았다. 여태껏 도망치듯 달리던 적들이 저 앞에서 방향을 바꾸고 있었던 것이다.

선회하여 수림을 헤쳐 오는 군기(軍氣).

그 방향은 다름 아닌 이쪽이었다. 오원의 추격대를 향하여 노도와 같은 기세를 뿜어낸다. 갑작스러운 변화였다.

"온다! 후퇴다!"

대장은 빠르게 결단을 내렸다.

쫓아 들어온 것이 실책이다?

아니다.

틀린 판단이었다고 볼 수도 없다. 그것이 그들의 싸움 방식이기 때문이다. 몇백, 몇천 명 한판 크게 벌여 끝내는 전쟁도 아니요, 몇십 명 정도의 전사들끼리 산발적으로 행해지는 전투였던 만큼 이 정도 실책은 실책 축에도 끼지 못한다.

여기서 전멸을 당한다 해도 대세에는 큰 지장이 없다는 뜻이다. 오원의 싸움은 오원의 전사들이 거기에 있었다고 부르짖는 것에 가장 큰 의미가 있었다. 적들의 계략을 세심하게 살피고 모략을 꾸며서 함정에 걸려들지 않는 것 따위, 전사들은 모른다.

땅을 지키고 가족을 보살핀다. 빼앗긴 땅을 되찾고 죽은 사람들의 원한을 갚는다. 그것이야말로 전사들의 삶이다. 오원의 싸움이었다.

"뒤는 나와 포엽이 맡는다. 아이들을 앞쪽으로 보내라! 습격에 대비한다!"

아무도 대장을 탓하지 않았다.

무리하게 쫓아 들어와 개죽음을 당한다 해도, 누구도 그것을 개죽음이라 말하지 않는다. 병법과 계책을 몰라서가 아니다. 머리보다 가슴이 먼저이기 때문이다. 앞뒤 사정 봐가며 싸우는 것보다는 지금 당장 적들의 가슴에 칼을 꽂아 넣는 것이 더 큰 만족감을 준다. 그래서 여기까지 쫓아왔다.

쫓아온 것까지는 좋았다. 커다란 싸움을 이기기 위해 승리를 차곡차곡 쌓아가는 것보다는 일단 살아남는 것이 훨씬 더 중요했다. 그래서 이렇게 후퇴하고 있다.

되는대로 싸운다?

그렇다.

그것이 오원의 방식이다. 늙은 뱀과 붉은 늑대는 변화를 재촉했지만, 타고난 전사들의 마음을 바꿀 수는 없었다. 대산이 불길한 예감을 느꼈으면서도 이렇게 무작정 따라 나온 것은 아마도 그래서였을 것이다. 그런 방식이 대산의 핏줄 속에 예전부터 흐르고 있었기 때문이다.

"왔다! 선두는 속도를 올려라!"

챙! 채챙!

오원의 남만도(南蠻刀)와 초원의 북방도(北方刀)가 교차했다. 수풀 사이로 뛰쳐드는 적들이 험악한 살기를 뿌려대고 있었다.

좌아아악!

밀림의 넝쿨이 뜨끈한 핏물로 뒤덮인 것은 그야말로 순간에 벌어진 일이었다. 초록색 풀잎 위에 선명한 붉은색이 얼룩처럼 번져 나갔다. 적아를 가리지 않는 진한 붉은빛이 나무들 사이로 비쳐드는 햇살을 무자비하게 반사시켰다.

"이놈들! 챠아압!"

대장의 기합성은 거셌다.

추격대의 최후방에서 적들의 선봉을 차단하고 있었다. 소규모 공격대의 대장이었지만 그 실력만큼은 의심의 여지가 없는지라, 한쪽 팔을 거의 못 쓰고 있음에도 단숨에 두 명의 병사들을 쓰러뜨려 놓는 중이었다.

"비켜라!"

억센 북방어가 터져 나온 것은 그때였다. 적들 사이에서 작은 체구의 무장(武將)이 뛰어나오고 있었다. 원숭이처럼 나무를 박차며 단창을 휘둘러 오는데, 그 기세가 실로 대단했다. 대장의 얼굴이 크게 굳어졌다.

채애앵!

단창의 짤막한 창날이 널찍한 남만도를 가볍게 밀어내고 있었다. 굉장한 힘, 뛰어난 기술이다. 먼저 앞서 나갔던 어화와 자부를 죽인 놈, 바로 그놈이었다.

"챠핫!"

"카합!"

단창을 회전시켜 대장의 반격을 막고, 기합성을 내지르며 허점을 노려왔다. 민활하게 움직이는 창날이 대장의 옆구리를 날카롭게 훑어냈다. 적지 않은 핏줄기가 넝쿨 감긴 바위 위에 흩뿌려졌다.

"크윽!"

대장이 신음 소리를 삼키며 황급히 뒤로 물러났다.

고수였다. 이만저만한 고수가 아니었다.

이놈 하나만으로도 이쪽 전사들 열 명은 상대할 수 있을 것 같다. 타가의 부하들 중에서도 최정예란 말이다. 이름만 들어본 부장(副將)들 중 하나일지도 몰랐다.

‘이만한 놈이 있는데도 곧바로 마주쳐 오지 않았다니! 설마!!’

그럼에도 불구하고 여기까지 끌어들였다는 것은 다른 노림수가 존재한다는 뜻일 것이다. 그러지 않고서야 이렇게 성가신 짓을 할 리가 없다. 만도를 휘두르며 전방을 차단하고, 뒤쪽으로 고개를 돌렸다. 속도를 내던 전사들이 무엇에 가로막힌 듯, 주춤주춤 물러나고 있는 것이 보였다.

‘그렇구나! 함정에 빠진 거다. 완벽하게!!’

나쁜 예감은 좋은 예감보다 훨씬 더 잘 들어맞는 법이다. 지금까지 어떻게 흔적을 감추었는지는 모르겠지만, 수많은 적들의 기척이 새롭게 나타나고 있었다. 십수 명 수준이 아니라 거의 백 명에 가까운 엄청난 숫자였다.

“뭉쳐라! 뭉쳐서 뚫는다! 포위당하지 않도록 힘을 한곳에 집중해!!”

속절없는 외침이었다.

이런 숲 속에서 한곳으로 뭉친다 한들 기동성을 지니기는 무척이나 어려운 일인 것이다. 운신이 어려운 것은 적들에게도 동등한 조건이었으나, 적들에게는 이쪽보다 월등한 머릿수가 있다. 스물다섯 명도 채 안 되는 오원의 전사들로서는 그것을 쉽사리 돌파할 만한 능력이 한참이나 부족했다.

“빠져나갈 수 있을 것 같나? 카하하하!”

단창을 휘두르는 적장의 목소리였다. 알아들을 수 없는 북방어였지만, 뭐라고 말하는지는 그 표정과 웃음만으로도 쉽게 짐작할 수가 있었다. 대장이 이를 악물며 그자에게 덤벼들었다. 상황이 이렇게 된 이상, 한 놈이라도 더 죽이겠다는 의지가 불길처럼 타오르고 있었다.

"네놈만이라도 죽이겠다! 오원의 전사들을 가벼이 보지 말아라!"

장렬한 충돌음이 이어졌다.

만도와 단창이 부딪칠 때마다 쇠를 갉아내는 불꽃이 폭죽처럼 터져 나오고 있었다. 생사를 도외시한 싸움이다. 뼛속까지 아창족이라는 것이 무엇인지, 그보다 더 제대로 설명해 주는 광경은 어디에도 없을 것 같았다.

'하지만 이래서는!!'

공격대 대장 묵운의 분투(奮鬪). 그것은 분명히 감탄을 금치 못할 모습이었다. 그러나 그것을 보는 대산의 마음은 감탄만으로 가득 차 있지 못했다. 공격대를 지휘해야 할 대장이 목숨을 내던지면서 적장과의 승부에 집착하고 있다. 그것은 말하자면 장점이자 단점이다. 어떤 상황에서도 적들의 피를 보고 만다. 아창족이 적들에게 두려움을 선사하는 이유였으되, 또한 아창족이 이런 상황에서 드러낼 수밖에 없는 한계이기도 했던 것이다.

'이대로는 전멸이다. 이 싸움!'

이렇게 되어서는 대장인 묵운도, 묵운을 따르는 다른 사람들도 살아나지 못할 것이다. 더욱이 대산은 더 끔찍한 예감을 느끼는 중이었다. 이곳에만 백 명이 넘는 적들이 나타나 있다. 타가의 군사들이 큰마음을 먹고 움직였다는 뜻이다. 그렇다면 이 숲에 있는 추격대만 곤란을 겪고 있는 것이 아닐 것이다. 첫 집결지, 공터에 남아 있었던 이들도 적습을 당할 가능성이 높았다. 아니, 높은 정도가 아니라 기정사실이라 해도 틀리지 않을 터였다.

‘그쪽마저 당한다면……!’

이 정도 병력이 달려들면 그쪽도 끝이다. 더욱이 그쪽은 숲도 아니다. 타가의 졸개들은 본래부터 평지에서의 싸움에 능한 병사들, 이곳의 싸움보다 훨씬 더 험악한 싸움이 될 것이다.

“두목! 조심해!”

흑로의 목소리가 대산을 일깨웠다.

그쪽이 문제가 아니다.

적병들이 죽어가는 오원의 전사들을 짓밟고 대산과 흑로의 지척까지 이르고 있었다. 위험천만의 상황. 다른 쪽을 걱정하는 것도 어떻게든 여기에서 살아나간 다음이다. 대산이 만도를 휘두르며 다시금 묵은 쪽을 바라보았다.

‘누군가 나서줘야 하는데!’

이 위기를 넘어설 수 있도록 어른들을 지휘할 사람이 필요했다.

묵운이 아닌 다른 사람이.

아창족이 지닌 집념의 피를 억제할 수 있는 누군가가.

채챙!

대산의 만도가 적병의 북방도와 부딪치며 날카로운 금속
성을 울렸다. 사방에서 옥죄어오는 적들의 틈바구니에 대산
이 있고, 아이들이 있고, 어른들이 있었다. 녹색으로 충만한
밀림에 더운 피가 뿌려지고, 짙어지는 원색의 대비가 모두의
눈을 현란하게 찔러댔다. 격전의 현장에서 살아남기 위한 처
절한 몸부림이 이제 와 마침내 막을 올린 것이다.

*　　　　*　　　　*

추격대가 숲 속에서 적들의 포위망을 뚫고 있을 때.

소마군의 아이들과 앉아 있던 단운룡은 순간 그들이 진을
치고 있던 공터가 삽시간에 죽음의 땅으로 변한 듯한 느낌을
받았다.

'공기가……!'

흐름이 바뀌고 있었다. 격류처럼 변화한 공기가 위험한 기
운을 물씬 품고서 살을 에는 살기를 전달해 왔다.

단운룡은 벌떡 일어났다. 단운룡뿐이 아니었다. 특히 예민
한 어른들 몇 명도 황급히 자리에서 일어나고 있었다. 그나마
남아 있는 뛰어난 전사들과 부족의 사냥꾼들이었다.

"왜 그래?"

소봉이 물어왔다. 그러나 단운룡은 대답하지 않았다.

태양이 올라간 남쪽과 약간 기울어진 서쪽에서 묵직한 기운이 모락모락 피어나고 있었다. 푸르게 펼쳐진 숲 전체가 흔들흔들 흔들리는 것 같았다.

'온다……!'

앞에서부터 하나둘, 어른들이 병장기를 꺼내 들고 있었다. 누군가의 경호성이 들리고 사람의 발길이 어지럽게 얽혀들었다.

둥둥둥둥.

북소리가 들려왔다. 저번 출정 때 오원의 고수병들이 울렸던 승리의 북소리와는 전혀 다른 북소리다. 낮게 으르렁대는 맹견의 위협음처럼 신경을 거슬리게 만드는 북소리가 오원 전사들의 심장을 두드리고 있었다.

"적습이다! 적습!!"

어른들의 외침이 파란 하늘을 가르며 울려 퍼졌다.

펼쳐진 숲이 적병들을 토해내기 시작했다. 터져 버린 물주머니에서 물줄기가 쏟아지듯, 붉은 모자를 쓴 병사들이 한꺼번에 달려나오고 있었다.

맑기만 한 중천에 내리쬐는 태양, 너무나도 분명한 색깔로 다가오는 적들의 움직임이다. 그렇기에 오히려 거짓말처럼 보일 뿐이다. 옛날이야기 속으로 들어오기라도 한 느낌이다.

함성을 내지르면서 달려오는 적들은 아무리 보아도 진짜 같
지가 않았다.

"궁수와 아이들을 후미로 보내라! 방어를 굳혀!"

"적들의 숫자가 많다! 퇴각 진용을 짜라!"

"예봉을 막아! 방패를 세워라!"

풀잎이 하늘을 날았다. 커다란 고함들이 그 풀잎들을 더 높
은 하늘로 올려 보낸다.

참나무 방패가 세워지고, 전사들의 눈이 빛났다.

머리 위로 치켜든 남만도의 칙칙한 칼날이 태양 빛을 받아
날카로운 광채를 머금었다. 약속이라도 한 듯 후방으로 달려
간 궁수들이 저마다 만궁(彎弓)의 활시위를 쟀다. 하늘을 향
해 비스듬히 화살을 겨눈 그들의 손에서 당겨진 활시위가 팽
팽한 떨림을 보였다. 궁수 한 명의 얼굴을 가로지르는 땀 한
방울이 작기만 한 태양을 담고 있었다.

'이거야!'

그것은 틀림없는 현실이었다. 전에는 겪어본 적 없었던 새
로운 충격이 단운룡의 두 눈을 강타했다.

불길한 예감도, 절박한 위험도 한순간에 지워져 버릴 만큼
긴장되는 기대감이 단운룡의 가슴을 지배해 나갔다.

"쏴라!"

쐐새새새새색!

궁수들이 일제히 활시위를 놓았다.

열 발의 화살이 하얀 구름 밑으로 고요한 호선을 그렸다.
적들의 선봉에 꽂히는 화살들이다. 대여섯 명 적병이 땅 위를
뒹구는 게 보였다.

"더 빨리!"

그 다음으로는 연속사(連續射)였다. 활시위를 당기고 곧바
로 풀어내기를 반복했다. 몇십 발의 화살이 하늘을 날았다.
그러나 쓰러지는 적들은 그다지 많지 않았다. 숫자의 부족이
다. 남아 있는 어른들은 스무 명 남짓, 궁수의 숫자는 열 명밖
에 되지 않는다. 적들에게 입히는 피해가 작을 수밖에 없었
다.

"궁사(弓射) 중지! 칼을 들어라!"

대장이 없음에도 어른들의 손발은 일단 잘 맞는 것처럼 보
였다. 궁수들이 활을 거두고는 허리춤의 만도를 빼 들었다.
방패를 세운 전면의 옆으로 돌아서면서 반원 모양의 방진을
만들었다.

문제는 아이들이었다.

대산이 없는 그들은 오합지졸에 다를 바가 없었다. 어찌할
줄 모른 채 당황한 그들의 얼굴은 이미 하얗게 질린 상태였
다. 지시할 사람이 없는 그들은 그저 아이들일 뿐이었던 것
이다.

"뒤로 물러나자!"

우목이 있어서 그나마 다행이랄까.

몇몇 아이가 우목의 외침에 뒤쪽으로 달려가기 시작했지만, 대부분은 발조차 떨어지지 않는지 움직이질 못하고 있었다. 어른들 중 누군가가 그것을 보았는지 뒤를 돌아보며 아이들을 향해 호통 치듯 소리쳤다.

"뛰어라! 무조건 뛰어!"

적절한 명령이었다.

조금은 수습이 된다. 우목이 아이들을 이끌고 뒤쪽을 향해 달려나갔다. 오직 한 명, 단운룡만이 아직도 있던 자리에 선 채 적들의 모습을 바라보고 있을 뿐이었다.

"소룡! 뭐 하는 거야! 어서 달려와!!"

소봉의 목소리인지, 아니면 하만의 목소리인지 모르겠다. 어쩌면 그 둘 다일 수도 있다. 누군가가 단운룡을 부르고 있었다.

단운룡이 달리는 아이들 쪽을 돌아보았다. 싸움을 보고 싶다. 그러나 그럴 수는 없다. 마지못한 움직임, 발을 돌려 아이들의 뒤쪽으로 따라붙었다. 가장 앞에 선 어른들 쪽에서는 살벌한 병장기음이 난무를 시작하고 있었다.

채애앵! 채앵!

"크악! 막아라!"

"적들의 숫자가 너무 많다!!"

"안 돼! 절대 무너지지 마라!"

놀라울 뿐이었다.

저번에 본 것과는 또 다른 광경이었다. 이렇게 환한 햇볕이 내리쬐는 대낮에 수십 명의 병사가 달려드는 모습은 그야말로 죽을 때까지 잊을 수가 없을 것 같았다.

'어째서……!'

화살이 날아오는 것을 보고도 피하지 않던 적병들의 모습이 머리에서 떠나질 않았다.

피하지 않는다. 믿는 구석이 있어서가 아니다. 맞고 멀쩡하냐? 그런 것도 아니었다. 화살 한 방에도 풀썩 쓰러져 버릴 거면서 무작정 달려든다. 한두 놈도 아니고 수십 명 전체가.

'죽는 줄 뻔히 알면서도!'

적들만 그런 것이 아니다. 이쪽도 마찬가지다.

딱 보기에도 적들은 까마득하게 많다. 멀리서 보면 수십 명일지 몰라도 달려오는 기세를 보자면 엄청나게 많아 보인다. 그런 적들을 고작 이십 명 남짓으로 막아내려 한다. 퇴각을 이야기했지만, 방패를 세우고 칼을 휘두르는 전사들의 표정에는 후퇴할 생각이 전혀 없는 것 같았다.

'우리를 살리려고? 아니야. 그렇지만도 않아.'

아이들을 살리기 위하여 적들을 막아준다?

그렇게 보이지도 않았다.

막는다는 것은 도망치지 않으려는 단순한 구실 같다.

그저 싸우기 위해 싸울 뿐이다. 철천지원수를 외나무다리에서 만났을 때 뒤로 물러날 수가 없는 것처럼, 오원의 어른들은 적들과 싸우는 것 그 자체에 목숨을 건 느낌이었다.

'이것이 오원의 싸움!'

단운룡은 알 것 같았다.

이들은 무림인들과 다르다. 또한 다르면서도 같았다.

지키고자 하는 것이 있고, 그것을 위해 목숨을 바친다.

그래서 다르며, 그래서 같다.

그들이 지키고자 하는 것은 명예나 부(富)와 같은 세속적인 것이 아니었다. 이곳에서 목숨을 버린다고 하여 알아주는 사람은 아무도 없다. 이곳에서 목숨을 버린다고 하여 없던 농지가 생겨나는 것도 아니다.

그저 싸울 뿐이다.

이 땅을 살아가는 그들의 삶은 그렇게 시작해서 그렇게 완성될 따름이었다.

단운룡의 세계가 더 넓어지고 있었다.

중원의 무인들로서는 죽을 때까지 볼 수 없는 세계였다.

억조창생.

이 세상에 삶을 부여받은 모든 이들은 그들이 살아가는, 살아가야만 하는 방식이 있다. 누군가 다르게 살고 있다 하여, 누군가 미련하게 싸우고 있다고 하여 그것을 간단하게 틀렸다고 말할 수 있는 것이 아니라는 뜻이었다.

'이 싸움에서…… 나는, 우리는……!'

단운룡의 시선이 움직였다.

전사들의 장렬한 싸움터에서부터 도망치고 있는 소마군에게로 돌아가는 시선에 단운룡의 커다란 마음이 담겼다.

단운룡은 오원 땅에서 자란 전사가 아니다. 단운룡은 아직 어른이 되지 않은 소마군들에 속해 있었다.

소마군은 어쩌면 이 오원 땅의 전사들과 다른 방식의 삶을 살아갈 수 있을지도 모른다. 그저 죽음을 향해 돌진하는 것으로 삶을 주장하는 것이 아니라, 훨씬 더 지혜롭고 강렬한 방법으로 싸움을 해나갈 수 있을지 모르는 것이다.

단운룡의 몸속에서 새로운 힘이 들끓어올랐다.

그 힘은 강력한 의지다.

일단 이곳을 살아나고 본다.

살아나서 돌아가야 그 이상을 할 수 있다.

오원의 전사들이 해왔던 싸움을 뛰어넘어, 새로운 시대를 열어가려면 이 소마군이 사라져서는 안 되는 것이다. 단운룡의 눈이 사방을 훑었다. 생명을 구하는 신룡(神龍), 활로를 열어가기 위한 어린 용의 두 눈이 번쩍이는 빛을 발하고 있었다.

*　　*　　*

"대열을 갖춰라! 이곳으로 모여!"
나선 것은 포랑족 사냥꾼 포엽이었다.

추격대의 대형은 좌충우돌하는 사이에 엉망으로 흐트러져 버린 상태다. 대장인 묵운은 보이지도 않았다. 단창을 쓰는 적장과 맞부딪치며 수풀 너머로 사라져 버린 것이다.

"서쪽이다! 서쪽을 뚫어!!"

포엽의 외침을 들은 대산이 하늘을 올려다보았다. 대산의 눈이 나뭇가지 사이로 보이는 태양을 찾았다.

'서쪽이 어느 방향이지?'

정신없이 움직이다 보니 방위를 잡기가 어려운 지경에 이르렀다. 기울어진 태양, 풀잎이 자라는 방향을 확인하고는 곧바로 고개를 돌렸다.

'서쪽이면 왼쪽! 왼쪽이면……!'

왼쪽을 보았다.

진녹색 넝쿨 사이로 몇 개의 그림자가 모습을 드러내고 있었다. 그나마 포위망이 얇아 보이는 방향이었다.

'하지만……!'

대산의 옆에는 언제나처럼 흑로가 따라붙고 있었다. 흑로 외에 함께 온 세 명은 이미 두 명으로 줄어든 상황이었다. 나무 그늘에서 날아든 적병의 칼을 피하지 못했던 것이다.

'왼쪽은 불길하다! 가면 안 돼!'

극도로 예민해진 감각이 대산의 마음을 이끌고 있었다.

왼쪽에서는 죽음의 냄새가 난다.

후각이라 해도 좋고, 오감을 넘어선 육감이라 해도 좋다.

대산의 눈이 반대편 오른쪽을 바라보았다.

'오른쪽!'

하지만 오른쪽에는 더 많은 적들이 수풀을 헤쳐 오고 있었다. 눈에 보이는 놈들만 다섯 명이 넘는다. 원나라 표식이 그려진 갑주가 그렇게 위압적일 수가 없었다.

'왼쪽으로 가야 하나!'

대산은 망설였다.

포랑족 포엽의 판단을 믿어야 할지, 아니면 스스로의 육감을 믿어야 할지 혼란에 빠진 것이다.

왼쪽은 포위망이 얇지만 죽음의 기운이 느껴진다.

오른쪽은 적병들이 많았지만 그것만 뚫으면 어떻게든 살아날 수 있을 것 같다.

선택의 기로다.

소년의 눈이 생사의 갈림길을 꿰뚫었다.

"멈춰!!"

대산의 목소리는 그 어떤 어른들의 목소리보다 훨씬 더 큰 힘을 발하고 있었다. 대산이 어깨 위로 만도를 한껏 치켜 올렸다. 대산이 소리쳤다.

"흑로! 우리는 동쪽을 돌파한다. 오른쪽으로 달려라!"

어떤 어른들도 대산을 만류할 수가 없었다. 아니, 심지어 몇몇 어른은 대산과 함께 오른쪽으로 방향을 틀고 있기까지 했다. 왜인지는 모른다. 대산에게서 더 강렬한 삶의 의지가 느껴졌기 때문일 수도 있고, 대산과 같은 육감을 느꼈기 때문일 수도 있다. 어른들 몇 명이 달려오는 것을 본 대산이 용기 백배하여 더 큰 외침을 터뜨렸다.

"두려워하지 말고 가자! 우리는 살아날 수 있어!"

선봉으로 달려가는 대산이다.

그 순간 소년은 어른들을 이끄는 대장이 되고, 어른들을 넘어서는 강력한 전사가 되었다.

누구에게도 지지 않을 것 같은 사나운 기운이 대산의 만도 끝에 실렸다. 달려들던 타가의 병사가 그 기세에 눌린 듯 주춤거리며 물러날 정도였다.

콰직!

대산의 칼은 육중한 도끼와도 같았다. 적병의 가슴의 갑주가 그대로 박살났다. 치솟는 피분수를 뛰어넘는 대산의 손에서 핏물을 머금은 만도가 살벌한 광채를 발했다.

"멈추지 마! 동쪽에 길이 있다!"

대산의 목소리는 삶을 인도하는 한 자루 보도였다. 짓쳐오는 적병의 칼 밑으로 흑로와 다른 아이가 달려들었다. 흑로의 칼이 수평으로 올라가며 내려치는 적병의 칼을 막는다. 밑에 있던 다른 아이가 칼끝을 세워 적병의 허벅지를 힘껏 내리찍었다.

"크악!"

비명을 미처 다 지를 새도 없었다. 적병의 칼을 튕겨낸 흑로의 칼이 위쪽으로 치받아 올라갔다. 턱밑을 가르는 일격에 새빨간 핏물이 폭포처럼 쏟아졌다. 흑로와 아이들이 커다란 적병을 밀어내며 대산의 뒤를 따라붙었다.

서쪽으로, 그리고 동쪽으로.

안 그래도 적은 숫자가 둘로 나뉘어 달려든다. 적병들로서도 당황스러운 일일 것이다. 한데 뭉쳐도 어려운 마당에 갑작스런 변화를 보인, 그 누구라도 놀랄 수밖에 없었다.

"흑로! 곧바로 따라와!"

대산의 발이 더 빨라졌다.

앞에는 적병이 세 명이나 보인다. 그럼에도 대산은 달리는 속도를 조금도 줄이지 않았다. 두터운 나무뿌리를 박차고 뛰어올라 힘을 다해 내려쳤다. 황급히 칼을 올려 막는 적병의 머리 위로 대산의 만도가 무서운 기세를 뿜어냈다.

찌어엉!

십육 세 소년의 손아귀에서 어찌 그런 대단한 힘이 발해졌을까.

적병의 칼이 단숨에 두 동강 났다.

다음은 잔인하게 짓이겨지는 머리다. 머리뼈가 박살나고 핏물이 용솟음쳤다. 희멀건한 무언가가 쏟아지는 모습은 그 놀라운 광경에 무시무시함을 더하고 있었다.

가장 앞에 있는 한 명이 그토록 간단하게 죽어버렸다.

기선 제압이었다. 이쪽의 사기는 한순간에 올라가고, 저들의 사기는 한순간에 떨어진다. 대산이 짓쳐가고 그 뒤쪽을 흑로가 엄호했다.

대산의 칼이 적의 칼을 타 넘고 목덜미를 베어냈다. 다른 쪽에서 날아오는 칼은 흑로가 막아주며 이인 공방일체의 호흡을 보여줬다.

돌아선 대산이 다음 상대를 노렸다. 그러나 대산은 그쪽에까지 칼을 겨눌 필요가 없었다. 빠르게 달려온 어른 한 명이 순식간에 목을 날려 버린 것이다.

"어느 쪽으로 가야 하지?"

전사로는 몇 명 되지 않는 화니족의 남자였다. 그가 대산을 돌아보며 물었다. 부족의 전통대로 짧고 헐렁한 상의를 입고 있었다. 갑주 하나 걸치지 않은 가벼운 옷차림에 붉은 얼룩이 가득했다. 적들의 뜨거운 선혈이었다.

"계속 이쪽으로 갑니다!"

"살아날 길은 동쪽에 있는 것인가!"

"그렇습니다!"

대산의 대답은 확신에 가득 차 있었다.

이유는 모른다. 다만 동쪽으로 가면 살 수 있다는 느낌이 들 뿐이었다. 화니족 남자가 허공에 칼을 휘두르며 진득하게 묻어 있던 핏물을 뿌려냈다. 그가 대산의 눈을 직시하며 호방하게 외쳤다.

"좋아! 어린 전사의 새파란 감각을 어디 한번 믿어보도록 하지!"

싸움터에 나이는 필요치 않다.

번뜩이는 무언가가 느껴졌다면, 더 어려운 길일지라도 그 느낌을 따르는 것이 좋다.

오랜 싸움으로 얻어진 전사의 마음가짐이다.

전사는 전사의 느낌을 믿는다. 한 번 믿으면 결코 그 믿음을 놓지 않는다. 온순하기로 소문난 화니족과는 도통 어울리지 않는 남자였다. 그가 대산과 어깨를 나란히 하면서 칼끝을 앞으로 했다.

"가자! 적들을 돌파하자!"

"와아아아아!"

그들의 입에서 의지의 함성이 터져 나왔다.

대산을 따르며 깊은 숲, 활로를 열어간다. 열 명도 안 되는 적은 숫자였지만, 그들의 기세는 그야말로 백만 대군이 부럽지 않았다.

선두에 선 대산이 한순간 뒤를 돌아보았다. 머나먼 숲 저편, 어떻게 되었을지 알 수 없는 곳에 소마군이 있었다. 대산의 마음속에서 한마디 외침이 발해졌다.

'동쪽이다! 동쪽으로 와라! 그러면 살 수 있어!'

누군가 마음으로 들어주길 바랄 뿐이다.

태양이 떠오르는 곳, 삶을 향한 불꽃이 생명의 근원이 되는 동쪽을 향하여 피어오르고 있었다.

　　　　　*　　　　　　*　　　　　　*

　뒤로 달려가는 아이들의 행렬이 파탄을 드러내기까지는 오래 걸리지 않았다.
　넘어지는 아이가 있고, 낙오되는 아이가 있었다.
　수습이 되지 않는다.
　아이들의 달리기는 결코 빠르지 못했고, 막아주는 어른들의 방벽은 무너지기 일보 직전이었다. 단운룡의 눈이 아이들의 선두에 이르렀다. 아이들을 재촉하는 우목이 그 앞쪽에 있었다.
　'그쪽은 안 돼! 잡힌다!'
　처음에 행군해 왔던 길을 되짚어 돌아가고 있다. 아이들이 달려가는 방향은 이 공터로 내려왔던 바로 그 언덕길이었다. 무작정 적들이 공격해 온 반대 방향으로 달려가는 것이다.
　'막아야 해. 그쪽으로 달려봐도 결국은 따라잡혀 죽을 뿐이야!'
　단운룡은 그 길에서 죽음을 보았다.
　조급한 마음으로 언덕을 올라가는 아이들.
　길을 따라 올라갔으니, 어느 쪽으로 움직이는지 훤히 보인다. 적병들도 장님이 아닌 이상 순식간에 따라오게 된다. 어쩔 줄 몰라 하는 아이들은 언덕을 다 넘어간 것만으로 지쳐 버릴 것이 틀림없었다. 그렇게 되면 전멸이다. 어린애 손목 비틀 듯이 쉽다는 말을 달리 쓸 곳도 없을 것이었다.

단운룡이 땅을 박찼다.

너무도 오래 참았다. 너무도 오랫동안 상황을 보았다.

이제는 직접 움직일 때다.

너무 어려서 말을 들어주지 않을 것이다?

말을 듣게 만들면 된다.

만능능파(萬能能波), 육맥신보(六脈神步).

망가진 구결밖에 없는 이름 모를 신법이다. 이름을 잃어버린 무명신법이 단운룡의 발끝에서 펼쳐지기 시작했다.

언덕의 초입에 이른 아이들을 단숨에 앞지르며 풀잎 섞인 흙바람을 일으켰다. 순식간에 선두로 달려나간 단운룡이 우목의 어깨를 잡아챘다.

"이쪽은 안 돼! 방향을 바꿔!"

"무슨 소리야!"

"어서! 이쪽으로 가면 전멸이야!"

단운룡은 대산과 달랐다.

닥쳐올 위험을 감추지 않고 말해 버렸다. 지금은 대산처럼 아이들을 안심시킬 상황이 아니다. 믿음을 줄 수 없다면 겁이라도 줘야 한다. 그렇게 해서라도 아이들의 마음을 바꿀 때였다.

"빨리 이야기해! 당장 멈추라고!"

"멈추라고? 미친 거야?"

"죽고 싶지 않으면 내 말대로 하란 말이야!"

단운룡의 목소리는 컸다.

불완전한 구결이었지만, 내공을 담은 목소리는 달려오는 모든 아이들의 머리를 파고들기에 충분하고도 남았다. 그 기세에 눌려 버린 우목이 당황한 어조로 소리쳤다.

"대체 어쩌자는 거야? 어느 쪽으로 가라고!"

어느 쪽으로 갈 것인가.

단운룡이 뒤를 돌아보았다.

장렬하게 죽어가는 어른들의 모습이 보였다. 공터 전체가 피로 물든다. 불어오는 바람이 진한 피 냄새를 몰아왔다.

'왼쪽 숲, 오른쪽 숲. 서쪽과 동쪽!'

단운룡의 눈이 왼쪽의 숲에 이른다.

아니다.

저쪽으로는 길이 없다.

단운룡의 머릿속에 강렬한 예감이 스친다. 어디서 왔는지 알 수 없는, 누군가가 외치는 소리를 들은 듯한 그런 예감이었다.

'오른쪽, 동쪽!'

단운룡이 우목의 눈을 바라보았다.

강렬한 광채가 단운룡의 눈 안에 있었다.

"저쪽 숲으로 뛰어! 그러면 살 수 있어!"

동쪽이다.

활로는 동쪽에 있다.

어떻게든 살아남으라고 말했던 아버지의 한마디가 단운룡의 가슴을 쳤다. 살아남을 수 있는 길을 안다. 살아남을 수 있는 길을 느낀다.

그것은 단운룡이 일깨운 또 하나의 재능이다. 전사들이 지닌 육감, 이미 단운룡이 가지고 있었던 그 육감이 다시 한 번 가슴속에서 깨어나고 있었다.

"오른쪽으로 가자! 어서 움직여!"

다행히도 우목은 단운룡의 재능을 외면하지 않았다. 단운룡의 육감을 알아보았기 때문이 아니다.

그것밖에 다른 길이 없었던 까닭이다. 어찌할 방도가 없는 위기 속에서 누군가의 말이라도 들어보고 싶었던 것인지 몰랐다.

"가자! 빨리 달려!"

어차피 호랑이 등에 탄 형세다. 우목이 아이들을 잡아당겨 동쪽 숲을 향해 달려갔다. 줄줄이 달리는 아이들은 그냥 보기에도 위태롭다. 그들의 움직임에는 아무런 대형도, 어떤 의지도 담겨 있지 않았다. 그저 두려움으로 발을 재촉할 뿐인 것이다.

"숲으로!!"

단운룡과 우목이 풀숲을 헤치고 앞장섰다. 아이들의 속도가 급격히 느려진다. 단운룡의 눈이 빠르게 숲 속의 길을 훑었다.

'바로 앞에는 길이 없어! 약간 꺾어야 해!'

어떻게 그런 시야가 생겼는지는 모른다.

뭔가 알 것 같다. 숲이 펼쳐진 모습, 아이들이 갈 수 있는 지형.

누군가 가르쳐 주기라도 하는 것 같다. 단운룡의 핏줄 속에 있던 살기 위한 재능이 더욱더 커지고 있는 것일 수도 있다. 단운룡은 마치 이 숲의 생김새를 위에서 내려다보듯 알 수가 있을 것 같았다.

"이쪽이다! 발밑을 조심해!"

아이들은 이제 무엇에라도 홀린 듯이 발을 움직이고 있었다.

두려움에 정신을 차리지 못하고 있다?

아니다. 그것뿐이 아니었다.

두려움 이상의 무언가가 있는 것이다.

그것은 다름 아닌 단운룡의 목소리다. 누구의 목소리인지 분간도 하지 못하는 아이들에게 있어 살길을 가르쳐 주고 있는 유일한 목소리였다.

'따라왔어! 곧 잡힌다!'

가장 앞에서 달려가고 있으면서도 뒤쪽으로 다가오는 살기를 놓치지 않았다. 단운룡이 우목에게 소리쳐 물었다.

“싸울 수 있는 사람이 누구야?”

“뭐라고?”

“뒤쪽을 막아줄 사람이 필요해!”

“따라잡힌 거야?”

“어서!”

“호위조 아창족 형들이 있어!”

“뒤쪽으로 보내줘!”

“알았어!”

단운룡만으로는 안 된다. 우목이 있기에 가능한 일이다. 우목이 뒤를 돌아보며 단운룡의 말을 전했다. 검은 옷을 입은 소년들 몇 명이 속도를 줄이며 아이들의 후미로 돌아 들어갔다.

'내리막길이다. 가파른 지형! 아이들은 갈 수 없어!'

단운룡은 수풀 너머 급작스럽게 낮아지는 땅을 느낄 수가 있었다.

심하게 가파른 길이다. 아이들의 능력으로서는 내려갈 수가 없는 지형이었다.

'한쪽으로 돌아가면 되긴 하지만!! 그래서는!'

그러다간 속도가 더 줄어든다.

적병들에게 잡히고 말 것이다. 생각하는 사이에 발밑으로 푹 꺼지는 땅이 다가들어 왔다. 우목이 깜짝 놀라며 단운룡을 불러 세웠다.

"잠깐! 이쪽은 안 될 것 같아!"

구불구불 솟아오른 열대의 나무들 사이로 탁 트인 시야가 찾아들었다.

가파른 내리막길에 미끄러운 넝쿨들이 가득 덮여 있었다.

하나하나 붙잡고 내려가면 못 갈 바도 아니지만, 시간이 오래 걸릴 것임은 불을 보듯 뻔했다.

챙! 채앵!

앞에는 길이 없다. 뒤에서는 병장기 소리가 울려오기 시작한다. 뒤로 돌아갔던 호위대 아창족 소년들이 적병들의 추격을 맞이하는 소리였다. 단운룡의 눈이 빠르게 아이들의 위아래를 훑었다.

'수색 포대! 식량 주머니!'

그렇게 급하게 달려오는 와중에도 식량을 버리지 않은 아이들이 보인다. 건량 주머니는 땅에다 버렸을지 몰라도 획득물을 넣어가는 포대만큼은 아직까지 짊어지고 있는 아이들이 남아 있었다.

단운룡도 그런 아이들 중 하나였다. 건량 주머니는 아까의 공터에서 다 꺼내놓았지만 수색조의 포대는 어깨 위에 둘러놓은 상태였다. 단운룡이 급하게 포대를 풀어 땅에다 펼쳤다. 가파른 내리막길 끝에 걸치고 앞쪽의 양끝을 잡았다. 단운룡이 큰 소리로 외쳤다.

"타고 내려가! 갈 수 있어!"

그렇게나 가파른 내리막길이다. 헛소리로 들릴 수밖에 없다. 하지만 단운룡은 알고 있었다. 뒤에 있는 것은 아이들이다. 아이들은 모험을 두려워하면서도 그 성공을 동경하게 마련이었다. 누군가가 먼저 하기만 하면 된다. 시도해서 무사한 것을 보면 너도나도 따라 하게 될 것이 틀림없었다.

"간다!"

가장 먼저 가는 것은 단운룡 본인이다.

포대를 엉덩이로 누르고 몸을 튕겼다. 습기 찬 진흙, 두텁게 덮여 있는 넝쿨이 포대의 밑바닥에 미끄러진다. 그리고는… 단운룡의 전신을 아래쪽을 향하여 무서운 속도로 빨아들이기 시작했다.

쐐애애애애액!

귓전에 스치는 바람이 엄청나다. 포대의 앞쪽을 잡고 상체를 뒤쪽으로 당겼다. 곤두박질치듯 빠르게 내려간다. 시야 바깥으로 스쳐 가는 넝쿨의 초록빛이 단번에 뭉개져 버릴 정도였다.

촤아아아아악!

거의 다 내려왔다. 포대 끝을 잡은 손아귀에 아플 정도로 강한 힘이 실렸다. 완만하게 이어지는 경사로 땅바닥에 처박히는 것을 면했다. 미끄러지는 탄력을 받아 재빨리 몸을 일으켰다. 집어 올린 포대의 바닥 면이 녹색과 검은색으로 진하게 물들어 있다. 단운룡이 몸을 돌려 까마득한 위쪽을 올려다보았다.

“……!”

모두가 휘둥그렇게 커진 눈으로 단운룡을 내려다보고 있었다. 단운룡이 손을 휘두르며 큰 소리로 외쳤다.

“어렵지 않아! 다들 빨리 내려와!”

뒤쪽으로 적병들이 다가들고 있다는 사실도 잊어버린 모양이다. 서로가 눈치를 본다. 굉장한 것을 보았지만 자기들도 할 수 있을지 겁내는 것 같았다.

“뭐 별거라고! 내가 간다!”

‘좋아!’

먼저 나서준 이는 소봉이었다.

장난을 좋아하는 소년답게 의기양양한 얼굴로 포대 자루를 땅바닥에 펼쳐 놓았다. 그러자 한쪽 옆에서 또 한 명의 소년이 달려나오며 손에 들고 있던 건량 주머니를 쫙 찢어놓았다.

“나도 간다! 난 더 작은 거다!”

속에 든 건량이 땅바닥에 쏟아졌다. 펼쳐 놓은 주머니는 엉덩이를 겨우 붙일 만한 크기밖에 되지 않았다.

“그걸로 내려가다 뒈지는 거 아니냐?”

“놀라서 눈깔 찢어지지나 마라! 머저리 새끼야!”

소봉에게 욕을 하는 그 소년은 다름 아닌 경포족의 금령이었다. 겁도 없이 몸을 던지는 서슬에 소봉이 깜짝 놀라며 포대 자루를 잡아당겼다. 두 소년의 몸이 무서운 속도로 아래를 향해 미끄러져 갔다.

"끼얏호!"

금령이란 놈은 구제 불능이었다.

이것은 목숨을 건 탈주다. 그럼에도 불구하고 신이 난다는 듯 소리를 질러댄다. 소봉이 그 뒤를 따라 미끄러져 내려가며 이를 갈았다.

"저 미친 새끼!"

작기만 한 건량 포대는 무척이나 불안해 보였다. 금령의 상체가 넝쿨의 굴곡을 따라 위아래로 커다란 흔들림을 일으켰다. 순식간에 내리꽂더니 끄트머리까지 내려와서는 그대로 땅을 굴러 버렸다. 단운룡이 얼굴을 굳히며 급히 그쪽으로 몸을 날렸다.

"와하하하하! 최고야!"

꽤나 거칠게 굴러 내려왔음에도 전혀 다치지 않은 모양이다.

흙투성이의 몸을 벌떡 일으키며 웃음까지 터뜨려 버린다.

"이런 미친놈이 다 있나!"

소봉이 부드럽게 몸을 일으키며 욕지거리를 내뱉었다.

그렇다.

이런 놈도 있다.

죽음에 대한 공포가 애초부터 없는 놈이다.

게다가 의도한 바는 아니었겠지만 금령의 이 무모한 행동은 위쪽에 있는 아이들에게 있어 강렬한 촉발제나 다름이 없었다. 평소에 겁이 없었던 놈들부터 하나씩 포대 자루를 펼치고 몸을 던져 내려온다. 너도나도 미끄러져 내려오게 되는 것은 금방이다. 모자란 것은 두 쪽으로 찢어서 내려오는 등 저들 스스로 이 위험한 썰매질에 동참하고 있었다.

'좋아! 서둘러라!'

넝쿨에 걸려서 팔이 부러진 놈, 잘못 내려와 피투성이가 된 놈, 머리가 깨져서 피를 흘리는 놈까지 상당수가 다쳤다. 그래도 위에는 이제 남아 있는 아이들이 없었다. 내려올 수 있는 녀석들은 전부 다 내려온 것이다.

'이것으로 어느 정도 따돌릴 수 있겠어!'

내려올 수 있었던 아이들.

내려오지 못하는 아이들.

단운룡은 뒤쪽에서 적들을 막는 아창족 소년들을 애써 생각하지 않으려 했다. 대부분은 이미 죽임을 당했거나 앞으로 죽임을 당하고 말 것이다. 어떻게 저 위까지 왔다고 해도, 이제는 남아 있는 포대 자루가 없다. 몸을 숨겨서라도 살아남아 주길 바랄 수밖에 없었다.

"가야 돼! 서둘러!"

단운룡이 소리쳤다.

이제는 우목의 입을 통하지 않아도 모두가 단운룡의 뒤를 따르고 있다. 쪼그만 놈이 이곳에 있는 그 누구보다 용기있게 행동하고 있으니 따르지 않을 도리가 없는 것이다.

'더 죽어선 안 돼. 죽게 만들지 않겠어!'

삼십 명도 남지 않았다. 다치지 않고 멀쩡한 아이들은 스무 명도 안 된다. 대산과 함께 추격대로 차출되었던 다섯을 제외하고도 열 명이 넘게 죽거나 다쳤다는 말이다.

상당한 피해였다. 그 이상은 안 될 일이었다.

"어느 쪽으로 가야 되지?"

"여기서 저 앞으로."

단운룡이 숲 저편으로 보이는 바위산을 가리켰다.

산이라 하기엔 낮은 곳이다. 아무런 기약도, 뭔가 약속된 바도 아니었지만, 저기까지만 가면 살길이 열릴 것 같았다. 길이 열린다기보다는 살아날 수 있는 무언가가 그들을, 단운룡을 기다리고 있는 듯한 느낌이었다.

아이들의 행군이 빠른 듯 느린 듯 줄기차게 이어졌다.

상당 시간을 달리고 상당 시간을 걸었지만, 적들이 추격해 오는 기미는 더 이상 보이지 않았다. 아까의 내리막길에서 포기하고 돌아간 모양이었다.

얼룩덜룩한 무늬를 지닌 표범이 숲의 앞길로 나타났지만, 뭉쳐서 달려가는 아이들의 기세에 놀란 것인지 달려들 엄두를 못 내고 모습을 감춰 버렸다. 가장 앞에 있던 단운룡의 눈빛에 놀란 것일지도 몰랐다.

"쉿!"

울창한 숲도 이제는 끝에 다다랐다. 단운룡이 아이들을 조용히 시키며 걸음을 멈추었다.

나무들이 듬성듬성 솟아 있는 가운데, 작은 개울과 검은색 진흙이 펼쳐져 있는 평탄한 습지가 그들 앞에 있었다. 우목이 단운룡의 옆에 가까이 붙었다.

"적병?"

"봐. 적들이 있어."

"억! 저건……!"

"그래."

"기마병이잖아……!"

우목의 얼굴이 사색이 되었다.

활로가 있다고 생각했건만, 잘못 알았던 것일까.

평지 저편으로 기마병들이 보인다.

일단 숫자는 셋밖에 안 되지만, 그것이 전부라고 속단하기엔 아직 일렀다. 이런 외진 곳에 적들의 기마병들이 있다는 것 자체가 이상한 일이기 때문이다. 이 근처 어딘가에 적들의 진지가 있다고 생각할 수밖에 없었다.

'들키면 끝장이야.'

세 기의 기마병.

이쪽은 아이들과 이십여 명.

해볼 만하다?

전혀 그렇지 않다.

차라리 단운룡 혼자였다면 또 모르겠다. 하지만 지금은 아이들이 함께 있다. 아이들로서는 저들을 상대할 만한 힘이 없었다.

말발굽에 짓밟히기만 해도 죽는 것이다. 내려치는 북방 만도나 육중한 장창에도 배겨낼 재간이 없다. 본능으로 느낀다. 이것은 불가능한 싸움이다. 절대적인 생존의 육감이었다.

"몸을 낮추고 천천히 움직여. 저쪽 그늘에 숨어서 이동하면 괜찮을 거야."

단운룡이 습지 한쪽의 푹 꺼진 지형을 가리켰다. 우목이 단운룡의 옷소매를 잡아당기며 고개를 설레설레 저었다.

"저쪽으론 갈 수 없어. 돌아가야 할 것 같아. 들키기라도 하면……."

들키면 전멸이다.

우목은 그 말을 목구멍으로 삼켜 버렸다. 더 큰 위험을 맞닥뜨리기 전에 서둘러 피하자는 이야기다. 우목의 말에 단운룡이 뒤쪽을 돌아보았다. 수풀을 헤쳐 가며 왔던 길이 그 뒤에 있었다.

"안 돼. 돌아갈 수 없어."

또다시 머릿속에서 알 수 없는 목소리가 울리고 있었다. 아버지의 목소리일 수도 있고, 오기륭의 목소리일 수도 있다. 대산의 목소리일 수도 있었다.

돌아가면 죽는다.

추격해 오는 적들을 만나든 아니면 다른 위험에 처하든, 왔던 길로 되짚어 갔다가는 반드시 죽게 된다.

지금 선택할 수 있는 길은 전진뿐이다. 단운룡이 단호한 눈빛으로 우목을 바라보았다.

"가자. 가야 해."

우목은 울상이 된 얼굴로 고개를 끄덕였다. 어차피 여기까지 살아 온 것도 단운룡이 없었더라면 불가능한 일이었을 것이다. 우목이 먼저 몸을 숙이고 천천히 앞서 나갔다. 소봉이 뒤질세라 그 뒤를 따르고, 금령이 곧바로 그 뒤를 따라붙었다. 조심스럽게 발을 옮기는 반조에서부터 불안한 얼굴의 하만까지 다른 아이들도 연이어 발을 움직이기 시작했다.

슬금슬금 나아가는 아이들의 속도는 달팽이처럼 더뎠다.

입 하나 뻥끗하지 않은 채, 한발한발 소리 낼까 뒤꿈치까지 들고 있었다. 기마병의 무서움을 잘 알고 있는 아이들이 있어서 그렇다. 그 흉맹함을 직접 겪어본 아이들도 있고, 단숨에 가족을 잃은 아이들도 있는 것이다. 기마병을 본 적이 없는 아이들조차도 모두의 분위기에 압도된 나머지 숨소리 하나도 함부로 내지 못했다.

아래쪽 땅으로 몸을 붙이고 머리를 내밀어 적들의 동향을 살폈다.

알아챈 기미는 아직 없다. 한참 멀리서 들리는 '푸르륵' 투레질 소리가 천둥처럼 크게 들려올 뿐이다.

"살 떨리네……."

하만이 숨죽여 낸 목소리는 그들 모두의 심정을 그대로 드러내고 있었다. 아슬아슬 위태로운 기분으로 기병들의 시선을 피하면서 땅바닥을 기다시피 했다.

반 정도 왔을까.

바위산 기슭의 커다란 바위 하나가 저 앞에 있었다.

"엇!"

한 번씩 고개를 내밀어 적들을 살피던 우목이 일순간 하얗게 질린 얼굴로 몸을 숙였다. 우목이 바람 새는 목소리로 다급하게 말하며 아이들의 옷깃을 잡아당겼다.

"멈춰! 한 놈이 온다!"

아이들은 우왕좌왕 당황하지 않았다. 다행이 아닐 수 없다. 목숨이 걸려 있다는 사실을 잘들 알고 있는지, 일제히 발을 멈추고 땅바닥에 몸을 붙였다. 습기 찬 진흙으로도 감싸지 못하는 말발굽 소리가 무서움을 과시하듯 서서히 가까워지고 있었다.

투박, 투박.

얼어붙은 아이들이다.

거대한 전마(戰馬)가 내뿜는 숨소리와 그 위의 기병에게서 들려오는 쩔그럭거리는 금속성은 아래쪽에 숨어 있는 아이들에게 그야말로 죽음을 속삭이는 목소리처럼 들릴 따름이었다.

투박.

기마병의 말발굽 소리가 멈추었다.

지척이다.

몸을 조금만 올려도 잔인한 기마병의 시선과 딱 마주칠 거리였다.

'거기서 더 다가오지 마라. 제발!'

아이들의 가슴속에 새겨진 마음은 한결같았다. 쿵쾅거리는 심장 소리를 어찌할 도리가 없다. 단운룡만이 보이지 않는 위쪽을 노려보면서 침착하게 사태의 변화를 주시할 뿐이었다.

투박. 푸르릉!

'그래! 돌아가! 돌아가!'

마음속 목소리를 그대로 들을 수 있다면, 그것은 이십여 소년의 시끄러운 아우성이 되었을 것이다. 기마병의 말발굽이 반대편을 내딛는다. 한 발 더, 한 발 더. 왜 달려가지 않는 것인지 알 수가 없다.

'좋아. 이대로라면……!'

우목과 소봉의 질린 얼굴에 화색이 돌아왔다.

아직 멀어지진 않았지만 방향을 바꾼 것만으로도 절반은 넘는다. 이제는 계속 저쪽으로 가기만 하면 되는 것이다.

하지만.

하늘은 아이들을 외면한 것인지.

가장 앞쪽에 있던 아이들이 흠칫 놀란 기색을 보이며 뒤쪽으로 물러나기 시작했다. 우목이 크게 당황한 표정을 지으며 입 모양만으로 물었다.

'뭐야? 무슨 일이야?'

아이들의 움직임은 그칠 줄 몰랐다.

가장 앞에 있던 아이들, 그 뒤에 있는 아이들, 또 그 뒤에 있는 아이들이 겁먹은 얼굴로 한 발씩 물러나는 중이었다.

'왜 그래? 다들 미쳤어?'

큰일이다.

이미 수습이 불가능하다. 큰 소리로 말을 할 수 없으니 더더욱 그렇다. 왜 그런지 물어도 뭐라고 하는지 잘 알아들을 수가 없었다. 우목과 소봉이 재빠르게 땅바닥을 기어서 아이들의 앞쪽으로 갔다. 아이들을 물러나게 만드는 것, 통제를 무너뜨린 원인이 무엇인지 확인해야 했다.

'이런……!'

'제길!!'

어처구니가 없는 일이다.

잘 숨어 있던 아이들을 흩어놓은 것은 조그맣기 짝이 없는 단 한 마리의 생명체였다.

개구리 한 마리다. 노란색과 붉은색이 미물의 등 위에 예쁜 무늬를 그리고 있었다.

'촉사와(洑死蛙)!!'

주둥이가 화살촉처럼 뾰족한 개구리다. 죽음을 부르는 개구리라 하여 사와(死蛙) 또는 촉사와라 불린다.

만지기만 해도 중독에 이르며 해독은 불가능하다. 통상 신의라 불리는 의원이 곁에 있다면 모르되, 독력을 이겨낼 내공을 지니고 있지 않다면 그저 가까이 가지 않는 것이 상책이다. 화려한 색깔의 몸 전체에 독액이 가득하며, 사람의 피부에 닿게 되면 그 순간부터 반 다경도 버티지 못한다. 어른들도 그러할진대, 아이들은 더하다. 반 다경, 그것의 반도 견뎌내지 못할 것이다. 즉사나 다름없다는 이야기였다.

'죽여야 해!'

그나마 다행이라고 한다면, 치명적인 독을 제외하고는 보통 개구리와 다를 바가 없다는 사실이었다. 밟기만 해도 죽는다. 죽이면서 발바닥에 독액이라도 스며들었다면 그쪽 발을 통째로 잘라내야 하겠지만 말이다.

'돌멩이를……!'

그러나 저 촉사와가 출현한 순간, 이미 아이들의 운은 바닥을 친 것이라 해도 틀린 말이 아니었다. 목소리 하나 없었던 조그만 소요였지만, 그래도 대여섯 명이 넘는 아이들이 황급하세 몸을 움직였다. 전장을 누비던 병사들의 감각이 그런 것을 알아채지 못했다면 그 병사는 보통 무딘 놈이 아닐 것이다. 그리고 바로 지척까지 다가왔던 기마병은 그렇게 무딘 놈이 결코 아니었다.

투박, 투박, 투박.

다시 말을 움직여 다가온다.

아이들 쪽으로.

인기척까지는 아닐지라도 뭔가 이상하다는 것을 느껴 버
린 것이다.

투박. 투박. 푸르르륵!

들짐승이라고 생각하고 돌아가 주면 좋을 텐데.

그러나 그런 행운은 없었다. 도리어 결정적인 구실이 생겼
을 뿐.

빌미를 제공한 것은 그 촉사와 한 마리였다.

아이들 쪽으로 펄쩍 뛰어오른 화사한 독물에 아이들 중 한
명이 외마디 소리를 내뱉고 만 것이다.

"흡!!"

짤막한 소리다. 짤막했지만 사람이 낸 것임을 누구나 알 수
있는 소리였다.

치링!

칼이 뽑혀지는 금속성이 소년이 낸 경호성을 빨아들였다.

다시금 다가온다.

빨라진 말발굽 소리 끝에서.

하늘을 올려다보는 아이들의 시선으로 커다란 그림자가
드리워졌다.

커다란 정도를 넘어, 거대하게 느껴지는 그림자다. 붉은 모

자, 검은 갑주 위로 원나라 붉은 문양이 핏빛처럼 선명했다.

'이젠 죽었다!'

아이들의 얼굴에 피할 수 없는 공포가 깃들었다. 흙투성이, 지저분한 몰골로 땅바닥에 몸을 숙인 아이들이다. 위를 올려다보는 아이들의 눈빛이 당장이라도 휘둘러질 것 같은 투박한 칼끝에 이르렀다.

"오원의 발칙한 꼬마들이군."

북방어다.

무슨 뜻인지 알아들을 수가 없었지만 그 말투에 담긴 살기만큼은 세 살배기 어린애라도 느낄 수가 있었을 것이다.

"모조리 죽여주마."

기병의 눈에 비친 아이들은 마왕의 먹잇감에 불과했다.

타가와 맹획의 진영에도 이젠 알려질 만큼 알려진 소마군이다. 성가신 꼬마들이니 보는 족족 잡아 죽여라.

기병이 칼을 옆으로 비껴들고 다른 손으로 말안장에 묶여 있던 장창을 끌러냈다.

꼬치처럼 꿰어 죽이겠다는 생각이다.

말발굽이 움직이고, 장창이 올라간다.

네리찍는 일격에 어린 목숨 두어 개는 삽시간에 날아가 버리리라.

"뛰어!!"

단운룡의 외침이 터져 나온 것은 그때였다.

죽는다.

죽는다.

이대로 있다가는 죽음뿐이다.

터엉!

단운룡의 몸이 일순간에 솟구쳤다.

오랫동안 참았다.

소마군을 지켜보고 어른들을 지켜봤다.

이제는 직접 나설 때다.

지금 나서지 않는다면 또 언제 기회가 있으랴.

"어딜!!"

외마디 날카로운 호통과 함께 되돌려 있던 칼날이 짓쳐든다. 원 기병의 두꺼운 팔뚝이 무자비하게 휘둘러졌다.

'지금이야!'

칼끝에서 단운룡의 몸이 회전한다.

허리가 돌고 몸이 돌아갔다.

솟구치며 절묘하게 피해낸 칼날. 그 뒤에는 발끝이 함께 선회하고 있었으니. 마침내 터져 나간다.

일격발도!

보도처럼 날을 세운 진격의 발도각이 허공을 갈랐다.

빠아악!

기병의 팔꿈치가 뒤틀렸다. 쥐고 있던 칼도 손아귀를 벗어나 하늘 위로 튕겨 나갔다.

누구도 예상치 못한 불의의 일격이다.

방심의 허.

동작의 허.

두 가지 허점을 한꺼번에 파고들었으니, 기병으로서도 당해낼 재간이 없다.

그것으로 끝이 아니다.

단운룡은 멈추지 않았다.

그 다음은 또 다른 허.

놀라움으로 생긴 경악의 허다.

발도의 일격을 차올린 탄력을 이용해 몸을 날려 기마의 말안장에 달라붙었다. 기병이 당황하여 빈손을 휘둘러 왔지만, 단운룡의 작은 몸은 민첩하기 짝이 없었다.

단숨에 머리를 숙이고 몸을 붙이니 그저 헛손질을 할 뿐이다.

근접전도 이 정도 근접전이 없다. 휘두른 팔 밑으로 파고들어 적병의 어깨를 잡았다. 몸을 잡아당기며 발을 차올린다. 끊어 치는 일격, 단파각이었다.

파앙!

기병의 얼굴에서 경쾌한 격타음이 터져 나왔다. 눈에서 불이 번쩍 난다는 것은 바로 이런 경우에 쓰는 표현이리라. 기병의 몸이 뒤쪽으로 휘청 넘어갔다. 순간적으로 의식이 날아가 버린 것이다.

‘하나 더 먹어라!’

단운룡의 손이 기병의 갑옷을 잡아챘다. 말안장 위쪽을 타넘으며 위에서부터 아래로 단파각을 내리찍었다. 기병의 코뼈가 단운룡의 발끝에 걸렸다.

빠악!

이번 격타음은 훨씬 더 둔중했다. 정신을 못 차리게 만드는 연속적인 공격이었다. 균형을 잃어버린 기병이 무의식적으로 양손을 황급하게 휘저었다. 그 서슬에 기병의 팔뚝으로 놓아두었던 말고삐가 급격하게 엉켜들었다. 깜짝 놀란 기마가 앞발을 쳐들며 요란한 울음소리를 토해냈다.

히히히히힝!

기마 전체가 격하게 요동쳤다. 기병이 들고 있던 장창이 한쪽으로 떨어져 나오고, 이어서 화살이며 단검 같은 가벼운 장비들이 비 오는 날의 낙엽처럼 제멋대로 튕겨 나왔다.

‘떨어질 수야 없지!’

그 격렬한 흔들림 가운데에 단운룡이 있었다.

조그만 야생 동물처럼 날쌔기가 짝이 없다.

다람쥐 같다고 할까. 아니면 족제비 같았다고 할까.

균형 감각이 무서울 정도다.

날다람쥐 한 마리가 쓰러지는 고목 위에서도 가볍게 몸을 날리듯, 단운룡의 작은 신체가 자유로운 움직임을 보였다.

휘리릭! 빠각!

아래쪽으로 파고들어 한 번 더 찍어내는 단파각이다. 기병의 몸이 말안장 밖으로 한껏 밀려 나왔다. 허벅지 한쪽 끝만 걸쳐져 있는 상태다. 단운룡이 다시금 기마에 장비된 마구(馬具)들을 타 오르며 위쪽으로 움직였다.

단운룡은 빨랐다.

요동치는 기마 위를 아무렇지 않게 이동한다. 말안장을 박차고 몸을 띄워 솟구쳤다. 느릿느릿 움직이는 시간 속, 단운룡의 번뜩이는 두 눈에 흔들리는 기마의 머리가 담겨들었다.

'넘어가라!'

힘을 모아 내차는 발도의 일각이었다. 발끝의 힘이 기마의 커다란 머리 옆쪽에서 강렬한 폭발을 일으켰다.

빠아악!

전투마의 머리가 튕겨 나간다.

그 큰 머리를 통째로 박살 낼 힘이야 없었지만, 기마의 균형을 송두리째 빼앗아 버릴 만큼의 충격이라면 충분하고도 남았다.

기마 전체가 한쪽 옆으로 급격하게 기울어졌다. 넘어가는 기마의 입에서 가죽 부대가 터지는 것 같은 울음소리가 힘없이 새어 나왔다.

히히힝, 푸륵!

공중으로 떠오른 작은 몸이 그 위에 있다.

하늘 위의 작은 소년.

소년의 밑으로 전투마의 거체가 쓰러지는 광경은 그야말
로 전설 속의 한 장면 같았다.

쿠우웅!

기마가 넘어졌다. 육중한 소리가 대지를 울렸다. 그 여운
을 헤치며 가볍게 착지한 단운룡이 아이들을 돌아보며 큰 소
리로 외쳤다.

"어서 달려!!"

아이들은 휘둥그렇게 커진 두 눈을 쉽사리 돌리지 못했다.

조그만 소년과 거대한 기마병의 싸움이다.

그 누가 있어 이런 결과를 예상했을까.

기마병에게 들킨 순간, 모두가 죽음을 생각했다. 하지만 단
운룡은 그 기마병을 통째로 쓰러뜨려 버렸다.

계란이 바위를 부숴 버린 격이다.

단운룡이 외치는 소리를 들으면서도.

저 멀리서 두 기의 기마가 달려오고 있는 데도.

아이들은 놀란 가슴을 진정시킬 수가 없었다.

"뛰어! 서두르란 말야!"

단운룡의 목소리가 더 커졌다. 그리고는 이를 악물고 돌아
선다.

어린 소년의 작디작은 등 하나가 달려오는 두 개의 거체를
맞이하고 있었다.

두두두두두!

진흙 바닥, 검은 흙더미를 사방으로 튀기면서 무섭게 확대되고 있다. 단운룡이 이를 악물었다. 되든 안 되든 싸워야 한다. 정면으로 싸우는 것, 최악의 선택이었지만 이제는 어쩔 수가 없었다.

최악!

단운룡의 몸이 빠르게 움직였다. 작은 손이 땅바닥을 쓸었다.

쓰러진 기마병에게서 떨어져 나왔던 화살 두 자루가 단운룡의 손에 잡혀들었다.

'이거나……'

단운룡의 허리가 한껏 뒤로 비틀어졌다.

황야비전(皇爺秘傳) 일양탄비(一陽彈飛).

돌멩이를 던질 때 써왔던 내력의 구결이다. 기맥을 치달아 달린 내공이 화살을 쥔 오른손에 담겨들었다.

'받아라!'

단운룡의 팔이 놀라운 속도로 휘둘러졌다. 날아가는 화살이 섬뜩한 파공성을 울렸다.

쐐애애애액!

강궁으로 내쏘아도 그만한 속도가 나올지 모르겠다.

하늘을 가르고 바람을 갈라, 기마의 목덜미에 이른다. 가죽을 꿰뚫고 목 근육을 헤쳐 들어갔다. 화살대가 보이지 않을 정도로 깊이 박혀 버리니, 달리던 기마가 앞발을 쳐들고 만다.

고통스러운 말 울음소리가 허공을 갈랐다.

‘하나 더!’

달려오던 기마 한 기가 멈추었다. 그러나 상대는 하나가 아니었다.

온다.

단운룡의 손이 뒤쪽으로 처들렸다. 그것을 본 기마병이 말고삐를 잡아채며 속도를 줄였다. 놀란 눈빛이다. 함께 달려오던 기마를 단숨에 멈추도록 만들었으니, 놀랄 만도 한 일이다. 기마병이 장창을 앞쪽으로 겨누었다. 전방을 차단하는 자세다. 날아오는 화살을 쳐내려는 속셈인 것 같았다. 그것을 본 단운룡의 두 눈에 기지의 섬광이 머물렀다.

‘지금!!’

기마가 지척으로 다가왔다. 고작 몇 발짝이다.

말발굽이 몇 번만 땅을 쳐도 단운룡을 덮쳐 버릴 수 있을 만큼 가까웠다. 단운룡의 손이 또 한 번의 맹렬한 반원을 그려냈다.

“……!!”

기마병이 흠칫하며 장창에 힘을 더했다. 화살을 튕겨낼 준비다. 그러다 한순간 깨달았다. 무엇인가 잘못되었다는 사실을.

파공성이 없었다.

아무것도 날아오지 않는다.

꼬마는 화살을 던지지 않았다. 던지는 시늉만 했을 따름이다.

기마병의 눈이 다급하게 꼬마를 찾았다. 하지만 꼬마는 이미 그 자리에 없었다. 짓쳐가는 기마의 아래쪽, 아슬아슬한 몸놀림으로 파고든 작은 그림자만이 있었을 뿐이다. 기마의 커다란 몸체에 가려 보이질 않는다. 사각으로 들어와 있었다.

'어디냐!?'

"이럇!"

히히히히힝!

기마병이 말고삐를 힘껏 당기며 방향을 틀었다. 그의 눈이 빠르게 돌아갔다.

'뒤!'

한켠으로 들어온다.

뒤, 아래쪽이다. 땅을 스치며 몸을 날리는 어린 소년의 모습이 기마병의 시야 한구석으로 나타난다. 떠오르는 작은 몸이 보인다. 휘둘러지는 팔, 그 끝의 자그마한 손이 확대되듯 기마병의 두 눈으로 비쳐들었다.

쐐애애액!

찢어발긴다. 공기를 꿰뚫는 파공성이다.

달리는 기마를 스쳐 보내고 순식간에 배후를 점했다. 단운룡의 손끝에서 원 기병의 화살이 힘차게 쏘아져 나갔다.

"캇!"

기마병이 황급하게 기합성을 내지르며 몸을 뒤틀었다. 하지만 단운룡의 움직임은 놀랍도록 신속했고, 날아가는 화살의 속도는 그보다 더 빨랐다.

푸욱! 하는 기분 나쁜 소리가 울려 퍼졌다. 기마병의 몸이 한쪽으로 크게 기울어졌다. 목덜미 바로 아래쪽 가슴에 긴 화살대가 반이나 박혀 들어가 있었다. 기마병의 입에서 고통에 찬 비명 소리가 터져 나왔다.

"크아악!"

한 발의 속임수. 시간 차를 이용한 공격이다.

작기만 한 꼬마가 그렇게까지 나올 줄은 몰랐다.

무지와 방심이다. 무지와 방심은 곧 실패와 죽음을 부르는 법.

단운룡은 멈추지 않았다.

한 번 파고든 무지의 그늘을 더 깊게 들쑤셔야 한다.

순간적으로 발휘한 응변의 묘(妙)를 통하여 기대 이상의 성과를 거두었지만, 그것으로 위기를 벗어났다고 말하기엔 한참이나 일렀다. 상대의 순간적인 허점을 치명적인 수준으로 만들기 위해서는 여기서 지체할 여유가 없었다.

푸르르륵! 히히힝!

이를 악물며 기마를 돌려 세우는 대적이 눈앞에 가득했다. 단운룡의 발이 땅을 박찼다. 기마를 향해 뛰어들고 있다. 두려움없이 짓쳐드는 단운룡의 저돌성에 상처 입은 기마병이 두 눈을 치떴다.

"이놈!"

기마병이 호통을 내지르며 북방 만도를 휘둘러 왔다. 단운룡의 접근을 막으려는 의도였다.

하지만 제멋대로 휘두른 칼질이 먹혀들 리가 없었다. 만도의 궤적 안으로 들어가 칼날에 베이는가 싶더니, 일순간 기마의 목덜미에 걸려 있는 장신구를 잡아채며 절묘하게 몸을 틀었다.

위이잉!

기마병이 휘두른 만도가 머리 위를 스쳐 지나갔다.

기마가 움직이는 탄력을 이용하여 손을 쭉 뻗었다. 단운룡의 손아귀에 말안장의 한쪽 끝이 걸려들었다.

'위쪽으로!'

기마 위로 기어오르는 형세였지만 도무지 기어오른다고 말하기가 어렵다. 체구가 작고 몸이 가볍다는 것을 최대한 이용하면서 빠르게 타 올랐다.

몸은 작을지 몰라도 그 안에 깃든 힘은 결코 작지가 않다.

달려드는 기마에 뛰어든 것만으로도 이미 놀라운 일일진대, 그 위에서 쏟아내는 공격을 피하면서 단숨에 올라가기까지 하고 있다. 그냥 꼬마가 아니다. 이른바 백전(百戰)의 달인이라 부르기에 부족함이 없어 보였다.

"카합!"

괴성을 내뱉으며 칼을 휘두르는 기마병의 몸짓은 마치 두려움에라도 질린 듯이 보였다.

겁이 날 만도 하다. 가슴에 꽂혀 있는 화살에서도 끔찍한 고통이 퍼져 나가는 중이리라. 무섭게 박혀든 화살도 화살이거니와 작은 몸으로 귀신처럼 말안장에 붙어 턱밑까지 올라오고 있으니, 당황하지 않았다면 거짓말일 게다. 기마병의 입에서 거친 북방어가 내질러졌다.

"이놈! 떨어져!"

빠각!

기마병의 칼이 말안장에 박혀들었다. 걸쳐진 손목을 잘라낼 심산인 듯했지만, 그런 것에 당해줄 단운룡이 아니었다. 가볍게 손을 옮기고 기마병의 허벅지를 붙잡으며 온몸을 끌어 올렸다. 허벅지를 잡아 쥐는 조그만 손아귀에 놀란 기마병이 기겁을 하며 온몸을 요동쳤다.

"크앗! 이… 이놈!"

기병이 허둥대면 그 밑의 기마도 얌전하게 있기가 어렵다. 기마가 투레질을 하며 온몸을 비틀었다. 기마병의 균형이 무너질 대로 무너지고 있었다.

빠악!

기회를 놓치지 않는 일격은 바로 그때 터져 나왔다. 허벅지에서 갑주를 잡아챈 단운룡이 몸을 띄우면서 발도각을 내친 것이다. 옆머리를 얻어맞은 기마병이 한쪽으로 고개를 튕겼다.

'제대로 들어가지 않았어!'

단운룡의 느낌은 정확했다. 자세가 심하게 무너져 있어서 완전한 궤도를 그리지 못했다. 갑작스레 생긴 기회에 서둘러 내찬 것도 하나의 원인이다. 기마병이 고개를 홱 돌리며 몸을 치켜 올리는 것이 보였다.

"캇!"

기마병이 단운룡에게 손을 뻗어왔다. 거칠고 사납다. 얼굴 전체가 흉신악살처럼 일그러져 있었다.

'칫!'

단운룡이 급하게 몸을 돌렸다. 기마병의 손끝이 아슬아슬하게 허리춤을 스쳐 지나갔다. 말안장의 튀어나온 부분을 찾아 머리를 숙였다. 다시 한 번 날아온 기마병의 손이 머리 위쪽으로 날카로운 바람을 일으켰다.

단운룡으로서도 예상하지 못했던 변화가 생겨난 것은 바로 그때였다. 맹렬하게 울려온 말발굽 소리가 그것이다. 단운룡의 고개가 뒤쪽으로 돌아갔다.

두두두두두!

목덜미에 화살을 박아놓은 기마가 용케 속도를 내어 달려오고 있었다.

놀랍도록 튼튼한 기마다? 그렇지 않다. 특별한 일도 아니다.

원나라, 몽고 초원의 기마에게 있어 화살 한 발 정도는 치명상 축에 낄 리가 없는 것이다. 화살 한 대로 막았다고 생각한 것이 잘못이다. 무지가 부르는 것이 실패라는 이야기, 그것은 결국 기마병뿐 아니라 단운룡에게도 적용될 수 있는 말이라 할 수 있었다.

'저놈이 다른 아이들에게 들이닥치면……!'

달려오는 기마가 아이들을 덮치면 끝장이다.

그러나 단운룡은 다른 것을 생각할 때가 아니었다. 분산된 생각이 반응 속도를 저하시키고 있다. 스스로는 의식하지 못했지만, 그 미묘한 차이가 크나큰 위기를 불러오고 말았다. 단운룡이 느려져서든 아니면 운이 좋아서든, 기마병의 손이 단운룡의 옷깃을 잡아채는 데 성공한 것이다.

'아차!'

단운룡의 두 눈에 다시없을 다급함이 깃들었다. 덜컥 끌려가는 몸이 그 다급함을 가중시켰다. 끌어당기는 손에 다른 쪽 손이 날아오고 있었지만, 피할 도리가 없었다. 황급히 몸을 틀어본 것이 무색하게도 적의 손끝을 허용하고 만다. 갈고리처럼 틀어쥐는 손가락이 단운룡의 목덜미를 옥죄었다.

"컥!"

당했다.

한 손에 움켜쥔 목덜미다. 의기양양하게 외치는 북방어가 귓전을 파고들었다.

"잡았다! 이놈!"

“커, 커컥!”

기마병의 손가락은 억셌다. 목을 잡아 공중으로 들어올린 단운룡의 입에서 끊기는 호흡음이 새어 나왔다. 순식간에 숨이 막힌다. 손을 들어 적의 손목을 잡아보았지만, 기병의 팔뚝은 단운룡이 어찌할 수 없을 만큼 굵었다.

‘이대로……’

한 치 한 치 목이 졸려지는 느낌은 고약하기 짝이 없었다. 끔찍한 고통이 목구멍을 치받아 올라온다. 눈앞이 컴컴해지며 죽음의 그림자가 엄습해 왔다.

‘죽을 수는 없어!’

단운룡이 몸부림치듯 두 다리를 가슴으로 끌어 올렸다. 숨이 막혀 온몸을 웅크리는 모양새다. 목줄기를 틀어쥔 기마병의 얼굴에 잔인한 웃음이 그려졌다. 어두워진 시야에 득의의 미소를 담아두었다.

‘웃어라. 그렇게!’

한 번뿐이다.

호흡이 멈추었으니, 뿜어낼 수 있는 발경은 일격 이상을 기대하기 어렵다. 기마병의 손목을 잡은 손가락에 힘을 더했다. 죽음 직전에 이르러 발하는 어쩔 수 없는 몸짓이라 생각해라. 허리를 슬쩍 돌리고 발끝에 힘을 모았다.

‘간다!’

기마병의 손목을 힘껏 잡아당긴 것은 순간이었다. 잡아당기는 것과 역방향으로 쳐올리는 발등이다. 하늘 위로 치솟아 오르는 발끝에 승천각, 회심의 각법이 깃들었다.

우직!

끔찍한 소리가 울려 퍼진다.

단운룡의 몸이 지닌 무게, 손목을 잡아당긴 힘.

거기에 반대되는 방향으로 차올렸다.

두 배다.

두 힘이 교차되는 중심에 두 배의 충격이 가해진 것이다. 기마병의 입에서 거친 비명 소리가 터져 나왔다.

"크아아악!"

승천각이 부숴놓은 것은 기마병의 팔꿈치다. 방심에 찬 기마병의 미소였다.

손아귀의 힘이 풀리고 단운룡의 몸이 떨어진다. 가슴으로 깊이 빨아들이는 공기가 그렇게도 반가울 수 없다. 손을 뻗어 말고삐를 잡아 몸 전체를 휘돌렸다.

'각법은 안 돼!'

각법을 쳐내기엔 흡기가 부족하다. 지금 발도각을 휘둘러 보았자 어린아이의 발차기밖에 되지 않는다. 단운룡이 몸을 끌어 올려 말안장을 밟고 상대방의 품으로 뛰어들었다.

'난 살 거야!'

한 손으로 부서진 팔꿈치를 부여잡은 채 엄청난 고통을 토해내고 있는 것이 보인다. 끊기지 않고 이어지는 비명 소리다.

단운룡의 눈에 무자비한 생(生)의 의지가 깃들었다.

'무슨 수를 써서라도!'

단운룡의 손이 기마병의 가슴에 박혀 있는 화살대를 잡았다. 허리로 몸을 튕겨 온몸의 무게를 실었다. 몸 전체를 이용하여 밀어붙이는 화살 끝에 기마병의 비명 소리가 더욱더 커졌다.

"크아아아아악!"

퓨웃!

강철의 화살촉이 기마병의 등을 뚫고 나왔다. 상처를 후벼파서 꿰뚫어 버린 화살이다. 고통을 이겨내지 못한 기마병이 두 눈을 허옇게 까뒤집으며 뒤쪽으로 늘어지고 말았다. 이긴 것이나 다름없다. 그럼에도 단운룡은 방심하지 않았다. 기마병의 허리춤에서 단검을 뽑아 말안장을 고정해 놓은 가죽 끈을 잘라냈다. 말안장과 기마병이 기마의 뒤편으로 미끄러져 내려가는 것을 확인하자마자 달리는 기마를 박차고 땅바닥으로 몸을 날렸다. 진흙 바닥을 몇 번이나 굴러 충격을 완화하고는 단숨에 몸을 일으켰다. 단운룡이 몰아쉬는 숨소리가 땅을 차는 말발굽 소리에 섞여들었다.

"허억, 허억!"

정신을 잃은 기마병이 결국 말안장과 함께 땅으로 떨어지는 것이 보였다. 콰직! 하고 뼈 부러지는 소리가 요란하게 들려왔다. 앞으로 나아가는 말의 뒷발에 채이면서 땅바닥에 처박혀 버린 것이다. 이곳저곳이 뒤틀린 채 널브러진 기마병은 다시 일어나지 못했다. 죽어버리기라도 한 것 같았다.

'아직 안 끝났어!'

두 명의 기마병을 쓰러뜨렸다. 하지만 아직도 한 놈이 더 남아 있다.

그것도 아이들에게 달려가고 있는 기마병이다.

죽기 살기로 엎치락뒤치락하는 사이에 아이들이 있는 저 만치로 나아가 있었다. 단운룡의 눈이 빠르게 땅바닥을 훑었다. 화살 몇 대가 저편에 떨어져 있는 것이 보였다. 화살을 주우러 갈 것까지도 없다. 말안장의 가죽 지지대를 잘라냈던 단검이 오른손에 들려 있었다.

"이얍!"

단운룡은 기합성이란 것을 제대로 질러내며 오른손을 휘둘렀다. 날을 잡고 던진 단검이 무서운 속도로 회전하면서 저 멀리 달려가는 기마를 향해 날아가기 시작했다.

'꽂혀라!'

멀다. 내력도 부족하다.

그래도 떨어지지 않았다. 거침없이 날아가 기마의 엉덩이 위쪽에 푹 하고 박혀들었다. 깜짝 놀란 기마가 요동을 치며 달리는 속도를 줄였다.

장창을 꼬나 든 기마병이 고개를 돌려 단운룡 쪽을 보았다. 가장 뒷줄에 뛰어가던 아이들이 안도의 한숨을 내쉬며 발길을 재촉하고 있었다. 그런 아이들과 달리, 말을 돌리는 기마병의 얼굴에는 놀라움의 기색이 하나 가득 떠올라 있는 상태였다.

"끼랴!"

고작 어린애 하나에 원마왕의 기마병이 쓰러져 버렸으니 놀라지 않고는 배기지 못할 일이다. 놀라움과 수치심이 분노와 살기로 변하기까지는 잠깐으로 충분했다. 기마병이 기마의 허리를 발로 차며 속도를 올려왔다. 아까부터 기마의 목덜미에 꽂혀 있던 화살대에서는 초원 기마의 뜨거운 선혈이 방울져 흩날리는 중이었다.

'그래, 이쪽으로 와라!'

단운룡은 쾌재를 불렀다. 두 명의 기마병을 해치우면서 체력을 엄청나게 소진했음에도 불구하고 가슴속에서는 기분 좋은 박동이 치솟아오르고 있었다.

죽음의 위기에서 그 어느 때보다 살아 있음을 느낀다. 있어야만 할 자리에 있는 듯한 기분이 단운룡의 온몸을 뜨겁게 달구었다.

파바박!

단운룡의 발이 뒤쪽으로 움직였다. 땅바닥에 널려 있는 화살들이 발끝에 채였다. 몸을 숙여 손에 잡히기 무섭게 허리를 돌리고 어깨를 휘둘렀다. 단운룡의 손에서 예전과 같은 파공음이 허공을 갈랐다.

쐐애애액!

화살 한 발이 날았다.

단운룡의 손이 빠르게 움직였다.

이어서 던지는 것이다. 두 발, 세 발, 땅 위에 있는 모든 화살들이 꼬리에 꼬리를 물고 연이어 하늘을 날았다.

쐐액! 쐐애액!

뛰어난 궁수의 연환사와 같다.

첫 번째 화살이 기병의 장창에 부딪쳐 한쪽으로 빗나갔다. 두 번째 화살은 흔들리는 기마의 오른쪽을 아슬아슬하게 스쳐 지나간다.

박혀든 것은 세 번째다.

세 번째 화살이 기마의 앞가슴을 파고들었다. 기마의 거체가 한쪽으로 휘청했지만, 순식간에 균형을 잡으며 속도를 올려낸다. 예상하고 맞은 화살이니 견딜 수 있다고 외치는 듯하다. 전투마의 강대한 위용이었다.

단운룡의 손에서 네 발, 다섯 발째 화살이 날았다.

네 발째 화살이 기마의 목덜미를 스치고 기병의 갑주에 박혀들었다. 완전히 뚫지 못하고 화살촉만 박힌 정도다. 다섯 번째 화살은 기병이 휘두른 장창에 막혔다.

'치잇!'

여섯 번째 화살은 던질 여유가 없었다. 땅을 울리는 기마의 말발굽이 바로 지척에 이르러 있었다.

"죽어라!!"

기마의 장대한 그림자가 단운룡을 덮쳤다. 기마병이 내뻗은 길쭉한 창날이 눈앞으로 다가왔다. 무서운 속도였다. 가슴 한복판을 대번에 꿰뚫어 버릴 것 같았다.

콰아악!

창날이 작은 몸을 뚫고 등 뒤로 빠져나왔다. 꼬마 놈이라 그런지 손맛이 가벼웠지만, 들어올리는 장창 끝에 걸리는 묵직함은 꼬마 놈의 몸뚱어리가 틀림없었다. 달리면서 장창을 치켜드니, 그 끝으로 꼬치에 꿰인 듯한 꼬마의 몸이 따라 올라온다. 늘어진 꼬마의 팔다리가 제법 무겁다. 그것을 본 기마병의 얼굴에 무시무시한 웃음이 깃들었다.

"크하하하하하!"

잔인한 광경이다.

장창에 꿰뚫려 하늘 위로 치켜 올린 꼬마의 시체는 목불인견의 참상이었다.

그러나.

꼬마의 시체는 그 어느 곳에서도 더운 피를 뿜어내고 있지 않았다.

그저 따라 올라왔을 뿐이다.

늘어진 것처럼 보였던 단운룡의 손이 움직인 것은 바로 그때였다.

쐐애액!

화살이 난다. 장창의 길이만큼밖에 떨어지지 않은 거리다. 말안장 위에 앉아 있는 기병이 피해낼 수 있을 리가 없는 거리였다.

콰악!

목줄기를 파고들어 깊게 깊게 박혀드는 화살이다. 기마병의 입에서 끓는 듯한 신음 소리가 흘러나왔다.

"컥! 끄륵!"

기마병의 두 눈이 불신으로 얼룩졌다. 그의 두 눈이 장창 끝의 꼬마를 노려본다. 어깻죽지 아래쪽 겨드랑이로 창대를 휘감은 채 매달려 있는 것이 보였다.

"이…… 놈……!"

그렇다.

꼬치에 꿴 것이 아니다. 꿰인 것처럼 '보였을' 따름이다.

꼬마 놈이 손을 들어 창대를 잡아왔다. 어깨와 허리를 가볍게 튕기며 몸을 날려온다. 기마병이 장창을 놓아버리며 칼자루에 손을 올렸지만, 그의 의식은 이미 하늘 저편으로 반쯤 날아간 후였다.

옆머리에서 터져 나오는 폭죽과도 같은 격타음.

그것이 그가 마지막으로 들은 소리다.

시야가 완전히 어두워지기까지 볼 수 있었던 것은 자신의 머리를 차고 휘돌아가는 꼬마 놈의 발등이었다. 그의 세상이 깜깜한 어둠으로 잠겨들었다.

휘리릭! 텅!

단운룡은 지체없이 말안장을 박차고 땅 위로 내려왔다.

달리던 기마가 멈추고 있었다. 의식을 잃은 기마병이 떨어질 듯 머리를 아래쪽으로 하여 늘어진 것이 보였다. 발에 걸어놓은 마구 덕분에 땅에 떨어지지는 않고 있었지만, 그렇다고 다시 몸을 추슬러 올라갈 수 있을 것 같지도 않았다. 꿰뚫린 목에서 흘러내린 피가 온 얼굴을 적시고 있었기 때문이다. 의식을 잃은 정도가 아니라 죽었다 해도 믿을 만한 광경이었다.

"후우……!"

숨이 찼지만 그보다 먼저 새어 나온 것은 긴 한숨이었다.

어찌어찌 세 기의 기마병을 쓰러뜨렸지만, 그것이 한계다.

기마병만큼이나 늘어진 몸이었다. 있는 힘을 다 써서 두 다리가 후들거릴 정도였다.

두 번째 기마병에게 잡혔던 목덜미에도 쑤시는 듯한 통증이 남아 있었다. 모르긴 몰라도 퍼렇게 멍이 들지 않았을까 싶다. 아찔한 위기였다.

단운룡은 절대 고수가 아니었다는 뜻이다. 임기응변의 지혜와 과감한 결단력, 거기에 충분한 행운까지 따라주지 않았더라면 결코 이와 같은 싸움을 해내지 못했을 것이다. 특히나 마지막 순간 창대에 꿰뚫린 척 상대방을 속였던 것은 보통 위험한 결단이 아니었다. 한 치의 실수에 목숨이 날아갈 수 있었을 만큼 위험했던 순간이다. 천운이 따라주지 않았더라면 정말로 장창 끝에서 가슴이 꿰뚫린 채 저 세상을 바라보고 있었을지 모르는 일이었다.

'좋아. 이젠……!'

단운룡이 아이들을 쫓아 발을 움직였다.

달릴 기운도 마땅치 않았지만 살아난 기쁨 덕분인지 용케도 땅을 밀어내 준다. 두 다리, 두 발, 이것들이 있었기에 살았다. 오기룡, 그가 가르쳐 준 각법 덕분에 살 수 있었던 것이다.

'덕분에 살았어. 아저씨.'

달려가는 단운룡에게 아이들의 감탄 어린 시선이 모여들었다.

믿을 수 없다는 얼굴을 한 놈들이 태반이다. 나머지 반도 대부분 감탄보단 놀라움의 시선을 보내고 있었다.

"어, 어떻게 한 거야?"

우목이었다. 어떻게 싸웠는지 제대로 분간조차 할 수 없었던 것이다. 우목만이 아니었다. 놀라움의 시선을 보내는 만큼, 거의 모든 아이들이 이해할 수 없다는 눈빛을 품고 있었다. 초근거리의 전광석화 같은 박투가 그와 같은 아이들의 눈에 제대로 보였을 리가 없을 따름이었다.

"운이 좋았어."

단운룡은 간단하게 답했다. 그리고는 아이들 틈으로 섞여

들었다. 싸움으로 인해 빨라진 심장이 아직도 진정되지 않고 있었다. 모여드는 아이들 안쪽으로 들어와도 그 두근거림은 여전했다. 단운룡의 두 눈에 의아함이 깃들었다.

'어째서……?'

두근거림이 사라지기는커녕 더 빨라지고 있었다.

뭔가가 있다는 뜻이다.

바위산에 이르는 첫 번째 바위 언덕이 눈앞에 있다. 그럼에도 불구하고 단운룡의 마음은 가라앉지 않았다. 마음을 자극하는 예감, 단운룡의 고개가 뒤쪽으로 돌아갔다.

두두두두두두.

아니나 다를까.

세 기의 기마병이 쓰러진 곳, 그 저편에서부터 지축을 울리는 소리가 들려오고 있었다. 기병이 내는 소리다. 그것도 굉장히 많은 숫자였다.

촤아아악!

들새들이 하늘로 치솟는다. 나뭇잎과 풀잎들이 하늘로 비산하면서 황록색 먼지를 일으켰다. 먼지를 뚫고 뛰쳐나오는 그림자들이 있다. 그리고 그 뒤쪽으로 장대한 기마병들이 굉음을 내면서 모습을 드러내고 있었다.

"이럴 수가……!"

우목의 목소리는 절망의 탄식과도 같았다.

우기(雨期)의 빗줄기마냥, 방죽을 부수고 터져 나오는 홍수

마냥, 그렇게 달려오는 기마병들이다. 스무 기, 서른 기를 넘어간다. 엄청난 기세였다.

"뛰어!!"

소봉이 소리 높여 외쳤다. 뛰라고.

금령과 하만이 아이들을 잡아끌었다. 바위산으로 올라간다 해도 도망칠 곳이 없을 것 같았지만, 그렇다고 바라보고 있을 수만은 없다. 뛰어야만 했다.

'이상해……!'

달려오는 기마병을 다시 한 번 돌아본 단운룡이다.

아무리 생각해도 납득이 가질 않는다.

고작 꼬마들 몇 명을 잡기 위해 저만한 기마병이 움직인다?

이상하다.

게다가 기마병이 달려오는 앞쪽에 언뜻 보였던 그림자들도 심상치 않다. 지금은 어디로 사라졌는지 보이질 않지만, 저 기마병의 대군은 마치 그 그림자들을 쫓아서 달린 듯한 느낌이었다. 소마군의 아이들을 잡기 위해 달려오는 것이 아니라는 뜻이다.

처음에는 아이들을 잡기 위해 달려온 것은 아니었지만, 지금은 이쪽을 향하는 것이 맞다. 달려오다가 소마군을 발견하고 속도를 높이는 것 같다. 서로를 부축하며 올라가는 아이들의 다급한 고함 소리가 귓전을 울렸다.

"빨리 올라와!"

"이 손 잡고!"

"거기 미끄럽다! 조심해!"

자갈과 돌멩이가 흘러내린다. 바위 언덕을 기어오르는 소년들과 저 멀리서 달려오는 기마의 대군이 있다.

기마의 대군이 여기까지 이르면 몰살을 면치 못한다. 그때는 단운룡이 백 개의 화살을 날린다 해도, 말안장을 뛰어다니면서 발도각을 내친다 해도 적들을 막을 수가 없으리라.

두두두두두!

하지만 단운룡은 왠지 모르게 불안하지 않았다. 가슴은 여전히 두근거리고 있었지만, 그것은 죽음에 대한 공포 때문이 아니었다는 말이다.

적들이 온다.

가장 선두에 있는 기마병의 말발굽이 단운룡이 쓰러뜨렸던 기마병의 앞까지 이르고 있었다.

그때였다.

단운룡의 머릿속에서 번뜩이던 육감이 다시 한 번 빛을 발했다.

'또 온다. 뭔가가 오고 있어……!'

단운룡의 시선이 움직였다.

적들, 다가오는 기마병들 쪽이 아니라, 그 반대편이다. 바위산, 바위산을 향한 어린 용안이 생기 넘치는 안광을 뿜어냈다.

둥, 둥, 둥, 둥, 둥!

그렇다. 마침내 왔다.

커다랗게 울려 퍼지는 북소리가 있었다.

광대하며 무거운, 강인하면서 용기 넘치는 울림이다.

하만이 그리도 좋아하는, 오원 전사들의 북소리였다.

"산이다! 산 쪽이야!"

북소리의 근원지는 바위산의 중턱이었다. 바위 언덕을 올
라가던 아이들의 눈이 바위산에 이르렀다. 높지 않은 바위산
에서 전사들의 함성 소리가 들려오기 시작했다. 중턱을 훑어
가는 아이들의 눈으로 일순간에 솟구치는 무언가가 비쳐든
다. 길쭉하게 올라와 펼쳐지는 그것.

펄럭이면서 올라오는 깃발이다. 오원 전사들의 초록색 깃
발이었다.

"와아아아아!"

깃발을 좋아하는 반조가 주먹을 치켜들며 환성을 질러댔
다. 동시에 아이들의 입에서도 멈출 수 없는 환호성이 터져
나왔다.

퍼얼럭!

쐐액! 쐐새새색!

깃발이 휘둘러진다. 반격의 시작이다.

수십 개의 화살이 하늘을 날아간다. 참나무 방패를 짊어진
궁수들이 오십 명은 넘게 나타나 있었다. 달려오던 기마병들

이 빗발치는 화살에 속도를 줄이며 우왕좌왕 허둥대는 것이
보였다.

"서둘러 올라가자! 우린 살았어!"

아이들이 스스로를 독려하며 언덕을 올라가는 손발에 힘
을 더했다. 시선을 돌리지 못하던 단운룡도 아이들의 재촉을
따라 마지못해 바위 언덕 쪽으로 향했다. 언덕을 올라가 다음
언덕으로 달리던 아이들, 그들이 익숙한 목소리를 들은 것은
바로 그때였다.

"어서 올라와! 이쪽이다!"

큰 소년의 목소리였다.

바위 언덕 꼭대기를 쩌렁쩌렁 울리며 아이들의 움직임에
백배의 힘을 더하고 있었다.

"두목!!"

"두목이다!"

대산이다. 대산이 바위 언덕 꼭대기에 서 있었다.

대산의 얼굴에는 커다란 놀라움과 함께, 그보다 더 큰 기쁨
이 가득했다. 살아온 것이 신기하다는 표정, 아이들을 맞이하
는 대산의 눈에는 살아남은 전사의 감격이 그 어느 때보다도
진하게 일렁이고 있었다.

"어떻게 살아왔지?"

가장 먼저 던져진 질문은 다른 것이 아니었다. 대산의 얼굴
에는 이제 참을 수 없는 궁금함이 떠올라 있었다. 일등으로

꼭대기에 올라온 소봉이다. 소봉이 대산에게 되물었다.

"못 본 거야?"

"무엇을?"

단운룡이 기병들을 물리치던 광경을 말함이다. 하지만 대산은 그것을 보지 못한 듯 의아한 표정을 지을 뿐이다. 소봉의 눈이 웃음기를 머금으며 아래쪽을 향했다. 소봉만이 아니다. 우목과 금령, 하만과 반조, 다른 모든 아이들의 시선이 아래쪽에서 올라오는 작은 소년에게 향했다.

"저 녀석이, 우릴 살렸어."

대산의 눈이 그곳, 작은 꼬마의 얼굴에 이르렀다.

살아남으라.

동쪽으로 가서 활로를 찾아라.

대산이 외쳤던 마음속의 목소리를 들은 아이, 단운룡이 거기 있었다.

'이 녀석……!'

이 근처에서 또 뭔가 활약을 한 모양이지만, 대산은 그것을 보지 못했다. 그러나 뭐가 되었든 상관없다. 모든 아이들이 한 명에게 눈을 모았다면, 그것은 모두가 한 가지 마음을 느끼고 있다는 뜻이리라.

단운룡이 이들을 살렸다. 대산의 얼굴에 기분 좋은 미소가 그려졌다. 누군가 아이들을 이끌어줘야 한다고 생각했지만, 그것을 알아준 녀석이 이 녀석이었을 줄이야.

대산의 눈과 단운룡의 눈이 마주쳤다.

지금까지 소마군을 살려왔던 큰 소년과 새롭게 소마군을 살려낸 작은 소년의 눈이었다.

'잘했다. 꼬마.'

'그렇지 않아. 할 일을 했을 뿐이야.'

언제나와 같다.

단운룡은 대수로울 것 없다는 눈빛으로 대산의 눈빛을 맞받아주었다.

대산이 다시 한 번 웃었다.

단운룡의 얼굴에도 마지못한 듯한 미소가 깃들었다.

'여하튼, 잘 살아왔어.'

대산이 동쪽으로 달려서 만난 것은 지금 보이는 오원의 대병력이었다.

이 바위산이 그 만남의 장소다. 죽음의 기로를 뚫고 기병들의 진지를 지나쳐 이곳, 바위산에 이르렀을 때 대산은 목적지에 도착했음을 알 수 있었다. 오원 전사들이 조용하게 내뿜고 있었던 군기가 살아날 수 있다는 확신을 안겨주었던 것이다.

비밀리에 주도했던 양동 작전이라 하였다.

원래의 목표는 소마군과 함께 행군했던 방향에 있었던 것이 아니라, 바로 저 밑에서 허둥대는 기병들이었다는 뜻이다.

출정하는 선발대에까지 비밀로 했음에도 불구하고 작전의 규모가 상당했기 때문에 출병하는 와중에서 정보가 새어 나간 모양이라 했다. 하지만 그 과정이 어떠했고 그 와중에 어떤 실수가 있었든, 그것은 대산이 관여할 바가 아니었다. 나중에 불만을 터뜨릴 수 있으면 터뜨리게 되더라도, 일단 지금 이 순간만큼은 살아남은 자들만의 시간이었다. 그 기쁨을 만끽할 때라는 말이다.

둥, 둥, 둥, 둥, 둥!

장쾌하게 울려 퍼지는 북소리가 소년들의 마음을 더욱더 기쁘게 만들어주고 있었다. 바위산에서 드높이는 전사들의 용맹한 외침이 북소리 한편에 실렸다.

"가라! 오원의 전사들이여!"

반대편으로 움직이는 깃발.

두 번째 공격이었다.

바위 언덕의 반대편 능선으로부터 오원의 기병들이 달려 나가고 있었다.

기병의 숫자는 기껏 열 기밖에 안 되었지만, 그 뒤를 따라서 달리는 보병들은 오십 명을 족히 넘을 것 같았다. 바위산에서뿐이 아니다. 적들의 측면 숲에서도 오원의 전사들이 뛰어나오고 있었다. 단운룡이 언뜻 보았던 그림자들, 적들을 유인해 이 바위산 아래까지 데려온 이들이 바로 그들이었다.

측면과 그 뒤쪽의 숲에서도 뛰어나오는 전사들이 있었다. 매복해 있던 전사들이다.

대병력이었다.

바위산 위쪽의 궁수들까지 합하면 백오십이 넘는다. 포위 공격이나 다름이 없는 대대적인 진격에 적 기병들의 움직임이 크게 느려졌다. 당황하는 모양새가 역력했다.

"와아아아아아!"

승리의 함성이었다.

타가의 군세를 공격하는 양동 작전은 크게 보았을 때 부분적인 실패로 돌아갔지만, 그 결말은 이와 같은 대승으로 장식된 것이다. 바위산에 올라온 소마군 소년들의 두 눈에 그와 같은 승리의 현장이 거대한 열기로 비쳐들었다.

작은 신룡의 비호를 받아 살아난 어린 군사들.

싸움터를 달렸던 소마군은 언제 꺾일지 모르는 삶의 불길을 그토록 놀라운 기쁨으로 한껏 피워 올렸을 따름이었다.

제5장 쌍룡(雙龍)

…운남의 오원에서 광주 강씨금상의 흔적을 발견한 것.

처음에는 우연이라 생각했지만, 이제 와 돌아보면 결국 필연이었다는 생각이 든다.

그렇다면 그들의 인연도 상당히 오랫동안 이어져 왔던 것이란 말이 된다.

질풍검 부부의 연(緣)도 굉장히 어린 시절부터 시작되었다고 들었지만, 오원에서 낡아 빠진 강씨금상의 깃발을 보게 된 것은 정말 뜻밖의 일이었다고 아니 말할 수가 없을 것이다.

그 옛날에 두 사람이 만났는지 안 만났는지는 사실 모르는 일이다. 게다가 따지고 보면 강씨금상의 금지옥엽이 오원과 같은 오지까지 다녀갔을 리도 만무하다. 그의 어린 시절과 겹친다고 한다면, 단순하게 계산해 보아도 강씨금상의 여식은 굉장히 어린 나이가 되는 것이다. 그렇다면 만나지 못했다는 쪽에 무게를 둬야 옳은 일일진대, 이상하게도 두 사람이 그 시절에 만났을 것이라는 것에 마음이 기우는 것을 보면, 나 자신도 결국 어쩔 수 없는 천운(天運)의 기원자인 모양이다.

…(중략)…….

한백무림서 미완

한백의 일기 中에서.

"살아온 것만으로도 용하다 해야 하는데, 금세 또 일을 시키다니……. 인정이란 게 없구먼!"

"그러게 말이야."

"그래도 이겼으니 얼마나 다행인가! 이와 같은 대승(大勝)은 근래에 한참 동안 없었어."

바위산에서 적들을 섬멸한 직후, 소마군은 곧바로 적들의 물자를 회수하는 작업에 들어갔다. 원 기병의 갑주들과 모자들에서부터 장창과 만도, 활과 화살들에 이르기까지 가져갈 수 있는 것은 전부 다 챙겨가게 되었다.

적들의 숫자가 많았던 만큼, 전리품들도 이전의 싸움들과는 비할 데 없이 많았다. 그런 만큼 물건들의 운반에는 소마군들뿐 아니라 어른들까지 동원되는 사태가 벌어졌는데, 워낙에나 승리의 기쁨이 커서 그랬는지 몇몇 사람을 제외하고는 불평불만을 터뜨리는 이가 거의 없었을 정도였다.

히히히힝!

어른들 몇 명들은 거친 기마를 끌고 가느라 진땀을 빼고 있었다. 그러면서도 그들의 얼굴에는 웃음이 끊이질 않고 있었다.

이번 전투에서 가장 큰 수확을 꼽는다면 그러한 전투마들의 획득이라 말할 수 있었던 까닭이다. 오원의 농경지에는 가축들이 상당수 있었지만, 전투에 쓸 만한 기마들은 거의 없다고 해도 과언이 아니었다. 말이 있다고 해도 밭을 가꾸는 데 쓰는 농경마(農耕馬)가 대부분이라는 이야기다. 그런 만큼 전투용으로 쓰는 전투마들은 보통 가치있는 전리품이 아니라고 할 수 있었다.

“야, 이건 너무 무거운데?”

“그 꼴은 뭐냐? 갑옷이 네 키만 하다!”

“배보다 배꼽이 더 큰 격이네! 캬하하하하!”

어느 하나 없이 지칠 대로 지친 상태였지만, 모두가 기분 좋게 손발을 맞춰가고 있었다. 죽음의 공포를 몇 번이나 넘어서며 여기까지 온 소마군의 아이들은 특히 더했다. 물건을 담아갈 수 있도록 배당받은 포대들도 대부분 버렸거나 망가진 상태였지만, 팔다리에 무거운 물건들을 주렁주렁 매달고도 그저 해맑은 웃음들을 지어내고 있었다. 왁자지껄 떠드는 것이 시끄러울 만도 했지만, 조용히 하라 호통 치는 이는 아무도 없었다. 그만큼 좋은 날이다. 싸움으로 희생당한 이들도 많았지만, 누구도 비통해하지 않는다. 죽은 자들에 대한 애도는 살아남은 자들의 웃음으로 대신하는 것이다. 그것이 그들의 마음가짐이요, 힘든 싸움을 수행해 가는 원동력이라 할 수 있었다.

"여어이, 일들은 잘하고 있는가?"

하지만 좋은 일에는 언제나 마(魔)가 끼게 마련이다. 소마군들의 맑은 웃음에 찬물을 끼얹는 목소리가 하나 있었다. 다른 누구보다 대산이 먼저 나가 그 목소리의 앞에 섰다.

"와 있었나?"

"물론이다. 이번에는 아버지도 오셨지. 못 봤나?"

능글능글 매끄럽게 굴러가는 혀다. 젊은 뱀, 마사충이었다. 호감을 느낄 수 없는 반반한 얼굴이 대산의 바로 앞에 있었다.

"못 뵈었다. 어디에 계시지?"

"못 봤다? 그럼 대체 뭘 본 거냐? 그만한 지휘력이라면 아버지밖에 더 있었겠나? 싸움을 앞에 두고 눈을 어디에 둔 거지?"

대산이 미간을 좁혔다.

시시각각 적절한 순간에 뛰쳐나가며 적들을 섬멸하던 오원 전사들의 전투 모습이 떠올랐다. 깃발의 움직임으로 이어지는 궁수들의 견제사도 훌륭했다. 대승이 될 수밖에 없었던 병력 운용이었다.

"그랬군. 어쩐지 대단하다 했어."

"당연한 일이다. 아창족의 싸움꾼으로는 백 년이 흘러도 가늠하지 못할 지모(智謀)라 할 수 있지."

마사충은 일단 도발부터 걸어왔다. 대산이 두 눈을 가늘게 뜨며 대답했다.

"아창족이니 경포족이니 구분 짓는 버릇은 여전하군. 마대인이 가만 놓아두시나? 오원은 하나, 단결이라는 것을 그리도 강조하는 분께서?"

"단결도 단결 나름이겠지. 툭툭 튀어나가 싸움을 망치는 것은 언제나 검은 옷의 전사들이 아니었나?"

검은 옷의 전사들. 결국은 아창족을 걸고넘어지는 말이었다. 대산의 눈에 위험한 빛이 깃들었다. 어느새 대산의 옆으로 다가온 흑로의 눈에서도 똑같은 빛이 번뜩이고 있었다.

"거기까지 하시지. 뒤꽁무니에서 구경만 하던 자에겐 아무런 이야기도 듣고 싶지 않다."

대산의 말은 결정적이었다.

더 이상 물러서지 않겠다는 뜻이다. 마사충의 입가에 길쭉한 미소가 그려졌다. 대산과 흑로의 눈빛처럼 위험스럽기 짝이 없는 미소였다.

"그래, 소마군의 작은 전사들이 이쪽에 있다고 했나?"

두 사람의 대치를 일시에 멈춘 것은 저쪽 뒤에서부터 들려온 한줄기 탁한 목소리였다. 노쇠한 듯, 연륜이 느껴지면서도 그 안에 잠재된 힘이 느껴지는 음성이었다.

"아, 오셨습니까?"

"그래. 네 녀석도 여기 있었구먼."

천천히 걸어오는 걸음걸이에서 묵직한 기파가 발산되고 있었다. 세모꼴의 길쭉한 얼굴에 단단한 체구를 지녔다. 얼굴에 새겨진 주름들에는 백전노장의 세월이 담겨 있다. 반백의 머리카락을 뒤쪽으로 가볍게 넘긴 초로의 지장(智將)이었다.

'늙은… 뱀!'

한쪽에서 돌아가는 상황을 지켜보던 단운룡의 두 눈이 가볍게 흔들렸다.

오원의 늙은 뱀, 마건위가 바로 그다.

누가 알려주지 않아도 쉽게 알 수가 있을 정도다. 다른 사람들과 근본적으로 다른 자였다. 주변의 인물들이 한순간 작게 보여질 정도로 존재감이 대단했다.

"이놈은 알지? 대산이라고, 내 소마군을 맡긴 놈이다. 아직 어리지만 큰일을 할 놈이야. 잘 알고 지내도록 하거라."

"그렇지 않아도 예전부터 친분을 쌓아두려 했었습니다."

"그럼, 그래야지."

양아들, 마사충에게 이야기하는 마건위의 목소리에는 정대한 위엄이 가득 차 있었다. 아니, 가득 차 있는 것처럼 들렸다. 광명정대해 보이지만 그 속 깊은 곳에서부터 알 수 없는 어둠이 느껴진다. 늙은 뱀과 젊은 뱀, 부자(父子)가 결국은 똑같다고 할까. 대답하는 마사충의 목소리처럼 한구석에 진심이 아닌 거짓이 깃들어 있는 느낌이었다.

'밝아 보이지만, 결코 그렇지 않아. 그리고… 강해……!'

어찌하여 뱀이라 불리는지 어렴풋이 알 수 있을 것 같았다.

겉과 속이 다른 자다. 그러면서 위험스러울 정도로 강대한 힘을 뿜어내고 있다.

진정한 고수다. 자기 자신을 완전히 숨기고 있어 어느 정도일지는 분명하지 않았지만, 붉은 늑대, 허유보다는 강할 것이 확실했다. 내상을 완전히 치료하고 힘을 전개한 오기륭을 아직 못 보았다만, 이 마건위란 남자는 오기륭이 전력을 다한다 해도 쉽사리 이길 수 있을 것 같지가 않았다. 보기 드물 정도의 진정한 고수라는 뜻이었다.

"첫 번째 공격대는 대부분이 죽었다고 들었다만."

"그렇습니다. 대장도 끝내 돌아오지 못했으니 아마도……."

"어쩔 수 없는 일이지. 자랑스럽게 전사했을 것이야. 묵운은 뛰어난 무인이었는데 아깝게 되었어."

정말로 아까워하는 표정을 짓는다. 그렇지만 어디까지가 진심인지는 그 본인 외엔 누구도 알 수 없다. 고개를 설레설레 저으며 한탄하던 마건위가 이내 대산을 직시하며 물었다.

"이쪽으로 퇴로를 잡은 것은 자네 선택이었다고 하던데, 진짜인가?"

"그것은… 운이 좋았을 뿐입니다."

"아니야. 운이 아니겠지. 그렇다면 다른 소마군의 아이들도 자네 뜻에 따라 움직인 건가?"

마건위의 눈이 강렬한 탐색의 빛을 띠었다.

방금 전까지 누군가의 죽음을 애도하던 눈이 아니다. 뭔가를 얻어내려는 듯, 알 수 없는 탐욕의 빛이 일렁이고 있다. 그것을 알아챈 대산이 슬쩍 옆으로 발을 옮기며 단호하게 고개를 끄덕였다.

"그렇습니다. 무조건 동쪽으로 도망가라 일러두었었습니다."

왜 그런 마음이 들었을지는 대산으로도 알 수가 없었다.

단운룡이 눈에 띄면 안 된다.

적어도 이 남자, 늙은 뱀의 손아귀에 들어가도록 놔두지는 않겠다. 순간적으로 내린 결심이었다.

"그런가……? 조금 다른 이야기도 들리는 것 같던데."

"소마군에는 영리한 아이들이 많습니다. 앞으로도 오늘처럼 좋은 결과를 보여 드릴 수 있을 겁니다."

대산은 모두의 방패다.

마건위에게 휘둘리며 칼을 휘두르는 것은 대산 혼자로 족하다.

다른 아이들까지 위험에 처해서는 안 된다. 마건위의 시선을 차단하기 위한 방패, 엉뚱한 곳에 생명을 버리지 않도록 막아주는 방패가 되어주는 것이다.

"그 영리한 아이들의 이름을 하나하나 알아두었으면 좋겠지만, 오늘은 날이 아닌 듯하군. 차차 알아가면 되겠지."

마건위의 날카로운 눈이 아이들을 하나둘 훑어 지나갔다. 스쳐 가는 시선에서 늙은 뱀의 차가움을 느낀 것은 단운룡 혼자만이 아니었을 터, 결국 그 누구의 품도 안전하지는 않다. 몸을 돌려 바위산 꼭대기로 발을 옮기는 마건위의 뒷모습, 그리고 그 뒤를 따르며 진득한 미소를 지어내는 젊은 뱀의 뒷모습 또한 소마군의 안락함과는 거리가 멀었을 뿐이다.

*　　　*　　　*

"어쩐 일이야?"

"말버릇은 여전하군."

"아직 철없는 아이에 불과하잖아. 뭘 그런 걸 트집 잡으려고 해?"

"철없는 아이? 지나가는 개가 웃겠다. 나이가 어리다는 것을 있는 대로 이용하려는 심산에 불과하다."

"그거야 내 사정이고, 불렀으면 왜 불렀는지 이유를 말해줘야 할 거 아냐?"

"딱히 심각한 볼일이 있어서 부른 것은 아니다. 소마군에
대한 감상이 어떤지 이야기나 들어보려고 했다. 보여줄 사람
도 있고."

"보여줄 사람?"

"그래. 꽤나 흥미로울 거다."

허유가 단운룡을 불러낸 것은 출정에서 돌아온 지 삼 일째
되는 날이었다.

마을에서도 특히 한적한 곳, 화니족의 거주지다. 언덕 능선
을 따라 계단식으로 만들어진 논밭이 연녹색의 향연을 한껏
뽐내고 있었다. 밭의 가장자리에 세워진 둑길을 따라가는 두
사람이다. 참으로 어울리지 않는 한 쌍이었다.

"소마군은 어떻더냐?"

"지낼 만해. 재미있는 아이들도 많고 말이지."

"재미있다? 그렇겠군. 대산이란 놈은 확실히 눈에 띄니까."

"맞아. 두목은 대단해."

"주저하지 않고 두목이라 하는군. 조금 다르게 부를 줄 알
았는데."

"일단은 두목이야. 다른 생각을 하기엔 소마군 자체가 지
나치게 위태위태하거든."

"그렇게 보았나? 살리는 쪽에 무게를 두기로 했단 말인가?"

"응. 그편이 옳지 않겠어? 늑대의 마음으로도 아이들이 죽

는 것은 싫다면서?"

"그렇다. 나쁘지는 않은 선택이야."

"달리 선택할 것도 없잖아."

"그거야 맞는 말이지만, 너무 빨리 눈에 띄었다. 그것이 또한 문제라면 문제겠지."

"눈에 띄었다고?"

단운룡이 두 눈을 치뜨며 물었다. 허유가 묘한 미소를 머금으며 단운룡을 돌아보았다.

"소마군의 꼬마 놈 하나가 기병 셋을 쓰러뜨렸다. 묘한 소문이다. 설마하니, 없는 이야기가 만들어져서 돌아다니는 것은 아닐 테고……. 소문의 주인공이 대산이 아니라고 한다면, 네 녀석밖에는 달리 생각나는 놈이 없더군."

"……!"

소문이 났다?

몰랐다. 아이들끼리 두런두런 이야기하는 것은 여러 번 보았지만, 그리고 아이들의 시선이 엄청나게 달라진 것은 알았지만, 소마군 외에 다른 곳에까지 소문이 났을 줄은 몰랐다. 단운룡으로서는 처음 있는 일이었다. 스스로의 생각이 짧았다고 느낀 것은.

"아이들이 그렇게 떠들고 다니는 것 같지는 않았는데……?"

"아이들에게 들은 것이 아니다. 아이들의 이야기뿐이었으면 믿는 이들도 없었겠지. 그걸 본 사람은 그 바위산에 있던 전사들이다. 거리도 멀었거니와, 공격을 준비하기 위하여 정신이 없었기 때문에 직접 본 자들은 적었다고 하지만 망을 보던 이들이나 척후로 나갔던 전사들의 눈만큼은 피할 수가 없었던 모양이더군."

"그게… 문제가 되나?"

"글쎄. 일단은 문제될 것이 별로 없을 것이다. 그걸 본 사람들도 워낙에 믿기 어려운 일인만큼, 마음껏 이야기하지는 못하고 있으니까. 기병들의 상태가 정상이 아니었다고 말하는 자들도 있고 말이다. 다만……."

"다만……?"

"늙은 뱀이 관심을 기울이고 있어서 문제다. 늙은 뱀은 보았겠지?"

"봤어."

"조심해야 할 남자라는 것 정도는 충분히 느꼈을 것이라 믿는다. 앞으로는 행동에 신중을 기해야 할 것이다."

"그렇다면… 이렇게 함께 있는 것도 알려지면 안 좋을 텐데?"

"그렇지. 알려지면 더 관심을 가지기야 하겠지."

"설마……! 일부러……?"

단운룡이 허유를 올려다보았다. 허유가 비틀린 웃음을 지으면서 단운룡의 두 눈을 직시했다. 그가 고개를 설레설레 내저으며 대답했다.

"역시나 눈치 채는군. 눈치 채지 못했다면 실망할 뻔했다."

"도대체 뭘 꾸미는 거야?"

"딱히 꾸미는 일이 있는 것은 아니다. 말하자면 경고라고
나 할까."

단운룡은 허유가 하는 말을 금세 알아들었다.

어차피 단운룡은 눈에 띄었다.

그 나이에 그 정도.

마건위가 가만히 둘 리 없다. 어떤 아이인지 파고들어 제
뜻대로 휘두르려 할 것이다. 그럴 바엔 어느 쪽 사람인지 확
실히 해두는 것이 좋다.

허유가 단운룡을 백주대낮에 불러낸 것은 그래서다. 단운
룡이 허유가 보낸 소년임을 알려주기 위해서다.

다른 효과도 있다. 허유가 보낸 사람이라 한다면 단운룡의
능력이 심상치 않은 것도 납득할 수 있는 일이 된다. 적의 첩
자라는 둥 어디서 온 놈이냐는 둥, 괜한 의심을 사거나 기분
나쁜 놈들이 꼬이는 것을 미연에 방지할 수 있는 것이다. 또
있다. 소마군에 사람을 심어두었으니 엉뚱한 수작 부리지 말
라는 경고의 뜻도 보여줄 수가 있었다.

허유의 의도는 그러했다. 그것을 전부 다 꿰뚫어 본 단운룡
이 얼굴을 찡그리며 퉁명스러운 어조로 말했다.

"결국은 당신 멋대로 이용하겠다는 거 아냐?"

"그게 무슨 소리지?"

"사람을 도구로 보지 말란 말이야."

"하! 도구……? 투정 부리지 말거라. 이건 다른 누구도 아닌 네 발로 뛰어든 싸움이다. 도구가 될 수밖에 없다는 것은 이미 알고 있지 않았나? 그런 이유가 아니었다면 네 녀석을 굳이 소마군에 넣어둘 필요도 없었다."

그렇다. 허유는 당당했다. 그의 입장에서 볼 때는 너무도 당연한 일이었기 때문이다.

허유는 속이 좋아 아량을 베푼 선인이 아니다. 애초부터 그랬다. 한없이 착한 자가 아니라는 뜻이다.

그가 단운룡을 곁에 두고 오기룡에게 의원을 붙여준 것은 그들이 이용할 만한 가치가 있어서다. 이용 가치가 충분치 않았다면, 처음 만남에서 이야기가 나왔던 것처럼 구룡보에 넘기고 끝냈을 것이 틀림없었다.

그런 자 앞에서 사람을 이용한다 말해보았자 그것은 속절없는 푸념밖에 되지 못한다. 허유의 말마따나 어린아이의 투정이라 볼 수 있는 것이다.

"냉랭하네."

냉정한 현실이었다. 단운룡은 더 이상 억지를 부리지 않았다. 찌푸렸던 얼굴도 풀어버렸다. 종전의 흔들림없고 태연했던 표정으로 돌아오는 단운룡이다. 그것을 본 허유가 웃음기 섞인 목소리로 말을 이었다.

"확실히 이해가 빨라. 오기룡하고는 다르지. 하지만 나는 안다. 말이나 표정은 빨리 바꿀 수 있을지 몰라도, 가슴속의 고집스러움은 독수리보다 훨씬 더 강하다는 것을."

"알고 있다면, 조심하는 게 좋을 거야."

"다시 한 번 명심하지. 네 녀석을 조심하는 게 좋을 것이라는 독수리의 충고는 이미 예전부터 마음 깊이 담아두고 있는 중이다."

그리고 두 사람은 한참 동안 말이 없었다.

푸르른 밭을 옆에 두고 천천히 걸어간다. 도무지 어울리지 않는 두 사람이지만, 어쩐지 아까보다는 위화감이 줄어든 느낌이다. 얼마나 걸었는지, 새파란 밭이 층층으로 보이는 언덕 꼭대기까지 올라왔다. 허유가 손을 들어 푸른 밭을 가리켰다. 그가 진중한 어조로 입을 열었다.

"보이나? 여기 펼쳐진 이 논밭이야말로 오원을 이끌어가는 생명줄이다. 가장 평화로운 종족인 화니족의 아낙들이 이 밭을 가꾸고 있다. 오원의 대지에서 가장 중요한 곳이다."

'화니족이라면……'

가장 먼저 떠오르는 화니족이라고 한다면 당연히 소봉을 꼽을 수가 있을 것이다. 소마군에서도 가장 먼저 이야기를 나누었던 놈이며, 아이들 중에서도 특별히 가까운 편이라고 할 수 있었다. 단운룡보다 세 살 많았지만, 형이란 느낌은 없다. 굳이 형이라 부르지도 않는다. 그만큼 활달하고 밝은 소년이었다.

"소마군에는 화니족 아이들이 상당히 많지. 사실 화니족은 온순하고 착한 민족이라 이러한 전쟁에는 어울리지 않는다. 그럼에도 소마군에 왜 그리 많은 수의 화니족이 있는지 알고 있나?"

"글쎄……? 그건 잘 모르겠는걸."

단운룡은 모르는 것까지 아는 척하는 소년이 아니었다. 모르는 것은 모른다. 전혀 생각해 본 적이 없는 일이었다.

"아직 어리니까 거기까지는 생각이 닿지 않았겠지. 화니족의 여인들은 본 적이 있나? 소마군의 아이들을 보면 가끔씩 못된 장난들을 치기도 하는 것 같던데."

단운룡의 얼굴이 가볍게 붉어졌다.

그런 부분에서 나이가 드러난다. 다른 면에서는 이미 웬만한 어른들보다도 훨씬 높은 사고 수준에 이르러 있었지만, 어떤 면에서는 애초부터 그럴 수가 없는 부분도 있는 법이다. 그것만큼은 단운룡으로서도 예외일 수 없었다.

"본 적이 있는 모양이군. 그 나이에 그런 장난, 나는 이상하게 생각하지 않는다."

"그러려고 그런 게 아니야."

"좀처럼 볼 수 없는 표정이다. 네 녀석답지 않아. 훨씬 더 사람 같다. 독수리에게 이야기해 주면 좋아하겠군."

"그런 게 아니라니까."

허유의 얼굴에 지어지는 웃음은 더 이상 비틀린 웃음이 아니었다. 진심으로 유쾌하다는 얼굴이 되어 있었다. 허유가 너털웃음이라도 터뜨릴 것 같은 표정으로 즐겁게 말을 이었다.

"여하튼, 다시 본론으로 돌아가자. 이미 본 적이 있는 모양이다만, 화니족 여인들의 옷차림은 중원에서 보기 힘든 특별함을 지니고 있다. 북방의 도시들에서는 감히 상상조차 하기 힘든 옷차림이지. 홍등이 밝혀진 곳이나 여인들이 가득한 청루에 가도 그 정도는 흔치 않다. 전 중원, 모든 부족들을 통틀어서도 찾아보기가 힘든 풍습이란 이야기다."

단운룡은 아무 말 없이 고개를 끄덕였다. 이런 영역의 대화에서는 단운룡으로서도 주도권을 잡을 수가 없기 때문이었다. 허유도 단운룡을 놀릴 생각은 특별히 없었던 듯, 차차 얼굴에 떠올렸던 웃음기를 지워가며 진지한 어투로 이야기를 계속해 나갔다.

"화니족의 옷차림은 대지의 남쪽이 지닌 풍요로움과 자유로움의 상징이나 다름이 없다. 그들이 심는 작물은 뜨거운 태양과 풍부한 수원으로 언제나 풍년을 이루며, 굳이 작물을 재배하지 않는다고 하여도 사방천지에는 먹을 수 있는 열매와 줄기가 가득하다. 근심없는 삶을 살아가는 그들에게 있어 중원인의 예의와 격식은 아무런 소용이 없었다. 그들은 싸움을 몰랐고, 스스로를 지킬 필요성도 느끼지 못했지. 그들을 위협하는 것이라고는 감당키 힘든 맹수나 본 적도 없는 마물에 대한 공포, 그리고 대자연 그 자체의 분노밖에는 없었다."

“마물이라고?”

“귀신이나 귀물을 뜻함이다. 미신이자 환상이지. 직접 봤다는 사람도 있다고는 하지만 나는 믿지 않는다. 이렇게 순결한 땅에 그런 것은 어울리지 않는다.”

“직접 본 사람도 있다니, 그럼 문제 아냐?”

“이야기를 엉뚱한 곳으로 몰고 가지 마라. 중요한 것은 그런 게 아니다.”

“말을 꺼내지 말든지. 그럼.”

단운룡의 흔들림없는 대꾸에 허유가 기가 막히다는 표정을 지었다. 그가 고개를 설레설레 젓더니, 이내 한숨을 내쉬고는 천천히 말을 이었다.

“그러고 보니, 독수리가 그런 적이 있다. 네 녀석을 처음 보았을 때 그러한 마물쯤이라도 되는 줄 알았다고.”

“…그랬구나. 어쩐지 과하게 놀라는 것 같더니.”

“지금 생각하면 그와 같이 멍청한 말도 이해가 가는 면이 있다. 정말로 무서운 것은 귀신이나 괴물이 아니다. 사람이 가장 무섭다. 사람의 마음이야말로 어떠한 마물보다 위험하고 무서운 데가 있는 법이다.”

“남 말하듯 이야기하지 마. 늑대 아저씨도 예외는 아냐.”

대화가 길어져서인가.

아니면 이제 서로를 이해해 가고 있음인가.

단운룡은 허유를 늑대 아저씨라 불렀다. 당신이라 함부로 말하던 것에 비하자면 놀라운 변화다. 그러나 두 사람 모두 그런 것은 의식하지 못하고 있었다. 그저 피식 웃으며 말을 돌릴 뿐이다.

"나도 예외는 아니다? 그런지도 모르겠군. 이거, 자꾸 이야기가 옆으로 새는데, 하던 이야기나 마저 끝내는 것이 어떨까?"

"맘대로 해."

"그런데 어디까지 이야기했지?"

"화니족 이야기."

"그래, 화니족. 그들은 무서울 것이 없었다. 원마왕 타가와 일각수 맹획이 이빨을 드러내기 전까지는 두려울 것이 없었어. 하지만 그들 때문에 엉망이 되었다. 화니족의 여인들 중에서도 그들의 전통적인 옷차림을 하면서 살아갈 수 있는 여인들은 이 근처에 거의 남아 있질 않다. 운남의 남부 지역 전체에서 그들은 안전하지 못하다는 뜻이다."

"그게 무슨 말이야? 옷차림이 무슨 문제라고?"

"네 녀석은 어리지 않다. 몸은 어리지만 머리는 어리지 않지. 하지만 그렇다고 하여 머리도 다 자란 것은 아니다. 네가 생각할 수 있는 것 바깥의 이야기일 테니까."

"말을 해. 빙빙 돌리지 말고."

"말을 해도 알아들을지 모르겠다. 너는 전쟁에서 진 패배자들의 처지에 대해서 알고 있나? 그들이, 그들의 아내와 딸들이 어떤 일을 당하는지 알고 있냐는 이야기다."

"……!"

단운룡의 안색이 가볍게 굳어졌다.

허유는 전쟁터를 살아가는 여인들의 숙명에 대해 말하고 있는 것이다. 그들이 잡혀서 어떤 일을 당하는지, 그들이 얼마나 힘든 일을 겪는지에 대해 이야기하고 있었다.

"화니족 여인들은 아름답다. 생명으로 충만한 민족이다. 다른 부족의 여인들하고는 다르다. 아창족의 여인들은 적들에게 주저없이 칼을 겨누며, 경포족은 단결력이 강해 목표로 삼기가 어렵다. 보수적인 포랑족은 능욕당할 위기에 처했을 때 스스로 목숨을 끊을 정도지. 그러나 화니족은 저항하는 법을 알지 못했다. 그들은 생명을 소중히 하는 민족이라, 남을 상처 입히지도 스스로를 상처 입히지도 못하는 이들이었다. 타가와 맹획의 졸개들에게는 그 어떤 부족의 여인들보다도 탐나는 사냥감이었을 것이다. 화니족의 희생이 컸던 이유다."

"하지만… 소마군에 있는 화니족 아이들은 그렇지 않아."

"그것은 그 아이들이 가족을 잃었기 때문이며, 살아갈 터전을 잃었기 때문이다. 그 아이들은 화니족이되, 예전과 똑같은 화니족이 아니야. 그들뿐인가? 여인들도 마찬가지다. 옛 모습을 지켜가고 있다고는 해도, 예전처럼 자유롭지 못하다. 밭을 보아라. 여인들은 모두가 집으로 들어가고 없다. 정해진 날이 아니면, 함부로 나돌아다니지도 못한다. 옛날 같았으면 아이들이든, 어른들이든 남자들이 화니족 부락을 몇 번을 들락거려도 경계의 눈초리 따윈 보이지 않았을 것이다. 스스로 지닌 민족의 색깔마저 바꿔야 할 정도로 어려운 상황이란 뜻이다."

허유의 말은 길었다.

말을 마치고 단운룡을 내려다보는 두 눈엔 기나긴 싸움을 힘겹게 헤쳐 온 늑대의 고된 상처가 담겨 있었다. 그 상처의 틈바구니를 엿보고 만 단운룡이다. 단운룡이 두 눈을 빛내며 물었다.

"늑대 아저씨는 납서족이지? 우목이 그랬어. 납서족은 책을 좋아한다고. 그리고 싸움을 좋아하지 않는다고."

"그래. 납서족이다. 납서족이었지."

"늑대 아저씨. 납서족 여인에 대해서는 말하지 않았어."

단운룡의 말은 허유가 지닌 상처를 온전히 드러내고 있었다. 허유의 표정이 예사롭지 않게 변했다. 그가 나지막한 목소리로 대답했다.

"그것까지 말해줄 이유는 없을 텐데."

그 표정, 그 대답.

그것으로 허유는 자신의 상처를 전부 다 스스로 이야기한 것이나 다름없었다.

화니족의 상처, 소마군의 아이들이 입었던 상처는 곧, 허유의 상처다.

가족이 죽었다.

여인이 죽었다.

단운룡이 상상할 수 없는 비참함으로, 여인으로서 당할 수 있는 최악의 수치를 당하고서야 잔혹한 죽음을 맞이할 수가 있었다.

그것은 허유 본인의 이야기다. 허유 본인이 겪었던 슬픔이다. 허유의 일족, 부모거나 형제, 어쩌면 그의 반려가 당했던 죽음일 수도 있다는 것이다.

"여기로 데려온 것, 처음부터 계산했던 거지?"

단운룡은 또다시 물었다.

허유는 나약한 자가 아니다. 자신의 나약한 모습을 쉽사리 보여줄 인간이 못 된다.

그가 그와 같은 상처를 내비쳤다면 그것은 의도한 바다. 무언가 원하는 것이 있어서라는 이야기였다.

"처음부터 계산했다니, 그것은 또 무슨 이야기인가?"

"여기까지 데려와서 그런 이야기 들려주는 이유가 뭐냐고."

"별다른 의미는 없다. 한 마리 늑대의 쓸데없는 넋두리라 생각해라."

"거짓말하지 마. 나한테 뭘 기대하는 거지?"

"어찌 되었던 네 녀석은 외부인에 불과하다. 도구로서 네 녀석의 능력을 빌렸을 뿐이야. 그 이상 기대하는 것은 없다.”

기대하는 것이 없다.

거짓말이다. 단운룡도, 허유도, 그것이 거짓말임을 너무도 잘 알고 있었다. 단운룡의 표정이 착 가라앉았다.

‘한 명이라도 더 끌어들이려는 거야. 이 사람은……’

허유는 머리를 잘 썼다.

허유가 한 이야기는 다른 것이 아니다.

‘왜’다.

자신이 왜 오원에서 이 싸움을 이끌어가고 있는지 그 이유를 보여준 것이다. 오원에서 사람들이 싸우는 이유, 오원에 목숨을 바치는 이유를 이야기해 줌으로써 단운룡으로 하여금 이곳을 떠나기 쉽지 않도록 만들려는 의도다.

얄팍하다면 얄팍한 수법이요, 애처롭다면 애처로운 비책이다. 단운룡과 같은 어린아이의 힘마저 아쉬워할 정도로 궁지에 몰렸다는 것을 간접적으로 내비친 것이라 할 수 있겠다.

문제는 단운룡의 마음이 흔들리고 말았다는 데 있었다. 허유는 절박한 사람이다. 개인적인 원한에서 시작된 복수의 염원 때문에 많은 것을 잃어버린 자다. 달리 말하자면 오기룡과 비슷한 처지라고 할 수 있었다.

전혀 다른 사람, 비슷할 것 하나 없지만, 이제 보니 어딘지 모르게 닮은 데가 있다. 그처럼 허유에게서 오기룡의 그림자를 발견해 버린 단운룡으로서는, 늑대가 지닌 음험한 품성을 나쁘게만 바라볼 수가 없게 된 것이다.

'그것뿐이 아니야.'

더 큰 문제도 있었다.

소마군이다. 소마군이 단운룡의 마음에 들어와 버렸다는 사실이다.

단운룡은 어릴 적부터 또래들과 정겹게 지낸 기억이 거의 없다. 걸음마를 시작할 때부터 명가(名家)의 후손이라는 엄격한 가르침에 따라 글을 배웠고 무술을 닦았다. 그렇게 문무를 가르쳐 주던 사람들도 하나씩 죽어버렸고, 결국 피를 나눈 육친이라고는 하나도 찾아볼 수가 없게 되었다. 그런 단운룡에게 있어 시끌벅적한 소마군에서의 생활은 다시없을 행복한 경험이자, 영원히 간직하게 될 추억이 될 게다. 그것을 본능적으로 알고 있는 단운룡은 어느새 소마군을 떠나기 싫다는 마음마저 지니게 된 것이었다.

"날 이곳에 묶어두고 싶은 생각이라면 늑대 아저씨도 조금 더 솔직해지는 것이 좋을 거야. 이야기가 길어졌는데 이제 그만 해. 뭘 말하고 싶은지는 대충 알아들었으니까. 그보다, 보여줄 사람이란 건 또 누구야?"

"네 녀석은 확실히 대화할 맛이 나는 녀석이다. 보여줄 사람이라. 그래, 보여줘야지. 꽤나 놀라게 될 것이다. 그런 놈은 중원천지를 다 뒤져도 드물어."

허유가 발걸음을 옮기고 단운룡이 그 뒤를 따랐다.

　오원에 남으라는 이야기를 돌리고 돌려서 이야기한 허유와 그것에 마음이 흔들린 단운룡이다. 아까보다 조금 더 가까워지고, 한편으로는 조금 더 멀어진 두 사람이다. 화니족 밭길을 빠르게 내려가 포랑족의 주거지 입구까지 왔다. 순박한 포랑족 촌민들이 사는 곳, 화니족의 부락만큼이나 조용한 동네였다.

　"여기서 기다리면 곧 올 것이다."

　"포랑족이야?"

　"아니다. 놈은 오원 다섯 부족의 핏줄이 아니야."

　거기까지 말한 허유는 더 이상 입을 열지 않았다. 무언가를 골똘히 생각하는 얼굴로 마을 어귀 저편을 바라볼 뿐이다. 어딘지 모르게 긴장한 것처럼 보이기도 했다.

　'대체 어떤 자이기에.'

　궁금증이 치솟았지만, 단운룡은 잠자코 기다리기로 했다. 백번 이야기를 들어도 한 번 보는 것만 못하다. 단운룡은 그것을 잘 알고 있었다.

　'포랑족은 아니다……. 하만이 포랑족이었지?'

　꽤나 오랫동안 말없이 있다 보니 지루함을 느낀 단운룡이다. 포랑족 토담집의 담장을 둘러보며 지겨워진 눈을 달랬다. 빙빙 돌아가는 태양 문양이 몇 개씩이나 새겨져 있었다.

　'태양신을 믿는다고 했었어.'

　북을 좋아하는 하만이 말하곤 했었다. 고수병이 되어서 전투용 북을 받게 되면, 북의 테두리를 둘러 태양을 그려놓을 것이라고. 그러면서 하만은 우목에게 달라붙었다. 우목은 납서족이라 그림을 잘 그리니, 꼭 멋진 태양을 그려달라고 말이다.

그렇게 이어가던 단운룡의 상념을 깬 것은 다름 아닌 허유의 목소리였다. 허유가 손을 들어 멀리서 걸어오는 한 남자를 가리켰다. 단운룡이 고개를 돌렸다.

"이제야 오는군. 저놈이다."

굳이 가르쳐 주지 않아도 알 수 있다.

단운룡은 이 오원에 와서 받았던 그 어떤 충격보다도 커다란 충격을 받았다.

젊은 남자였다. 스무 살이나 막 되었을까 싶다. 아니, 스무 살도 안 되어 보인다.

하지만 그 안에서 느껴지는 기파는 실로 예사로운 것이 아니었다. 대산은 물론이거니와 마사충, 아니, 마건위나 허유보다도 놀랍게 다가오는 남자다. 단운룡의 눈이 번뜩이는 빛을 발했다.

'저런 녀석이 있었다니……!'

지쪽은 납서족의 주거지다. 그 길을 아무렇지 않게 걸어오고 있는 것을 보면 이 오원을 터전으로 삼고 있는 자가 틀림없다. 그런데도 알지 못했다. 싸움터에서 보았다면 단숨에 눈에 띄었을 텐데, 싸움터에서도 본 적이 전혀 없었다.

터벅, 터벅.

검게 그을린 피부다. 늑대보다 훨씬 더 잔인하고, 훨씬 더 강인한 얼굴을 하고 있다. 그토록 젊은 나이에 어떻게 그런 얼굴을 하고 있는지 도무지 알 수가 없었다.

"오랜만에 왔군. 사냥은 할 만하던가?"

"당신이 알 바 아니다."

허유의 질문에 답하는 남자는 단운룡보다 훨씬 더 건방진 어투를 들려주고 있었다.

남방어의 억양이 강하게 묻어나는 남자다. 소매가 없는 상의는 화니족 남자들의 그것과 비슷하게 생겼지만, 그 재질이 전혀 다르다. 흔히 볼 수 있는 천이 아니었다.

'뭐지?'

천이 아니라 가죽이다. 무슨 동물의 가죽인지 알 수 없다. 얇게 덮인 짧은 털을 따라 아름다운 윤기가 흐르고 있었다.

"못 보던 옷이야. 흑표(黑豹)라도 잡은 겐가?"

"보면 모르나?"

허리 아래로 둘러놓은 가죽은 무슨 가죽인지 단운룡으로서도 쉽게 알아볼 수가 있었다. 노란색 털가죽에 검은색 얼룩이 둥글게 박혀 있는 가죽이다. 상의는 흑표범, 하의는 보통의 표범 가죽이었다는 말이다.

소매 없는 어깨로 드러난 팔뚝에는 힘이 넘쳐 보였다. 게다가 그 팔에는 팔뚝 전체를 휘감고 내려오는 기이한 문양의 문신도 있었다. 큰 키에 마른 몸, 하지만 팽팽하기 짝이 없는 근육들이 무척이나 인상적인 남자였다.

"잘 어울리는군. 한층 강해 보여. 실제로도 강해진 것 같지만."

"고작 그런 이야기를 하려고 날 기다린 게 아닐 텐데."

예의라고는 약에 쓰려 해도 찾을 수가 없다. 허유가 고개를 설레설레 저으면서 그 남자에게 물었다.

"마건위가 부른 것 같던데. 어쩐 일이지?"

"마건위에게 직접 물어봐."

점입가경이었다. 하지만 허유는 전혀 동요하지 않았다. 그와 같은 말투가 이미 익숙한 모양이었다.

"힘을 빌려줄 생각은 여전히 없는 건가?"

"그건 당신이 무엇을 줄 수 있느냐에 달렸겠지."

허유가 두 눈을 빛냈다. 그가 빠른 어조로 되물었다.

"마건위는 뭘 줬지?"

"눈치가 빠르군……. 그것도 그에게 직접 물어보든지."

남자는 그대로 허유를 지나쳐 갔다. 허유가 그의 등을 돌아보며 말했다.

"마건위에게 붙겠다면 그것도 좋은 생각이다. 이젠 나도 네놈이 그렇게 아쉽지가 않으니까."

자존심을 건드는 말이다. 남자가 어깨와 등을 굳히며 고개를 돌렸다.

“그것은 또 무슨 말이지?”

당연히 무시해 버릴 줄 알았건만, 뜻밖의 반응을 보이고 있다. 허유가 예의 그 비틀린 웃음을 지으며 대답했다.

“네놈보다 더 뛰어난 녀석을 찾았으니 말이다.”

“뛰어난 녀석이라고?”

남자의 반문은 상당히 거칠었다.

놀라운 일이다. 그처럼 민감하게 대꾸해 올 것이라고는 생각도 하지 않았기 때문이었다. 저급한 도발임에도 간단하게 넘어오고 있었다.

“여길 보아라. 자존심이 하늘을 찔러 세상 넓은 줄 모르는 놈보다는, 여기 있는 이 아이가 훨씬 더 훌륭하다 말할 수 있겠지.”

“그 꼬마가 말인가?”

남자가 돌아섰다. 그리고는 단운룡을 바라보았다. 위아래로 훑어보는 시선이 마치 맹수의 그것과 같았다.

“우습군.”

남자의 첫마디는 그랬다. 거기에 덧붙이는 한마디.

“엄마 젖이나 더 먹고 오라.”

세 치 혀로 날카로운 발톱을 휘두르고는 곧바로 몸을 돌린다.

빠른 걸음으로 순식간에 멀어지는 남자다.

그저 놀라울 뿐.

　단운룡으로서도 그렇게 무시당하기는 처음인지라, 처음의 놀라움에 또 한 번의 놀라움을 더했다. 허유가 웃음기를 머금은 표정으로 단운룡을 돌아보았다.

　"걸작이지. 저만한 놈은 확실히 드물다."

　"…맞아. 드물긴 하겠어."

　"보통 놈이 아니지. 네 녀석도 건방지기는 매한가지지만, 저 녀석은 또 다르다. 전혀 통제가 안 되는 놈이야."

　"여기 살아?"

　"아니다. 저놈은 오원의 남쪽에 있는 맥산(脈山)에 살고 있다. 저기 보이는 저 산이지."

　허유가 가리킨 곳에는 아련한 초록빛으로 물들어 있는 조그만 산 하나가 버텨 서 있었다. 그렇게 높지 않은 산이다. 그다지 험하지는 않지만, 사나운 맹수들이 살고 있다 하여 오원 사람들도 입산을 꺼리는 곳이었다. 고개를 끄덕이는 단운룡을 돌아본 허유가 이내 간결하게 끊어지는 어조로 말을 이어 나갔다.

　"이름은 효마, 라고족 출신이다. 라고족은 특히 사냥에 능하다 알려져 있지. 하지만 사실은 사냥보다 싸움에 더 능한 부족이다. 그 저력은 아창족 이상이야. 하지만 그러한 라고족도 이 지역에선 더 이상 찾아볼 수가 없다. 저놈이 마지막이니까. 생존자가 남아 있지 않다는 말이다."

　"라고족, 들어본 적 있어."

처음 소마군에 들어갔을 때, 소봉이 언급했던 이름이다. 머릿속에서 소봉의 목소리가 겹쳐졌다.

"특이한 녀석이네. 꼭 그놈 같아."

"응?"

"라고족의 그놈."

"누군데 그래? 그 녀석이."

"아, 신경 쓰지 않아도 돼. 어차피 어지간해서는 만날 일도 없을 테니까."

그게 바로 저 남자, 효마다.

단운룡 자신과 비슷한지는 아직 잘 모르겠지만, 특이하다는 말만큼은 충분히 이해할 만하다. 차림새며, 말투며, 뿜어내는 기운이며 어느 하나도 예사롭지 않았던 까닭이다.

"소마군에서 들어본 건가. 그럴 만도 할 거다. 젊은 놈들 중에서 대산을 능가하는 유일한 녀석이니……."

"무공을 익힌 것 같던데……."

"역시 알아보았군."

"라고족의 무공이야?"

"라고족의 무공이라……. 그런 건 없다. 기원을 알 수 없는 무공이다. 어디서 얻었는지, 누가 가르쳤는지 아무도 모르고 있지."

“몇 살인데?”

“정확히는 모르겠다. 이제 약관이나 되었을 것이다. 대산보다는 기껏 네댓 살 많은 나이다.”

“근데 어떻게 그렇게 강하지?”

“그것이 놀라울 뿐이다. 그 정도 나이, 믿을 수 없는 기량이다. 아직은 내력이 모자라 진정한 고수의 경지에 이르렀다 말하기는 어렵겠지만, 몇 년만 더 연마한다면 나나 마건위의 수준까지 따라올 수 있으리라 생각된다. 게다가 저놈에겐 무공 말고도 다른 것이 있다. 라고족 비전의 독술을 익혔지. 대산처럼 싸움만으로 연성된 기량과 질적으로 다르다.”

그렇다.

단운룡이 효마를 보고 충격을 받은 이유는 다른 것이 아니다.

효마는 강하다. 하지만 그렇다고 마건위나 오기륭에 비교할 만큼은 아직 되지 못한다.

놀라움의 핵심은 효마의 나이에 있다.

효마는 젊다. 약관, 이십 세밖에 되지 않는다. 그토록 젊은데도, 대산과는 비할 수 없을 정도로 강하며, 몇 년 안에 허유나 마건위를 따라잡을 수 있을 만한 잠재력까지 내비치고 있었다.

“방금 듣기로는 오원에 힘을 빌려주지 않는다고 그러는 것 같은데, 왜 그런 거야? 라고족도 많이 죽었다면서.”

"그놈 말투를 떠올려 봐라. 그놈은 애초부터 건방져서 그런 말을 쓰는 것이 아니다. 그놈은 야생 그대로일 뿐이야. 예의와 격식 따위 알지도 못하고 배운 적도 없다. 타협하지 않는 한 마리 표범과도 같은 놈이다. 홀로 움직이고, 혼자 사냥한다. 지닌바 무력으로 따지면 마건위나 나에 이어 세 번째……. 그럼에도 우리 전력으로 보기가 어렵다. 표범은 길들여지는 동물이 아닌 까닭이다. 그처럼 젊고 흉포한 나이라면 더 더욱 그렇겠지."

또다시 동물에 빗댄다.

젊은 표범, 허유는 효마를 표범에 비유했다.

자부심이 지나치게 높아서 누군가와 비교되는 것조차 싫어하는 이.

알 수 없는 무공에서 비롯된 힘으로 강렬한 충격을 안겨주었다. 독보적인 존재였다.

'약관, 스무 살. 십 년이라면…….'

단운룡의 눈이 다시 한 번 효마의 흔적을 쫓았다.

이미 보이지 않는 등으로, 앞서 나간 발걸음을 보여주는 듯하다.

오 년 위에 대산, 십 년 위에 효마.

또 다른 영역에 살고 있는 사람을 보았다. 대산보다 높은 곳에 있는 효마였다.

'십 년 후, 나는.'

대산으로는 그칠 수 없다. 단운룡의 눈이 밝고도 충만한 광채를 품었다.

'그 이상이어야 할 거야!'

목표가 변화하는 순간이다.

더 높은 곳을 향해서.

길들여지지 않는 표범을 넘어서서.

단운룡의 마음이 성장을 향해 달려가고 있었다.

*　　　*　　　*

"그때 이야기했던 것은?"

"여기 있다."

두 사람의 대화는 짧았다.

효마가 하나의 목갑을 건넸다. 받아 드는 것은 초로의 늙은이다. 뱀과 같은 두 눈을 날카롭게 빛내며 물었다.

"효과는 확실하겠지?"

"물론이다."

"좋다."

늙은이의 목소리는 탁했다.

탁한 와중에 위험스런 힘이 느껴진다. 효마에게서 고개를 돌린 늙은이가 조심스럽게 목갑을 열었다. 밀봉된 자기병 두 개가 그 안에 들어 있었다. 병목에 붙어 있는 빛바랜 종이에는 투박한 글씨체로 '와사(蛙死)'라는 두 글자가 새겨져 있었다. 늙은이, 늙은 뱀의 얼굴에 흡족한 미소가 깃든다. 마건위다. 늙은이의 이름이었다.

"물건은?"

효마가 물었다. 마건위가 목갑을 닫으며 가볍게 손짓했다. 뒤쪽에 시립해 있던 젊은 뱀, 마사충이 길쭉한 목궤 하나를 받쳐 들고 왔다. 탁자 위에 내려놓는 소리가 꽤나 묵직했다.

"점창에서 만든 철창(鐵槍)이다. 이곳에서 이런 물건을 구하는 것이 얼마나 어려운 일인지는 잘 알고 있으리라 믿는다."

효마는 아무런 대답도 하지 않았다. 마건위처럼 흡족한 웃음을 짓는 일도 없었다. 그저 목궤를 들어올려 어깨에 걸쳐 놓을 뿐이었다.

"달리 필요한 것은 없는가?"

마건위가 덧붙이는 물음에도 효마는 별 반응이 없었다. 그대로 몸을 돌리며 짤막한 한마디만을 남겼다.

"이것으로 족하다."

마건위의 날카로운 눈빛을 뒤로한 채 더 이상 이야기조차 나누기 싫다는 듯, 곧바로 발을 옮겨 나가 버린다. 줄 것을 주고 받을 것을 받은 후, 바람처럼 사라진 것이다. 자리에 서 있던 마사충이 마건위의 앞으로 나서며 유들유들한 목소리로 말했다.

“언제나 그랬지만, 실로 건방진 자입니다. 그대로 놔둘 생각이십니까? 아버님?”

“여러모로 쓸모가 많은 놈이니 그대로 둘 수밖에.”

“그렇다고 그런 거금을 들일 필요까지야 있겠습니까? 점창에서 만든 창은 중원에서도 알아주는 병장기 아닙니까?”

“너는 다 좋지만 아직도 생각이 짧다. 이 독은 그만한 가치가 있느니라.”

“대체 무슨 독이기에 그러시는지요.”

“촉와향(洙蛙香)이라고 하여, 촉사와의 독으로 정제한 향독(香毒)이다. 피부로 침투하는 독이기에 숨을 멈추어도 피할 재간이 없지.”

“촉사와라면, 그 독 개구리를 말씀하시는 겁니까?”

“그렇다.”

“그것은 별 볼일 없는 미물에 불과합니다. 고수에게 통하는 독이 아닙니다.”

“그것은 촉사와 한 마리에 국한된 이야기다. 라고족이 만든 촉와독은 달라.”

“다르다니요?”

“촉와독을 다루는 것은 라고족의 비전이다. 사냥할 때 쓴다고 하는데, 그 위력이 상당하지. 살상력은 높지 않지만 독의 침투가 굉장히 빠르다. 손가락 한 마디 크기도 안 되는 비침(飛鍼) 하나에 집채만 한 흑곰이 그대로 무너지고 말더군.

마비와 경련을 일으키는데 어지간한 내력으로는 막아내기가 힘들다."

"설마……."

"설마?"

"마치… 직접 당해보신 것처럼 들립니다만."

"그렇다. 눈치가 빠르려면 그 정도는 되어야지. 분명 나는 그 독에 실제로 당해보았다. 라고족이 무슨 수작을 부렸는지는 몰라도, 촉사와의 생독(生毒)과는 다른 특징을 지니고 있었다. 촉사와는 만지는 즉시 죽음에 이르는 극독을 지녔지만, 라고족의 촉와독은 그런 것이 아니다. 죽는 것이 아니지. 죽음을 부르지는 않지만, 그렇다고 독력이 약해진 것도 아니었다. 극독의 독력을 혼미나 마비와 같은 다른 방향으로 돌려버린 느낌이었지. 그 독에 당하면 누구라도 움직이기 힘들어진다. 나조차도 예외는 아니어서 중독과 동시에 내공의 오 할 이상을 깎아먹게 되더군. 내공으로 독력을 억제하는 데에만 절반 이상이 필요했다. 독력을 막는 데만 그만큼, 싸울 때는 실력의 삼 할도 내기가 어려웠지."

"그 정도입니까? 아버님의 힘으로도 본신 실력의 삼 할이라면… 어지간한 고수들로는 싸우는 것조차도 어렵겠습니다."

"그럴 것이다."

"하지만 그것도 중독이 되어야 가능한 일 아닙니까? 비침이나 암기 같은 것은 고수들에게 먹히지 않을 텐데요."

"그래서 그와 같은 거금을 들인 것이다. 내 말했지 않느냐. 이것은 그냥 촉와독이 아니다. 촉와독을 개량한 촉와향이지. 향독이야. 이 병을 깨뜨리면, 독기가 공기를 타고 퍼져 나가 그 주변에 있는 모두를 중독에 이르게 만든다. 중독 범위는 오 장 내외, 향독이 머무는 시간은 반 다경 정도라지만 독이 피부로 침투하여 효과를 나타내기까지는 촌각의 시간도 필요치 않다. 한 번 중독되면 내 수준의 내공을 쌓았다고 해도 해독까지 이틀은 걸릴 것이다."

"그런 것이 가능하다니……! 실로 유용하게 쓰이겠군요!"

"그렇다. 그러나 그렇다고 약점이 없는 것은 아니다. 애초부터 특별한 독공을 익혔거나, 만독불침의 신공을 지니고 있는 놈이 있다면 아무런 소용이 없겠지. 마차를 타고 비단 포목이나 팔아먹는 자들에게 그런 신공이 있을 리 만무하지만."

"아, 그렇다면 이번부터 쓰시려는 생각이십니까?"

"그렇다."

"그런 데 쓰기는 아깝지 않습니까?"

"다소 아까운 마음이 드는 것은 사실이다. 하지만 다른 자는 몰라도, 광동천노가 문제야. 광동천노 곽경무만큼은 얕볼 수가 없는 상대다. 금상주가 직접 온다고도 하는 것 같은데, 그자도 상당한 고수라는 소문이 있지. 그 둘이라면 내가 직접 나선다 해도 제압하기가 쉽지 않을 것이다. 일개 상단에 불과

한 놈들이지만 만전을 기해서 나쁠 것은 없겠지.”

“그렇기도 하겠군요. 그래도 그런 독까지 쓰는데 직접 나서실 것까지야…….”

“확실하게 해야 하는 일이다. 늑대 쪽에서 눈치를 챌 수도 있으니.”

“눈치를 챈다 해도 어쩔 도리가 없을 텐데요. 이쪽에서 저지른 일인지 알더라도 밝힐 수가 없을 테니까요. 그래 봬도 오원에 목숨을 걸고 있는 자 아닙니까.”

“그건 그렇다. 세상에서 가장 지혜로운 척해도, 결국은 미련하며 우둔한 남자일 뿐이야. 강씨금상과 같은 거부가, 그것도 직접 도와주러 온다는데, 고작 비단 수레 몇 개 받는 것으로 끝내려 하다니……. 제정신이 아니지.”

“예. 그 정도는 지나치게 약소하지요.”

“준비할 것이 많다. 강씨금상 전체를 상대로 인질극을 벌이려면…….”

“준비에는 차질이 없도록 하겠습니다. 걱정 마십시오.”

마사충이 힘주어 대답했다.

늙은 뱀과 젊은 뱀이다.

뱀이라 함은 대저 음험하고도 위험한 동물인 바, 언제나 조심하고 또 조심해야 할 대상이었다. 은밀하게 진행되는 이야기, 음모가 싹을 틔우는 순간이었다.

*   *   *

"그 녀석 어떻게 생각해?"

"누구?"

"그놈 말이야. 백족 놈."

"운룡?"

대산이 운룡의 이름을 부르는 목소리에는 친근감이 묻어 나고 있었다. 그것을 읽은 흑로의 눈 주위가 미미하게 떨렸다.

"괜찮은 녀석이지. 소마군에 없어서는 안 될 놈이 될 거다."

대산의 말. 흑로의 안색이 가볍게 굳어졌다. 하지만 대산은 그것을 알아채지 못했다. 흑로가 대수롭지 않다는 듯한 어조로 되물었다.

"그 정도일까? 아직 어리잖아."

"어리니까 더욱더 그렇지."

대산의 말투는 확정적이었다. 믿음이 깃들어 있는 목소리다. 흑로가 못마땅하다는 기색을 고스란히 드러내며 대꾸했다.

"설마하니 두목도 아이들 말을 믿는 거야? 기병 셋을 처치했다는 말도 안 되는 이야기를?"

"말도 안 된다니? 그게 어때서?"

"꼬마라고. 꼬마! 날아다녔대잖아. 그걸 어떻게 믿어?"

"기병 셋 정도…… 감춰둔 수가 있었나 보지. 운이 좋았다면 못할 바도 아니야."

"두목이나 내가 아니야! 요만한 꼬마잖아! 운이 좋아도 보통 좋았던 것이 아니었겠지!"

"그래. 그것을 순전히 실력으로만 이겼다고 보기는 힘들 거다. 하지만 운도 그냥 따라붙는 것은 아니야. 쉬운 일이 아니지. 날아다녔다고? 물론 나도 그건 믿지 않는다."

"당연한 소리! 믿지 않아야지! 기마랑 기병을 통째로 넘어뜨렸다느니, 화살 한 대로 기마의 돌진을 막았다느니, 애들 이야기 듣다 보면 울화통이 터진다고!"

대산의 말에 흑로가 언성을 높였다.

다른 아이들은 저 멀리서 운반 작업을 돕고 있었다. 목소리를 크게 해도 무슨 말을 하는지는 잘 알아듣지 못할 거리였다.

"울화통이 터질 것은 또 뭐냐. 진짜로 그런 능력이 있을 정도면 소마군의 전력에도 도움이 되는 일인데."

"하! 날아다닌다는 말은 믿지 않는다면서 그런 거짓말은 또 믿고 있는 거야?"

"거짓말이 아닐지도 모르지. 과장이 많이 섞여 있겠지만."

"곧이곧대로 믿지 않는다니까 그나마 다행이라고 말해줘야 되는 거야? 정신 차리라고, 두목! 그 녀석에게 대체 뭘 기대하는 거야?"

“뭘 기대하냐니? 당연히 소마군이지.”

“뭐?”

흑로의 얼굴이 확 일그러졌다. 대산은 그런 흑로를 전혀 아랑곳하지 않은 채 눈을 빛내며 말을 이어나갔다.

“소마군의 다음 두목 정도라 할까…….”

“뭐라고? 지금 무슨 소릴 하는 거야?”

“아직은 어리니까 무리겠지. 하지만 좀 더 크면 제 몫을 해줄 거다.”

“지금 장난해? 그런 꼬마를 두고!”

“왜? 다음 두목은 네가 하게?”

대산이 흑로를 쳐다보며 물었다. 말문이 막힌 흑로에게 대산은 한마디를 툭 던졌다.

“넌 안 돼. 소마군의 두목이라니.”

일그러졌던 흑로의 얼굴이 창백하게 변했다. 화가 났다고 해야 할까, 아니면 놀랐다고 해야 할까, 복잡하기 짝이 없는 빛이 그 날카로운 두 눈에 하나 가득 일렁이고 있었다.

“왜… 안 된다는 거야?”

“당연히 안 되지.”

대산이 흑로를 똑바로 쳐다보았다. 천천히 말을 이어나가는 목소리에는 두목으로서의 강렬한 힘이 실려 있었다.

“넌 나보다 두 살 어려. 삼 년, 삼 년만 지나봐. 난 열아홉이 되고, 넌 일곱이 돼. 설마하니 소마군에서 영원토록 아이들과 함께할 생각은 아니겠지. 그 나이면 어른들과 함께 싸울 준비를 해야 해. 사실 열아홉이면 늦은 나이야. 열일곱에는 조금 빠른 감이 있지만."

"어른들과 함께……?"

"그래. 넌 나와 같이 간다. 내가 널 소마군에 남겨두고 올라갈 줄 알았나? 두목이라니, 어림없는 소리다."

굳어졌던 흑로의 얼굴이 다소나마 펴졌다.

자격이 안 된다거나, 실력이 안 된다는 이야기는 아니었던 모양이다. 그러나 잠시 동안 생겼던 앙금만큼은 어쩔 수가 없다. 그 정도는 대산으로도 어쩔 수가 없는 부분이었던 것이다.

"그래도, 그 꼬마가 두목을 맡는 것은 반대야. 그놈은 오원 놈이 아니잖아. 어디서 왔는지도 모르는 놈이라고."

"그렇지 않아. 뱀이 하는 소리는 언제나 마음에 안 들지만, 옳은 소리를 할 때도 있어. 오원은 하나이며 그 안에 있는 사람들도 하나다. 일단 오원에 들어왔고 소마군에 들어왔으면 우리 식구라는 말이지. 그놈은 잘할 거다. 감이 그래."

"감, 그놈의 감!"

"감이 목숨을 살리는 법이다. 너 설마하니, 그 꼬마 놈에게 질투심이라도 느끼는 거냐?"

풀어지던 흑로의 얼굴이 붉게 달아올랐다. 흑로가 이를 악물며 분통을 터뜨렸다.

"아무리 두목이라도 그런 말은 하는 게 아냐! 누가 질투를
해!"

칼이라도 뽑을 기세다. 그런 반응이 재미있다는 듯 대산이
커다랗게 웃으며 말했다.

"어이, 정말인가 본데! 네놈이 이러는 거 오랜만에 본다! 하
하하!"

주먹을 휘둘러야 하는데, 휘두르지도 못한다.

놀림을 받고도 아무 말 못한 채, 긴 머리를 휘날리며 몸을
돌려 버릴 뿐이다. 흑로가 이를 갈며 씹는 듯한 어조로 몇 마
디를 내뱉는다.

"계속 그러기만 해봐! 정말로 칼을 겨눌 테니까!"

"해보시든지! 핫하하!"

화난 얼굴로 성큼성큼 걸어가는 흑로다. 대산의 웃음소리
가 그 발자국을 훑으며 가볍게 내려앉고 있었다.

"문제가 생겼어. 우려하던 사태다."

파앗! 파박!

사람들의 시선이 미치지 않는 곳.

마을 외곽의 숲 속에는 전광석화와 같이 움직이는 한 무인
의 그림자가 있었다.

"자네 힘이 필요해. 마건위가 직접 나섰어."

움직이던 그림자가 멈추었다.

이 더운 공기에서 그토록 빠르게 움직였지만, 멈춰 선 얼굴에는 땀 한 방울 흐르고 있지 않았다. 그가 나직한 목소리로 말했다.

"구 할 이상이다. 이 정도면 완전하다고 해도 무방하겠어."

"그거 잘되었군. 마건위는 본 적 있겠지?"

"물론이다."

"승률은?"

"십 할."

오기륭의 대답은 간결했다.

그의 몸 전체에서 예전과는 비할 수 없을 정도의 힘이 뿜어져 나오고 있었다. 그것을 본 허유다. 다급했던 허유의 얼굴이 조금은 밝아져 있었다.

"상대는 마건위 하나뿐이 아니다. 마건위의 측근들은 무공을 익혔어. 그들 모두를 죽이지 않고 제압해야 한다. 쉽지 않은 일이야."

"상관없다."

기력이 충만해 있다. 한마디 대답에는 나락에서 회복한 영웅의 기상이 녹아들어 있었다. 그 놀라운 자신감에 도리어 불안감을 느낀 듯 허유가 이마 위에 주름을 만들면서 말했다.

"그냥 날뛴다고 될 일이 아니다. 죽이는 것과 제압하는 것의 차이가 어떤 것인지 잘 알지 않나?"

"물론 알고 있다."

“그렇다면 그 터무니없는 자신감은 어디서 나오는 겐가?”

“터무니없는 것이 아니지. 보호해야 할 것이 강씨금상이라 하지 않았나?”

“그렇다.”

“듣자 하니 광동천노도 오고 있다던데?”

허유의 얼굴이 가볍게 굳어졌다. 그가 빠른 어조로 되물었다.

“그걸 어디서 들었지?”

“이곳저곳에서.”

오기륭은 변했다. 아니, 변한 것처럼 보인다.

무공을 회복한 진짜 불패신룡의 모습이다. 허유가 입 주위를 비틀며 물었다.

“박쥐처럼 엿듣는 버릇이라도 생긴 겐가?”

“독수리나 박쥐나……. 낮말은 새가 듣는다 하였지.”

여유로움까지 갖춘 오기륭이다.

허유의 얼굴이 조금 더 밝아졌다. 그가 침착한 어조로 말을 이어나갔다.

“광동천노가 오고 있는 것은 사실이다. 하지만 그것은 나도, 자네도, 마건위도 이미 알고 있는 바다. 마건위가 그에 대한 대비를 아니 했을 리가 없지 않은가.”

“광동천노에 대한 대비? 그 양반 무공을 모르는군. 방비한다고 막을 수 있을 것 같나? 백 명이 달려들어도 막을 수 있는 수준이 아니다. 그 노친네의 힘은.”

“숫자의 문제가 아니다. 숫자로 어쩔 수 없다는 것을 마건위가 모를 리 없잖은가.”

“그럼 무엇으로 그 양반을 막아?”

“그것은 아마도 독, 독술이라면 가능성이 있겠지.”

“독? 고작 독 따위에 당할 것 같나?”

“운남의 독을 가벼이 보지 말라. 험난한 대자연이 키워낸 독이다. 자연의 힘 앞에서는 그 누구도 승리를 장담할 수 없는 법이다.”

“거창하군. 대자연이라.”

“그냥 하는 말이 아니다. 라고족의 독술은 기이한 데가 있다. 심후한 내력을 지니고 있다 하더라도 물리치기가 어렵지.”

“라고족?”

“이틀 전, 라고족의 마지막 생존자가 마건위를 찾아왔다. 독밖에 없어. 그래야만 아귀가 맞는다.”

“무슨 소리를 하는 것인가? 알아듣게 설명하라.”

“그 과정은 알 바 없다. 추측이 틀렸을 수도 있으니까. 여하튼 뭔가 비장의 수를 쓴다고 한다면 십중팔구 그것은 독이다. 독으로 무인들을 무력화시키고, 급습을 시도하겠지. 광동천노도 버텨내기가 쉽지 않을 것이다.”

“그것은 그렇다 치자. 하지만 아직도 나는 잘 모르겠다. 마건위란 자는 대체 무슨 속셈인 것인가. 강씨금상을 건드려서 무슨 이득이 있지?"

"강씨금상이 지닌 금력(金力)은 보통이 아니다. 더 큰 걸 바라고 있겠지."

"우습군. 인질극이라도 벌이자는 것인가?"

오기륭이 어이가 없다는 얼굴로 말했다. 스스로 말해놓고도 우습다는 어투였다.

하지만 허유는 웃지 않았다. 도리어 진지하기 짝이 없었다. 더욱이 그 입에서 나온 대답은 오기륭의 눈을 커다랗게 만들기에 충분하고도 남을 만한 것이었다.

"인질극. 정확히 보았다. 그것밖에는 달리 생각할 수 있는 것이 없지."

"뭐, 뭐라고?!"

농담이 아니었다.

강씨금상을 상대로 인질극을 벌인다.

그것도 광동천노 곽경무와 금상주 강건청을 잡아서.

오기륭의 눈이 불신의 빛으로 얼룩졌다.

"자네는 마건위를 모른다. 여기는 중원이 아니야. 자네가 상상하는 범주 따위, 여기서는 통용되지 않는다."

"그렇다고 그것이 가능할 법한 이야긴가? 그 강씨금상이다. 아무리 상가라고는 하지만 건드려도 되는 곳이 있고, 건들지 말아야 하는 곳이 있지 않은가!"

“마건위에게는 전자였을 뿐이다. 자네에겐 후자일지 몰라도.”

“……!”

“마건위는 머리를 잘 썼다. 이것은 내가 직접 나서서 막을 수가 없는 일이다. 결국은 오원을 위해 하는 짓, 명분은 마건위에게 있기 때문이다. 그렇다고 강건청에게 미리 알릴 수도 없다. 이쪽에서 같은 편이 습격을 준비하고 있으니 조심하라 어찌 말할 수 있겠나.”

“…그런 것까지 계산에 넣은 건가?”

“그러고도 남을 자다.”

“실패해도 손해 볼 것은 없다 이거로군.”

“그렇다. 이쪽에서 마건위를 막는다 해도, 도리어 마건위가 한 짓임을 덮어줘야 할 판이다. 오원에서 부린 수작이라는 것을 강씨금상에서 눈치 채게 해서는 안 된다는 말이다. 이렇든 저렇든 우리는 강씨금상에서 도움을 얻어야 하는 상황이니까.”

“그럴 바엔 차라리 그대로 놔두지 그러나?”

“마건위의 뜻대로 할 수 있게 말인가?”

되묻는 허유다. 오기륭이 고개를 끄덕이며 말했다.

“더 큰 걸 노리고 있다면서.”

허유가 두 눈을 빛냈다. 그가 고개를 가로저으며 말했다.

“그 말 그대로다. 어쩌면 마건위의 뜻대로 더 큰 돈을 얻어

널 수 있을지도 모르지. 하지만 그럴 수는 없다. 강건청이 이 일로 고초를 겪어서야 안 될 일이야."

"그것은 또 무슨 바람이 든 건지 모르겠군. 이제 와서 우정을 찾는 건가?"

오기룡의 말에는 가시가 있었다.

우정을 생각하고 찾아왔지만, 허유가 내건 것은 생과 사의 선택이었다. 그랬던 허유가 이번에는 전혀 다른 이야기를 하고 있다.

오기룡이 허유의 눈을 직시했다. 그 눈빛을 고스란히 받아낸 허유가 언제나와 같이 비틀린 웃음을 지어내며 입을 열었다.

"자네 때와는 다르다. 이것은 내가 그에게 청한 도움이다. 그 정도 도리는 지켜줘야지."

"불공평하군. 강건청은 친구고, 나는 아니었던 모양이다."

"아쉬울 때 필요한 사람이 친구다. 난 자네가 아쉽지 않았다. 자네가 필요하지 않았지. 구룡보에 넘겨줘도 나 자신은 잃을 것이 없었다."

허유는 솔직했다. 지나칠 정도로.

오기룡이 한쪽 입가를 올리며 허유의 그것과 비슷한 웃음을 떠올렸다.

"지금은 상황이 달라졌다, 이 말인가?"

"그렇다. 지금은 자네조차도 아쉬운 상황이 되었다. 아니,

자네가 필요한 상황이 되었지."

"그렇게 되면 친구라는 게로군."

"그런지도 모르겠다."

허유의 대답은 그와 같았다. 그 대답을 들은 오기륭의 미소가 더욱더 짙어졌다. 비틀렸으면서도 한편으로는 순수하게 보이는 웃음이다. 허유의 그것과는 많이 다른 미소였다.

"좋다. 어찌 되었든, 친구가 힘을 빌려달라 했으면 그 부탁에 응해줘야겠지. 어떻게 하면 되는가. 마건위만 막으면 되는 건가?"

"마건위를 막되, 죽여서는 안 된다. 아니, 그뿐만이 아니다. 마건위의 수하들, 강씨금상 쪽의 사람들, 그 누구도 죽어서는 안 돼. 다치는 사람이야 어쩔 수 없겠지만, 죽는 사람이 나와서는 절대로 안 된다."

"까다롭군. 죽이는 사람도 없이 깨끗하게 제압하고, 조용히 물러가게 해야 한다는 말인가?"

"그럴 수만 있다면 더 바랄 것이 없겠지."

허유가 고개를 끄덕였다.

죽는 사람 없이.

마건위만 물러나면 된다. 그리고는 아무 일 없었다는 양 강씨금상에서 가져오는 물자만 지원받으면 끝나는 일이었다. 하지만 오기륭은 말했다. 허유의 기대와는 전혀 다른 대답이었다.

"…불가(不可)다. 그것까지는 어렵겠어."

"무, 무슨 말인가."

"마건위는 고수다. 어떤 자인지 알아보러 갔다가 되레 들킬 뻔했을 정도였다. 아무래도 자네가 말한 대로는 가능할 법하지가 않겠어."

"아까는 상관없다 말하지 않았었나? 그 자신감은 어디로 간 건가?"

"광동천노, 그 양반과 금상주를 감안해서 한 이야기다. 그들 없이는 쉽지 않다. 게다가 뭔지도 알 수 없는 독술까지 있다고 한다면 잠재적인 위험은 두 배로 커진다. 무리다. 혼자서는 절대로 불가능하다."

"…그 '혼자서는'이란 말이 마음에 걸리는군."

오기룡은 대답하지 않았다. 허유가 눈살을 찌푸리며 말을 이었다.

"아까도 말했지만, 나는 직접 나설 수가 없다. 마건위와 직접 대치했다가는 뒷수습이 어렵게 된다."

"자넨 필요없다. 방해만 될 뿐이야."

허유의 얼굴이 더 굳어졌다. 그가 이를 갈며 되물었다.

"그럼 뭐가 필요한가? 말을 하라."

"아직도 모르겠나?"

입가에 떠올랐던 웃음이 한순간에 지워진다.

진중한 얼굴.

오기륭의 두 눈에서 강렬한 안광이 폭발하듯 터져 나왔다. 그의 입에서 그 안광과 똑같은 힘을 담은 목소리가 한자한자 무겁게 흘러나왔다.

"꼬마 아이 한 명, 한 명이면 족하다. 그 아이만 있으면 마건위 같은 놈 열 명이 와도 두렵지 않다. 그보다 더 좋은 동료는 어디에도 없기 때문이다."

*　　　*　　　*

"아빠, 더워."

"……."

"아빠, 더워."

"조금만 참아라."

"너무 덥단 말야. 어자석으로 올라가면 안 돼?"

"안 된다."

"아빠……."

"어허!"

"제발. 응?"

"안 된대도."

"대체 왜 안 된다는 거야?"

"숲길이다. 벌레도 많고, 짐승들도 많다. 원숭이가 채가면 어쩌려고 그러느냐?"

"원숭이라니, 그런 게 어딨어!"

"있으니까 아빠 말 듣거라. 잠자코 이 안에 앉아 있어!"

"아빠, 그러지 말고 제에발! 응?"

"원숭이뿐이 아니다. 뱀도 있다. 물리기라도 하면 큰일난 단 말이다."

"곽 노대가 위에 있잖아. 원숭이 따위는 가까이 오지도 못 할 거 아냐."

"그래도 안 된다."

"아빠!"

강설영이 소리를 빽 질렀다. 그래도 강건청은 요지부동이 었다. 운남의 남부, 지겹게 이어지던 고산 지대를 내려와 녹 음(綠陰)이 우거진 습지까지 왔다. 독충과 독물, 모기 한 마리 도 조심해야 할 판이다. 그런 마당에 바깥으로 내보내다니, 안 될 일이었다.

'그러게, 왜 데려와 가지고……!'

운남의 중부 지역까지만 해도 이렇지는 않았다.

대부분의 길이 고도가 높은 산지를 따라 만들어져 있다.

변덕스러운 날씨에, 희박한 공기에, 노상 부는 바람까지.

고된 여정에 강설영도 기가 죽을 수밖에 없었던 모양으로 마차 안에서 조용히 지내오더니, 여기 남쪽에 이르러서는 부 쩍 아비를 귀찮게 하고 있었다. 아직도 변덕스런 날씨는 변함 이 없었지만, 이전보다는 맑은 날이 훨씬 많아졌다. 쏟아지는 햇빛에 모든 색채가 진하게 불타오르는 남부 지역이니, 아닌 게 아니라 바깥으로 나가고 싶은 마음이 아니 생길 수도 없을 마당이었다.

"아빠. 아빠아아!"

어르고 달래도 소용이 없다.

이제는 팔뚝에 매달려 나오지도 않는 울음을 징징댄다. 바깥쪽에서 말을 몰던 곽경무가 그것을 듣다 못한 듯, 늙수그레한 음성으로 입을 열어왔다.

"그냥 올려 보내시죠. 상주가 더 고생하겠습니다그려."

"곽 노대, 그러지 마. 버릇 나빠지잖아."

"어쩌겠습니까. 제가 잘 보겠습니다. 벌레 한 마리도 접근 못하게 막아드립죠."

'여하튼, 도움이 안 된다니까.'

머리 꼭대기에 올라앉은 종복만큼 처치 곤란한 존재도 없다.

강건청에겐 곽경무가 그러했다. 강건청이 고개를 설레설레 저으며 강설영의 어깨를 붙잡아 세웠다.

"그래, 이 아빠가 졌다. 잠깐만이다. 알겠지?"

"응. 알았어."

강건청이 주섬주섬 마차 한켠에 개켜진 겉옷을 펴 들었다. 그것을 본 강설영이 얼굴을 찌푸리며 목소리를 높였다.

"엑! 그거 입힐라구?"

“그래. 입어야지.”

“덥단 말야!”

“참아.”

강건청이 완고한 목소리로 말하며 꽤 두꺼워 보이는 겉옷을 강설영의 머리 위에 통째로 뒤집어씌웠다. 옷자락에 푹 파묻힌 강설영이 소리를 꽥꽥 지르며 몸부림을 쳤다.

“으악! 제발! 쪄 죽겠어!”

“그런 말은 또 어디서 배웠더냐. 자, 올라가자.”

“엉? 아빠도 같이 나가게?”

“붙잡아서 얼른 들어오려면 당연히 함께 나가야지.”

“으엑!”

강설영이 혀를 내밀며 너무한다는 표정을 지었지만, 제 아버지와 함께 바람을 쐰다는 사실에 내심 기분이 좋아진 눈치였다.

“조심해라. 미끄러지겠다.”

포대기에 싸여 있다시피 한 몰골로 옷자락을 질질 끌며 어자석 위로 기어오른 강설영이다. 천천히 나아가는 마차 위로 초록빛 바람이 가볍게 스쳐 지나갔다.

“와아! 저 나무 봐. 엄청 꾸불꾸불해!”

강설영의 어린 눈에는 모든 것이 마냥 신기하게만 비쳐지는 모양이었다. 넝쿨이 우거진 숲길 먼 곳으로 생전 듣도 못한 새 울음소리가 잠겨들었다. 곽경무를 붙잡고 무슨 새냐 물어보지만, 늙은이의 세월로도 대답해 주지 못한다. 깔깔대는 어린아이의 웃음소리와 두 어른의 흐뭇한 목소리들이 우거져 깊어지는 밀림을 활짝 열어젖히고 있었다.

"얼마나 남았답니까?"

강건청의 질문에 곽경무가 뒤쪽을 돌아보았다. 다섯 개에 이르는 대형 수레가 마차의 뒤쪽을 줄줄이 따라오고 있었다. 곽경무의 부름에 직전의 도회에서 새로 구했던 일꾼 한 명이 황급히 달려와 마차 옆으로 바짝 따라붙었다.

"얼마나 남았는가?"

"이제 거의, 다, 왔습니다."

까무잡잡한 얼굴의 일꾼은 뚝뚝 끊어지는 남부 억양이 무척이나 심했다. 광동성도 남쪽 지방이라 억양이 드센 편이었지만, 이 일꾼의 말투는 아예 다른 나라의 말같이 들린다. 운남 오원보다 더 남쪽, 대월 지방에서 온 사람 같았다.

"거의 다 왔다는군요."

"나도 귀가 있다네, 곽 노대."

강건청이 곽경무에게 핀잔을 줬지만 늙은 노복은 그저 웃음으로 넘길 뿐이다.

잠깐만 나와 있겠다 한 지도 벌써 한참이 지났다. 강설영이 강건청의 옷소매를 잡아당기면서 투정을 부렸다.

"나 더워. 이거 벗으면 안 돼?"

"안 돼."

“답답하단 말야.”

“마차 안으로 들어가면 벗게 해주마. 들어갈래?”

“아! 치사해!”

“다 우리 설영이를 걱정해서 그러는 거다. 게다가 사실 그다지 더운 것도 아니지 않더냐. 정 더우면 심법을 운용하면 될 터이고…….”

“윽! 심법? 여기 와서 또 하라고?”

“무슨 소리냐. 심법은 밤낮으로 끊임없이 연마해야 하는 법이다. 벌써부터 지겨워해서 어쩌려고 하느냐.”

“지겨워하는 게 아냐. 사부님이 가르쳐 준 심법은 굉장히 어렵단 말야. 그리고 그걸 쓰면 몸에서 열이 난다구. 이거 입고 하다간 아예 타 죽어버릴걸?”

강설영이 목소리를 높이며 과장된 몸짓을 했다. 딸아이의 이야기를 들은 강건청이 곽경무를 돌아보며 작은 목소리로 말했다.

“심법으로 열이 난다고 하는군.”

“저도 귀는 있습니다, 상주.”

“자꾸 그럴 테야?”

“제가 뭘 어쨌다고 그럽니까.”

“그만둬. 그나저나 심법 운용으로 열감을 느낀다……. 그것은 운기(運氣)가 제 궤도에 올라왔다는 뜻일 텐데.”

“입문은 제대로 한 모양이지요. 아가씨는 여아(女兒)지만 무골(武骨)을 타고났으니 말입니다. 게다가 그분이 누굽니까. 대충 가르쳤을 리가 없는 분이지요.”

“그야 그렇겠지. 하지만 나는 무슨 천뢰무후(天雷武后) 같은 딸을 두고 싶은 생각은 조금도 없단 말이야.”

“천뢰무후가 어때서 그러십니까. 후계자라 함은 강하면 강할수록 좋은 법입니다.”

“제 아빠보다 강해봐. 그걸 어떻게 감당할라고.”

“더 강한 사위를 붙여주면 되겠지요.”

“사위라니, 끔찍하구먼.”

두런두런 이야기를 나누는 두 사람이다. 잠자코 있던 강설영이 강건청의 품으로 폭삭 뛰어들며 뾰로통한 얼굴로 입술을 움직였다.

“나만 놔두고 무슨 이야길 그렇게 하는 거야!”

“별거 아니다. 우리 설영이 무공 열심히 익혀서 기특하다고.”

“피이, 거짓말!”

“거짓말 아니다. 이 녀석아!”

강건청이 강설영의 머리카락을 확 헝클어뜨렸다. 강설영이 깔깔 웃으면서 몸부림을 쳤다.

“아악! 하지 마! 하지 말라구!”

짐짓 엄격한 척해도 딸아이의 재롱에 도저히 당할 수가 없는 아버지였다. 시간 가는 줄 모르고 이어지는 웃음꽃에 습기 찬 운남의 밀림마저 환하게 밝아지는 듯했다.

까악! 까악! 푸드득!

오색 빛 깃털을 지닌 새 한 마리가 기이한 울음소리를 터뜨리며 빽빽한 숲 하늘을 갈라내고 있었다. 그 새소리가 신호라도 된 듯, 강건청이 손을 들어 일꾼들의 휴식을 지시했다. 행렬이 멈추고 일꾼들이 땀을 닦는다. 허리춤의 수통으로 목을 축이는 얼굴들에 건강한 웃음들이 흘렀다.

"얼마 남지 않았다 하니 조금만 힘을 냅시다!"

강건청의 목소리가 수레들의 꽁무니에까지 닿았다.

아랫사람에게도 예를 잃지 않는다. 일꾼들의 휴식에도 절대 인색하지 않았다.

조금이라도 지친 기색들을 보이면 쉬었다 가기를 주저하지 않았다. 맹수나 독물들이 많다고 알려져 빨리 지나쳐야 하는 지역들이 아니고서는 결코 사람들을 재촉하는 일이 없었다.

일꾼들의 충성심이 높을 수밖에 없는 이유다.

일꾼들을 혹사시키지 않는 상주(商主)라 함은 드넓은 중원 천하를 통틀어서도 그다지 많지가 않았다. 이만한 수레 행렬이 움직이는 데도 낙오되는 사람 하나 없이 일사불란하게 움직이고 있는 원동력이라 할 수 있었다.

"자, 이제 슬슬⋯⋯."

강건청이 몸을 일으켰다. 그러고는 갑작스레 강설영의 몸

을 들어올리더니 옷가지째로 감싸면서 옆구리에 끼어버렸
다. 강설영이 손을 휘두르며 고래고래 소리를 질렀다.

"꺄악! 뭐 하는 거야! 마차로 들어갈려는 거지?"

"그래. 너무 오래 나와 있었다."

"아악! 싫어! 꽉 노대! 살려줘어!"

"어렵겠는데요. 이 늙은이는 힘이 없답니다, 아가씨."

"으악! 요괴가 잡아간다아!!"

"요괴라니! 이 녀석!"

파앙, 하고 엉덩이 근처를 때려주는 강건청이다. 시끄러움
도 정겨울 수밖에 없는 광경이었다. 투닥거리면서 마차문을
열고 강설영을 밀어 넣었다. 널찍한 마차 안에 처박힌 강설영
이 재빨리 몸을 굴려 머리를 내밀고 빽 소리를 질렀다.

"이 악당! 너무하잖아!"

강건청이 손사래를 치면서 너털웃음을 터뜨렸다. 마차 안
으로 뛰어들어 가 어린 딸의 몸을 간지럽혔다. 강설영이 자지
러지는 웃음을 토해냈다. 웃다 지친 강설영이 목숨을 구걸하
는 패장(敗將)처럼 두 손을 싹싹 빌며 어지러운 목소리를 흘
려냈다.

"꺄하하하하하! 사, 살려줘! 자, 잘못했어! 꺄하하하하!"

"계속 그럴 거냐?"

"아, 아니야! 아빠, 살려줘! 꺄하하하!"

주책맞은 아빠와 요리조리 뒹구는 딸이다. 전쟁과도 같은

소란이 마차 안을 휩쓸었다.

그러던 와중이다.

어자석에 흐뭇한 웃음으로 앉아 있던 곽경무가 한순간 얼굴을 굳혔다. 그가 주변을 한 번 둘러보더니 마차 쪽으로 몸을 숙이며 강건청을 불렀다.

"상주!"

"아하하! 역습이냐?"

"그래! 아빠도 당해봐!"

티격태격하는 소리는 끊기질 않았다. 듣다 못한 곽경무가 커다란 목소리로 외쳤다.

"상주! 이상합니다!"

"하하하하. 왜 그래, 곽 노대?"

강건청은 아직도 정신을 차리지 못했다.

곽경무가 벌떡 일어나 어자석의 쪽문을 급하게 열어젖혔다. 광동천노 곽경무의 얼굴엔 여태껏 볼 수 없었던 긴장감이 깃들어 있었다.

"농담이 아닙니다! 숲에 뭔가가 있습니다!"

그제야 강건청의 웃음소리가 잦아들었다. 강설영도 심상치 않은 분위기를 감지했는지, 웃음을 멈추고 곽경무의 늙은 얼굴을 빤히 쳐다봤다.

"살기입니다. 군기(軍氣)에 가까운데……!"

쐐애애액!

날카로운 파공음이 들려온 것은 바로 그때였다. 무엇인가 날아오더니 견고한 마차의 외벽에 꽂혀들었다. 파삭 하고 깨지는 소리, 곽경무와 강건청의 두 눈이 불길함으로 얼룩졌다.

'무슨……!'

곽경무가 황급히 마차의 옆으로 돌아갔다. 하늘을 걷는 듯, 재빠르기가 이를 데 없었다. 그의 눈에 한 대의 화살이 비쳐들었다.

'이것은?'

보통 화살과는 달랐다.

화살촉의 끄트머리에 깨진 유리 조각이 매달려 있다. 조그마한 자기병 같은데, 깨진 조각들 안쪽으로 정체불명의 액체가 얼룩져 있었다.

'흡!!'

불길함이 현실로 바뀌는 것은 순간이었다. 그 자기병의 액체에서 솟아오른 것이 틀림없는 기이한 냄새가 코끝을 파고들어 왔다. 곽경무가 큰 소리로 외쳤다.

"상주! 아가씨! 숨을 멈추십시오! 모두 물러나라! 숨을 멈춰!"

내력이 담긴 웅혼한 목소리였다. 깜짝 놀란 일꾼들이 우르르 뒷걸음치기 시작했다. 그러나 다음 순간 곽경무는 자신의 외침이 소용없었다는 사실을 깨달을 수가 있었다.

'독(毒)!! 침투 경로는 폐장을 통해서가 아니다! 숨을 참아

도 소용없어!'

스멀스멀 치밀어 오르는 악독한 기운이 있었다.

그것은 자기병 속 액체의 기이한 냄새에서 비롯된 것이었으되, 호흡을 통해서 몸속으로 들어오는 것이 아니었다. 손과 얼굴의 경맥에서 먼저 반응이 온다. 공기에 노출된 곳, 피부를 통해 침범해 오는 독이었다.

"상주! 호흡이 아닙니다! 독의 침투는 피부를 통합니다!"

"나도 느꼈네, 곽 노대!"

강건청의 목소리가 들려왔다. 마차 안의 강건청이 강설영을 붙잡았다. 두꺼운 옷가지를 머리 위까지 덮어씌우면서 다급한 목소리로 말했다.

"아무리 더워도 벗어젖히지 말아라! 심법을 써! 절대로 타죽는 일은 없다!"

강설영은 말썽을 밥 먹듯 피우는 소녀였지만, 결코 바보가 아니었다. 상황이 위험하게 돌아가고 있다는 것을 느끼지 못할 리 없다. 알아서 몸을 숙이고 커다란 옷 더미 속에 푹 파묻혀 버렸다. 거기까지 본 강건청이 곧바로 몸을 돌리며 마차문을 열어젖혔다. 휘청 하고 흔들리는 몸, 강건청의 안색이 창백하게 변했다.

'빠르다!'

독력(毒力)의 발현이다. 기경팔맥을 달리면서 움직임을 옥죄어온다. 엄청나게 빠르고, 엄청나게 지독한 독이었다.

‘이런 독이 있다니……!’

강건청이 내력을 있는 힘껏 끌어올렸다. 가문비전 금원선기(錦洹嬋氣)가 혈맥을 치달리며 퍼져 가는 독력을 잡아나갔다.

‘안 돼. 밀어낼 수가 없다……!’

근육이 자꾸만 뒤틀리고 있다. 경직되고 떨리는 것을 막는 것이 고작이다. 단숨에 밀어내 없애 버릴 시도를 해보았지만 제대로 되지 않았다. 그렇게 간단한 독이 아니었다.

“적이 옵니다!”

곽경무의 경호성이 들려왔다.

곽경무는 강건청보다는 조금 더 나아 보였지만, 그 역시도 독기를 완전히 몰아낼 수는 없었던 모양이다. 그만한 고수가 노안(老顔)에 땀방울을 비 오듯이 흘리고 있다. 저편에 있던 일꾼들은 힘을 못 쓰고 쓰러져 버린 지 오래였다.

히히히힝!

쓰러지는 것은 일꾼들만이 아니었다. 마차를 끌고 있던 말들까지도 이리저리 몸을 비틀더니, 그대로 다리를 꺾은 채 쓰러지고 말았다. 푸들푸들 떨리고 있는 준마(駿馬)의 강인한 근육들이 독기(毒氣)의 강력함을 온전히 보여주고 있었다.

“말까지 이 꼴이라니. 지나치게 방심했군.”

“그러게 말입니다.”

강건청과 곽경무가 마차의 문 앞에 버텨 섰다.

두 사람 모두 한마음인 것이다. 가장 먼저 지켜야 할 것은 다름 아닌 강설영이었다.

무서운 독, 커다란 말까지 쓰러지는 마당에 마차 안의 강설영은 괜찮을지 덜컥 걱정이 앞섰다. 이심전심이라, 강건청의 마음을 읽은 곽경무가 침착한 어조로 말을 이었다.

"심맥(心脈)을 공격하는 독은 아닙니다. 그리고… 아가씨가 익힌 천룡무제신기(天龍武帝神氣)는 천하제일에 가장 근접해 있다 여겨지는 신공입니다."

"그래. 괜찮겠지. 괜찮다고 믿어야지."

"그렇습니다. 여기만 막으면 되지요. 마차 안쪽으로는 누구도 들어가지 못합니다."

전의를 가다듬는 두 사람이다.

강건청이나 곽경무나, 이런 상황에서도 두려움은 없는 듯 보였다. 두려워하기는커녕, 도리어 투지를 불태우고 있다. 흔들림없는 눈빛이었다.

"슬슬 기어나오는가."

숲이 움직이고 있었다.

꽤나 많은 숫자다. 눈에 보이는 것만도 스무 명이 넘었다.

적들은 어디에서 본 적이 있는 듯한 붉은색 모자들을 쓰고 있었다. 칙칙한 색깔의 갑옷까지 갖춰 입은 자들도 보였다.

사사사삭.

몇 개의 나무와 넝쿨들을 사이에 두고서 빠르게 다가오더니, 전열을 가다듬는 듯 그 자리에 멈춰 섰다. 일정 거리 이상 접근하지 않으려는 느낌이다. 수려한 중년인, 강건청의 얼굴에 가벼운 미소가 그려졌다.

"적들이 상당히 많군. 곽 노대."

"그러게 말입니다."

"곽 노대는 어느 정도까지 가능하지?"

"칠 할 이하입니다."

"칠 할이라……. 그 정도면 충분하지 않나?"

"아가씨와 상주를 지켜야 하니까 칠 할이지요. 실제로는 절반이나 될까 모르겠습니다."

"실제 전력은 오 할이란 말인가? 좋아. 그렇다면 절충해서 육 할로 가지."

"육 할, 늙은이에겐 조금 과하군요. 애써보겠습니다."

쓸 수 있는 힘을 뜻함이다.

십분지 오(五)에서 칠(七)까지. 평소 기량의 절반을 조금 넘는 정도로 싸울 수 있다는 이야기였다. 여유롭게 이어지는 대화, 이런 싸움에 무척이나 익숙해 보이는 두 사람이다. 강건청이 적들을 주시하며 말했다.

"공격해 오질 않는군. 독 때문인가."

"그럴 겁니다."

"독향이 걷힐 때까지 기다리겠다라……."

"그대로 놔둘 수야 없지요. 가볍게 휘저어보겠습니다."

인자하게 늙은 노복의 인상은 어느새 사라지고 없다. 전장의 선두를 달리는 백전노장의 얼굴이 거기에 있었다. 곽경무가 호기롭게 소리치며 앞으로 나섰다.

"오지 않는가! 그렇다면 이쪽에서 먼저 가주마!"

숲 전체를 쩌렁쩌렁 울리는 외침이었다. 땅을 박차는 곽경무다. 풀잎 바람과 함께, 그의 신형이 무서운 속도로 폭사되어 나갔다.

독 때문에 절반 가까이 힘을 못 쓴다고 했던가. 육 할의 전력이라는 말이 무색할 정도다. 대단한 기세다. 몸을 날리는 기파에 주변의 숲 전체가 요동을 치는 것 같았다.

사사사삭!

그러나 적들도 만만치는 않았다.

기민한 움직임을 보인다. 곽경무의 정면에 있던 자들이 민첩하게 갈라서면서 측면의 숲으로 몸을 날렸다. 곽경무의 공격에 정면으로 맞부딪치는 것이 얼마나 미련한 짓인지 잘 알고 있다 말하는 듯했다.

"이놈들!"

재빠른 놈들이었다. 반격도 있었다. 곽경무의 공격권 바깥에 있던 놈들이 중간 크기의 목궁(木弓)들을 들어올리며 화살을 겨누어왔다. 숲에서 싸울 때 쓰는, 중단거리용의 단궁(檀弓)이었다.

쐐새새색!

파공음을 일으키는 화살들은 열 발이 넘었다. 곽경무가 두 팔을 휘둘러 옷소매를 가볍게 떨쳐 냈다. 하얀 빛을 내는 반월형의 물체가 곽경무의 두 손에 잡혀들었다. 소매 안쪽에서 튀어나온 광동천노의 성명병기(成名兵器)였다.

채채채채챙!

곽경무의 신형이 한 발을 축으로 거세게 회전했다. 날아들던 화살들이 한꺼번에 튕겨 나갔다. 부러져 비산하는 화살들이다. 회전을 멈춘 곽경무의 신형이 이번에는 측면을 향하여 뻗어나갔다. 피할 여지를 주지 않을 정도로 기쾌한 움직임이었다.

화살을 내쏘았던 적 한 명이 다급하게 만도를 뽑아 들었다. 곽경무가 손을 휘둘렀다. 맞서오는 만도 끝에서 묵직한 쇳소리가 터져 나왔다.

쩌엉!

튼튼한 만도가 일격에 부러져 나갔다.

엄청난 위력이었다.

곽경무가 물러나는 상대의 품속으로 깊게 파고들었다. 손에 있던 반월형의 물체는 어느샌가 소매 안쪽으로 빨려 들어가 있었다. 맨손 백타, 손바닥 전체로 밀어내는 일격이 상대방의 가슴에 작렬했다.

파아앙!

갑옷까지 둘러 입은 상태였지만, 곽경무의 일장은 그런 빈약한 갑옷으로 막을 수 있는 성질의 것이 아니었다. 내부를 진탕시키고 의식을 날려 버린다. 일격으로 두 눈을 까뒤집으며 뒤쪽으로 넘어가고 있었다.

'그대로 쓰러져서야 안 되지!'

곽경무는 그를 쓰러지게 놔두지 않았다. 팔을 뻗어 상대의 몸을 통째로 돌려세우고는 등 뒤쪽으로 돌아갔다. 그대로 버텨 세운 적의 몸이다. 반대편에서 곽경무를 노리고 화살을 겨누던 적들이 크게 당황하며 팽팽하게 당겼던 활시위를 늦췄다.

적의 몸을 방패 삼아 화살의 공세를 차단한 것이다.

그것으로 끝이 아니다. 어딜 어떻게 했는지, 곽경무가 움직이는 발길에 혼절한 적의 몸이 한꺼번에 끌려가고 있었다. 움직이는 방패였다. 동료의 몸에 화살을 꽂을 수야 없는 법, 놀란 적들이 단궁을 거두고 사방으로 물러나며 제각각 만도를 꺼내 들었다.

'붉은 모자에 갑옷이라……. 이놈들은……!'

그제야 적들의 모습을 제대로 확인할 수 있게 된 곽경무다. 적들의 차림새를 살펴본 곽경무의 두 눈에 의아함이 깃들었다.

'대체 언제 적 놈들인가.'

명의 시대가 찾아온 이래, 좀처럼 볼 수 없었던 모습들이다.

저걸 입는 것, 그 자체가 이미 대역죄(大逆罪)다.

젊은 시절, 불과 십수 년 전까지만 해도 수없이 보았던 갑옷이었지만, 이제는 그저 생소할 따름이었다. 갑옷 한복판에 있는 원나라의 표식, 원(元), 또는 대원(大元)이라 새겨진 글자들은 마치 시간을 역행해 온 착각을 불러일으키게 만들고 있었다.

'상주가 말했었지. 오원은 어려운 싸움을 하고 있다고. 원 제국의 잔당이 그 상대라는 말을 듣긴 했지만, 설마하니 이 정도로 노골적인 놈들이었을 줄이야…….'

빠르게 흘러가는 생각이다. 그러면서도 곽경무의 발은 끊임없이 앞쪽을 향해 내달리고 있었다. 적병 하나를 짚단처럼 매달고 앞으로 나아간다. 다섯 명, 다섯 자루의 만도가 곽경무를 향해 짓쳐들어왔다.

"어디, 마음껏 휘둘러 보아라!"

호탕하게 외치는 곽경무의 대응은 임기응변의 극치를 달리고 있었다. 적병의 몸을 통째로 들어올리며 쏟아져 오는 만도를 막아낸 것이다.

중독된 사람이라고는 도무지 생각할 수가 없는 괴력이었다. 화살을 쏘지 못했던 것과 마찬가지로 휘두르던 만도들이 일순간에 멈춰졌다. 들어올렸던 적병을 방패처럼 앞에 세운 곽경무가 두 눈에 이채를 떠올렸다. 그가 달려들지 못하고 있는 적들을 한 번 둘러보고는 힘있는 목소리로 입을 열었다.

"그래도 동료에 대한 의리가 있는 녀석들이로구나! 목숨이 아깝다면 이쯤에서 물러나는 것이 좋을 것이다!"

적병들이 주춤주춤 물러났다. 하지만 그렇다고 공격할 의지를 완전히 버린 것 같지는 않았다. 그들뿐이 아니었다. 뒤쪽의 적병들도 다시금 활시위를 당기고 있었다. 기회만 되면 곧바로 내쏘겠다는 의지가 전해져 왔다.

"끝까지 해보겠다는 것인가!"

곽경무가 호통을 내지르며 한 발 내디뎠다. 적병들이 만도들을 고쳐 잡는 것이 보였다. 두 눈에 은은한 노기를 떠올린 곽경무가 앞으로 한 발 나섰다.

그때였다. 한줄기 박수 소리와 함께 탁한 목소리가 들려온 것은.

짝. 짝. 짝.

"대단하오. 실로 대단해."

숲 한쪽에서 초로의 늙은이가 걸어나오고 있었다.

마건위다. 복면을 하고 있었지만 빈약하다. 얼굴을 제대로 가리지도 않았다. 복면이라 부르기에도 어색한 모습이었다.

"자네가 이 역적 무리의 우두머리인가?"

"역적 무리라니… 말씀이 과하시오."

마건위의 말투는 나름대로의 예를 갖추고 있었다.

마건위도 늙었기는 매한가지였지만, 곽경무의 배분이 좀 더 높다. 그렇게 배분에 따라 예를 취하니, 오히려 함부로 평대하는 것보다 더 여유롭게 느껴지는 태도였다.

마건위가 천천히 걸어와 곽경무의 앞에 버텨 섰다. 곽경무가 날카로운 눈빛을 뿜어내며 한마디 질문을 던졌다.

"습격 목적은?"

"목적? 그걸 가르쳐 줄 단계는 아직 아니라고 생각하오만."

단도직입적인 질문이었다. 하지만 마건위는 부드럽게 받아칠 뿐이었다. 곽경무의 눈빛이 폭발 직전에 이르렀다.

"엉뚱한 수작을 부리고 있군."

"말씀이 거치시오. 분노는 수명을 갉아먹는 법이라오."

점점 더 신경을 자극한다. 한계를 넘고 있다. 곽경무가 나직한 목소리로 말했다.

"그렇군. 네놈도 그런 부류인가?"

"어떤 부류 말이오?"

"문답이 무용한 부류를 말함이다!"

마침내 폭발이다.

말이 끝나기 무섭다. 버텨 세웠던 적병을 마건위에게 던져버렸다. 동시에 직접 땅을 박차는 곽경무다. 짓쳐드는 곽경무의 두 손에는 방금 전에 썼던 반월형 병기가 또다시 나타나 있었다.

파아! 채애앵!

맞서는 마건위의 손속은 놀라웠다. 한 손으로 육중한 병사의 몸을 잡아 넘기는가 싶더니, 곧바로 몸을 반전시키면서 다른 쪽 손을 쳐낸다. 곽경무의 손에서 없던 병장기가 순식간에 나타났던 것처럼, 마건위의 손에도 어느샌가 날카로운 연검(軟劍)이 얇은 검날을 날름거리고 있었다.

"광동천노의 성정이 이리도 급할 줄은 몰랐소."

작정하고 한 공격을 너무도 쉽게 막아낸 마건위다. 곽경무의 얼굴이 가볍게 굳어져 있었다. 두 사람의 거리는 고작 두세 걸음, 근접한 상태에서 대치한 마건위가 곽경무의 두 손을 내려다보며 물었다.

"그것이 광동천노의 성명병기라는 쌍월벽(雙月璧)이오?"

광동천노의 손에 들린 반월륜의 지름은 한 자가 넘지 않지만, 두 개 반월륜이 펼쳐지면 그 누구도 범접키 힘든 백 장의 방벽이 된다.

그래서 쌍월벽이다. 주인을 지키는 종복의 방패, 곽경무의 손에 들린 두 개의 반월륜을 뜻함이었다.

"놀랍군. 그것을 알면서도 감히 싸움을 걸어왔다는 말이렷다."

"과연 대단한 자신감이오. 하지만 이거 큰일이외다. 쌍월벽의 쟁쟁한 위명도 오늘까지였던 모양이니 말이오."

"건방진!!"

곽경무의 가슴 앞에서 백월의 반월륜이 교차되었다. 종횡으로 휘두르는 한 쌍의 반월륜이다. 마건위의 손끝에서 길쭉한 연검이 머리를 쳐들었다. 살아 움직이는 듯, 연검의 칼날이 현란한 움직임을 보았다.

채챙! 채채챙!

구부러져 팅겨 오르는 연검의 칼날에 반월륜의 공세가 제대로 뻗어나가질 못하고 있었다. 신랄하면서도 잔인한 검술이다. 급소를 노려오는 연검의 검극(劍戟)은 그야말로 한 마리 독사의 이빨과도 같았다.

취릭! 스각!

순식간에 다섯 합을 교환한 두 사람이다. 한 발씩 물러난 두 사람 사이로 몇 방울의 피가 튀었다. 상처가 난 것은 곽경무의 어깨다. 마건위의 옷자락도 길게 찢어져 있었지만, 얕게 들어갔던지 상처는 보이지 않았다.

곽경무가 무거운 어조로 말했다.

"사검(蛇劍)이로군. 백사타(白蛇攎)의 후예가 고작 이런 곳에서, 그것도 원나라의 잔당에 붙어 있었을 줄이야……!"

복면 위로 드러난 마건위의 두 눈에 기광이 번뜩였다. 그가 다소 놀란 듯한 목소리로 말했다.

"놀라운 견식이오. 이걸 알아보다니."

"손속이 잔인하여 비난받는 일은 있었어도, 백사타는 음지에서부터 반원(反元)의 정통을 이어갔던 진정한 정문이었다! 전통있는 문파의 수치인 줄 알아라!"

곽경무의 호통에 마건위의 눈썹이 꿈틀했다.

순간적으로 분노를 느낀 모양이었지만, 그렇다고 파탄을

드러내는 일은 없었다. 도리어 본색을 드러내도록 만드는 결정적인 구실이 되었을 뿐이다.

"확실히 만만치가 않소. 이대로는 안 되겠어."

마건위가 손을 들어올렸다. 수신호다. 주변에 있던 병사들이 일사불란하게 움직이며 대열을 갖추었다. 일제히 단궁을 들어올리며 화살을 겨눈다. 곽경무의 얼굴이 크게 굳어졌다.

"비… 겁한……!"

"비겁한 것이 아니외다. 일을 간단히 끝내고 싶은 것뿐이라오."

곽경무는 화살이 두렵지 않다.

화살이 겨누어진 방향은 곽경무를 향해서가 아니었다.

강설영 때문에 마차 근처를 벗어나지 못하는 강건청과 마차 뒤로 늘어선 수레들을 향해서다. 정확히는 수레 주변에 쓰러져 신음하는 일꾼들을 향해서였다.

"아무리 살벌한 강호의 싸움일지라도 그르쳐선 안 될 법도가 있는 것이거늘! 죄없는 일꾼들에게 화살을 겨누다니! 그러고도 백사타의 후예라 할 수 있는가!!"

"적들의 온정에 기대려고 하다니, 광동천노답지 않소. 몸속을 치달리는 독 때문에 그러시오?"

마건위는 곽경무의 약점을 정확하게 찌르고 있었다. 상대방의 평정심을 손쉽게 뒤흔드는 화술이었다. 마건위가 웃음기 어린 목소리로 말을 이었다.

"시간이 되었소. 얌전히 잡혀주시오."

마건위가 다시 한 번 손을 들어 수신호를 보냈다. 한편에 있던 병사들이 활 대신에 만도를 뽑아 드는 것이 보였다. 만도를 어깨 위로 들어올린 병사들, 그들이 강건청이 있는 마차 쪽으로 성큼성큼 걸음을 옮겼다. 곽경무가 큰 소리로 외쳤다.

"상주, 적들이 갑니다!"

"이쪽에도 눈이 있어, 곽 노대!"

저편에서 들려온 강건청의 대답은 그러했다. 마건위가 두 눈에 이채를 떠올리며 말했다.

"아까부터 보았소. 호방하기가 이를 데 없는 주종 관계요. 하지만 알고 있잖소? 세상에는 호방함만으로는 안 되는 것이 있다는 것을."

여전히 일꾼들에게 겨누어져 있는 화살들을 말함이다. 강건청에게 다가가는 열 명에 이르는 만도병들도 전부 다 강건청에게로만 몰려가는 것이 아니었다. 그들 중 일부는 쓰러져 있는 일꾼들 방향으로 접근하고 있었다. 그것을 본 곽경무가 노기 어린 목소리로 말했다.

"일꾼들이 한 명이라도 죽는다면, 그 열 배의 희생을 치를 것으로 알아라."

"그럴 능력이 있겠소? 당신에게?"

곽경무의 발이 땅바닥을 박찬 것은 순간이었다.

무서운 기세로 쇄도하는 곽경무다. 그러나 마건위의 맞대

웅은 흐르는 물과 같이 유연하기만 했다. 연검을 휘둘러 전면을 차단하고, 일장을 내치면서 두 개의 반월륜을 막아냈다.

챙! 쩌정!

곽경무의 공격은 저돌적이었다. 단숨에 끝을 보겠다는 의지가 충만해 있었다.

하지만 불행히도 마건위는 그럴 생각이 전혀 없어 보였다.

한 걸음씩 뒤로 물러나면서 방어에만 주력할 뿐이다. 승부를 빨리 낼 이유가 조금도 없었던 까닭이었다.

"힘드시지 않소?"

무리할 필요가 전혀 없으니, 풀어내는 손속에도 여유가 넘칠 수밖에 없었다. 연검을 휘두르는 급박한 와중에도 조롱하듯 한마디 던져 낼 수 있었던 이유가 바로 그것이었다.

"이놈!!"

광동천노의 명성을 얻은 후, 그와 같은 수모를 받아본 지도 십 년 단위가 된다. 뻗어가는 곽경무의 반월륜에 타오르는 분노가 실렸다.

쩌어엉!

차력타력이라.

마건위가 곽경무의 강맹한 경력을 이용하여 뒤쪽으로 몸을 날렸다. 곽경무가 분노하는 만큼 마건위가 발하는 섬세한 기예가 돋보이는 순간이었다. 한껏 거리를 둔 마건위가 눈가에 잔주름을 만들며 말을 이었다.

"한 가지 말하지 않은 것이 있소. 그 독 말이외다. 그놈은 움직이면 움직일수록 중독이 심해지는 성질을 지니고 있다오."

계속되는 조롱이라 할 수 있었다.

그런 조롱을 들으면서도 곽경무는 어찌할 도리가 없었다. 마건위의 말마따나, 분노하여 공격을 시도하면 시도할수록 억제해 놓은 독력이 꿈틀거리며 기경팔맥을 찔러대는 까닭이었다.

"대체 어찌할 속셈인가."

"어찌할 속셈인가라……. 왜 습격했냐는 질문의 연장선으로 들리오. 일단 말이오, 당신은 먼저 쓰러져 줘야겠소. 그 독에 중독되었으면서도 이 정도라니……. 아무래도 후환이 두렵소. 다음 일은 당신 주인과 잘 의논해 볼 터이니, 걱정하지 말고 쉬시오."

때가 되었다. 이제는 마건위의 역습이다.

방어로 일관하던 마건위의 연검이 살벌한 공세로 전환되었다. 심각해진 중독과 심력의 고갈, 내력의 불균형이 곽경무의 무공에 돌이킬 수 없는 허점을 만들었다. 수십 년 난전을 겪어온 경험으로 어찌어찌 막아내고 있다만 그것도 오래가지는 못했다. 십 합에서 이십 합.

반월륜의 틈새를 파고든 연검이 숨 막히는 독아(毒牙)를 드러냈다. 반월륜이 빗나가는 순간부터 치명상을 직감한 곽경무다. 그의 두 눈에 절망의 빛이 깃들었다.

푸욱!

"커헉!"

섬뜩한 파륙음 소리 뒤로 바람 빠지는 외마디 신음 소리가
터져 나왔다. 내력으로 곧게 세워진 연검이 곽경무의 가슴을
뚫고 등 뒤에까지 삐져 나와 있었다. 멀리서 그를 부르는 강
건청의 경호성이 아련하기만 했다.

"상주에게… 위해를 가하기만 해보아라……. 내… 너를…….
크헉!"

곽경무의 가슴에서 연검이 뽑혀져 나왔다.

그 날카로운 고통에 곽경무가 말을 잇지 못하고 이를 악물
며 몸을 숙였다. 그를 내려다보는 마건위가 씁쓸하다는 듯한
어조로 입을 열었다.

"늙으면 말이 많아지는 법이라고들 합디다. 당신도 그렇지
만 나 역시도 예외는 아닌 모양이오. 그저 늙으면 조용히 쉬
어야 하는 법인데, 어쩌겠소. 쌍월벽의 전설이 이렇게 무너지
는 것을 보니 가히 기분이 좋지는 않구려."

마건위가 연검을 하늘 위로 들어올렸다. 그것을 올려다보
는 곽경무의 두 눈이 불을 뿜었다. 그의 입에서 노장(老將)의
원통함이 흘러나왔다.

"이런 최후라니, 죽어서도 눈을 감지 못하리라."

죽음은 두렵지 않으나, 상주를 지키지 못한 것이 최대의 한

이다. 마건위가 눈살을 찌푸리며 말했다.

"뭔가 잘못 알고 있군. 죽이지는 않소. 하지만 뒤를 생각하면 팔 하나 정도는 빼앗아놔야겠지. 쌍륜의 쌍월벽도, 이제는 반월벽이라 불려야 할 게요."

연검이 움직이기 직전이다.

바로 그 순간.

수풀 저편으로부터 공기를 찢어발기는 거센 파공음이 있었다. 마건위를 향해서 날아드는 일발의 탄격(彈擊)이었다.

쐐애애액! 채애앵!

휘둘러진 연검은 곽경무의 팔을 끊어놓지 못했다. 돌멩이 하나만을 튕겨냈을 뿐이다.

"웬 놈인가!"

마건위가 숲을 돌아보며 외쳤다.

그의 눈이 우거진 수풀의 한 귀퉁이에 이르렀다.

강철과도 같은 걸음걸이.

한 남자가 걸어오고 있다.

무서운 기파를 뻗어내는 불패의 신룡.

마건위와 곽경무 앞에 묵직한 목소리가 내려앉았다.

"우리가 너무 늦어버린 모양이군. 영감, 고생했소."

곽경무를 향해 한번 고개를 끄덕인 그다.

그가 마건위를 돌아보며 말했다.

"이번에는 나와 해봅시다. 나에게는 그 어떤 잔재주도 통하지 않을 것이오.”

잃어버렸던 여의주를 되찾은 용이라 할 수 있을까.

부러진 날개를 회복하고 창공으로 날아오른 독수리가 여기에 있다.

오기룡이 뿜어내는 막강한 무력의 소용돌이가 마건위의 전신을 압박해 들어가고 있었다.

붉은 모자를 쓰고 갑주를 입은 적병들.

그들의 칼날 하나하나는 결코 위협적인 것이 못 되었지만, 숫자가 많으니 단숨에 제압하기가 힘들었다. 강건청에게는 치명적인 약점도 있었다. 강설영이 있는 마차 주변을 벗어날 수 없다는 사실이었다.

오산이었다.

곽경무가 당할 것이라고는 꿈에도 생각하지 않았던 것이 가장 큰 잘못이었다. 마차에서 멀리 떨어질 수가 없다. 곽경무의 위기를 속수무책으로 바라볼 수밖에 없었던 이유였다.

강건청과 곽경무에게 달려드는 적들만 문제가 되었던 것이 아니었다. 쓰러진 일꾼들에게까지 접근하는 적병들이 있으니 신경이 분산될 수밖에 없었다.

진퇴양난. 사면초가라는 말은 바로 이런 때를 위해 있는 말일 것이다.

‘저자는 대체 누구인가!’

때마침 나타난 조력자는 천군만마와도 같았다.

강건청은 먼 거리에서도 들을 수 있었다. 목숨을 빼앗지 않을 테지만, 팔 하나는 가져갈 것이라고.

곽경무와 같은 무인에게 팔 하나가 없어지는 것은 목숨을 내놓는 것이나 다를 바가 없다. 팔 하나가 없어진 곽경무를 무슨 낯으로 볼 수 있을까. 절체절명의 위기였다 해도 과언이 아니었다.

조력자는 그런 절체절명의 위기를 넘기게 해주었다. 하지만 그런 천군만마조차도 막상 강건청의 싸움을 놓고 보면 실제로 도움 될 것이 없었다.

상황이 변한 만큼 적들의 공격도 거세지고 있기 때문이었다. 생각대로 일이 풀리지 않고 있으니, 적들의 공격에도 다급함이 묻어나고 있었다.

‘일꾼들이 위험하다!’

강건청 혼자라면 어떻게든 버틸 수 있다. 하나, 급해진 적들이 화살이라도 쏘아대면 정말 큰일이다. 일꾼들의 희생을 피할 수가 없게 되는 것이다.

‘움직일 수 있는 이는 없는 건가?’

이 독력을 버텨낼 수 있는 이들이 없을 수밖에 없다는 것을 잘 알면서도 속절없는 기대를 가져본다. 급히 주변을 둘러보았지만 일어나는 일꾼들은 한 명도 눈에 띄질 않았다.

보표로 데려왔던 몇몇 무인도 마찬가지다. 겨우 몸을 가눌수 있었던 무인들도 수레에 기댄 채 숨을 헐떡이고 있는 것이 전부였다.

'이럴 줄 알았으면 비각십이대를 한두 명이라도 데려오는 것이었는데!'

비각십이대란 가주 직속의 호위무인들을 말함이다. 언제나 가주와 행동을 함께해 왔던 무인들이었지만, 이번에는 데려오지 않았다.

아내 때문이었다. 강건청이 자리를 비운 동안 본가와 아내를 지켜줄 사람이 필요했던 까닭이다. 황실의 정세가 심상치 않으니, 본가에 닥쳐올 수 있는 만일의 사태에 대비하기 위함이었다.

'이대로는 당한다! 일꾼들부터 피신시켜야……!'

먼 곳에 있는 비각십이대를 찾을 때가 아니었다. 혼자서 어떻게든 해봐야 했다. 쏟아지는 공격을 피해내는 강건청의 머릿속에서 이 상황을 타개할 방법들이 어지럽게 스쳐 지나갔다.

휘리릭! 터엉!

옆으로 휘둘러 오는 만도 한 자루다. 강건청이 땅을 박차고 높이 뛰어올랐다. 새처럼 날아올라 마차 지붕 위에 올라선 강건청의 눈이 수레들의 가장 뒤쪽을 훑었다.

'그래! 있다! 중독되지 않은 일꾼이 있어!'

수레 행렬의 최후미였다. 몸을 웅크리고 숨어 있는 일꾼들이 보였다. 아예 몸을 가누지 못하고 쓰러진 것이 아니라 이쪽의 상황을 엿보면서 몸을 숨기고 있는 모양새였다.

'이 독은 향독이다. 향독이란 중독되는 범위가 있고, 향이 남아 중독될 수 있는 한계 시간이란 것이 있는 법이다. 저 끝은 향독의 중독 범위 바깥이었던 게야!'

급박한 와중에서도 강건청의 판단은 손바닥을 펴 보는 것처럼 정확한 데가 있었다. 판단을 행동으로 이어가기까지는 짧은 시간밖에 필요치 않았다. 일장을 휘둘러 마차 위까지 뛰어오른 적병을 밑으로 떨궈내고는 내력을 운용하여 주변의 공기를 살폈다. 향독이 얼마나 남아 있는지 알아보기 위함이었다.

'독기가 느껴지지 않는다. 전부 공중으로 흩어져 버렸어! 이들이 마음껏 뛰어들 수 있었던 것은 그래서다. 따로 해독약 따위가 있었던 것이 아니야!'

적들이 바로 공격해 들어오지 않고 일정 거리 밖에서 대기하고 있었던 것은 역시나 그런 이유에서였다. 그리고 이젠 독기가 사라진 상태다. 가까이 와도 중독되지 않는다는 뜻이었다.

"오(五)번 품적관(品積官)! 내 목소리가 들리나?"

강건청은 곧바로 소리쳤다. 품적관이란 수레의 물품을 관리하는 이를 말함이다. 다섯 번째, 마지막 수레 뒤쪽에서 손

하나가 올라오는 것이 보였다. 강건청이 큰 소리로 외쳤다.

"움직일 수 있는 이들을 데리고 앞쪽으로 이동하라! 쓰러진 일꾼들을 옮겨야 해!"

쐐애액! 파아앙!

마차 위로 뛰어드는 적들을 또 한 번 튕겨냈다. 강건청이 고개를 돌려 뒤쪽을 보았다. 품적관이 화답하여 외치는 소리가 들려왔다.

"앞쪽으로 움직여도 괜찮겠습니까?"

큰 소리로 소리치는 음성에는 불안감이 가득했다. 중독되지 않겠냐는 뜻이었다. 강건청이 소리쳐 대답했다.

"걱정하지 마라! 독은 이미 다 날아가고 없다!"

"화살은 어찌합니까?"

"수레들을 엄폐물로 써서 이동하면 돼! 서둘러라!"

미적거리다가 슬슬 움직이는 일꾼들이 보였다. 제 목숨 귀한 줄밖에 모르는 이들임에도 용케 목숨을 걸고 있다. 굼뜨다고 불평할 계제가 아니었다.

'이런……! 놈들이 간다!'

겨우 수습을 할 수 있나 했더니, 그것도 어려울 것 같았다.

적들도 바보들이 아니었던 까닭이다. 달리 방도가 없기도 했지만, 큰 소리로 말을 나눈 것이 문제였다. 강건청과 품적관의 대화를 들어버린 적들이 뒤쪽의 수레를 향해 달려들고 있었다. 강건청이 다급한 목소리로 소리쳤다.

"적들 세 명이 그쪽으로 가고 있다. 조심해!"

일꾼들끼리 칼을 든 적병들을 물리칠 수 있을지 모르겠다.

당황한 일꾼, 당황한 강건청이다.

놀라서 한 발 내딛는 사이, 치명적인 허점을 내주고 말았다. 몰래 마차 뒤쪽으로 기어오른 적병의 칼 한 자루가 강건청의 옆구리를 훑어내 버린 것이다.

"크윽!"

고급스러운 비단옷이 빨간 피로 물드는 것은 순간이었다. 크게 휘청거린 강건청이 몸을 돌리며 일장을 휘둘렀다. 어깨를 얻어맞은 적병이 마차 밑으로 튕겨 날아갔다. 한 손으로 옆구리를 붙잡는데 손바닥을 적셔오는 선혈의 양이 만만치가 않았다.

'위험하다……!'

꽤나 심각한 상세였다. 그러나 강건청의 마음은 일꾼들의 안위에만 있었다. 그가 한 손으로 품속을 뒤지며 결연한 눈빛을 떠올렸다.

'이것을 사람에게 쓰고 싶지는 않았건만!'

강건청의 손가락에 잡혀든 것은 세 개의 바늘이었다. 아래쪽에서 달려드는 적병의 만도를 뛰어넘으며 하늘 위로 몸을 날렸다. 그의 눈이 뒤쪽 수레로 달려가는 적병들에 이르렀다.

피잉! 피이잉!

바늘이 허공을 가르는 소리는 가볍고도 날카로운 데가 있었다. 무서운 속도로 날아간 바늘들이다. 달려가는 적들의 팔다리를 그대로 꿰뚫어 버렸다.

"으억!"

"크악!"

수화와 침선을 위한 작은 바늘들일 뿐이었다. 하지만 그러한 바늘의 위력은 결코 작다고 말할 수가 없었다. 일꾼들을 노리며 달리던 적들 두 명이 그 자리에 꼬꾸라졌다.

'하나 더……!'

두 명을 쓰러뜨리고도 강건청의 얼굴은 어둡기 그지없었다. 그에게 있어서 침(針)이란 아름다움을 얽어내는 장인의 도구였지, 적을 살상하기 위한 병기가 아니었던 까닭이다. 그 어떤 암기술 못지않은 비침술(飛針術)을 지녔으면서도 실전에서는 결코 사용하는 일이 없었던 그다. 그의 손에서 마지막 남은 바늘이 허공을 갈랐다.

피이잉!

"으헉!"

무릎 위쪽, 허벅지를 꿰뚫린 적병이 휘청거리며 꼬꾸라지고 말았다.

강건청이 땅으로 착지했다. 적병들의 칼날이 날아들었다. 한 발 앞으로 움직이고 뒤쪽으로 허리를 꺾으면서 몸을 피했다. 아슬아슬하게 빗나가는 칼날들이 눈앞을 어지럽혔다.

'집요한 놈들……! 또 간다……!'

세 놈을 막았다고 끝이 아니었다.

방향을 바꿔 수레 뒤쪽으로 향하는 적병들이 보였다. 손을 휘두를 때마다 픽픽 꼬꾸라지는 것에 두려움을 느낀 듯, 수레들을 엄폐물 삼아 뒤쪽으로 돌아가고 있었다.

'어차피 날릴 수 있는 침도 없다! 막을 방도가……!'

강건청의 두 눈이 착잡함으로 물들었다. 마차와 일꾼들, 포기하지 못할 두 개의 떡을 양손에 쥐고 있으려니 할 수 있는 일이 아무것도 없었다. 행동을 어렵게 만드는 옆구리의 상처에 점점 더 제어하기 힘들어지는 독기까지 있었다.

'최악이다. 이 난관을 어찌 타개할 수 있을까!'

죽어가는 일꾼들의 모습이 벌써부터 눈에 보이는 것 같다. 하늘이 무너져도 솟아날 구멍이 있다고 했지만, 그런 구멍 따위, 지금은 어디에서도 찾을 수가 없었다.

쐐애애애액!

어디선가 파공음이 들려온 것은 바로 그때였다. 칼날을 피하고 일장을 내치던 강건청의 가슴이 덜컥 내려앉았다.

'화살까지 쏘아대는 것인가……!'

화살이 날아오면 끝이다. 강건청 자신이 다치는 것은 어쩔 수 없다 해도, 일꾼들만큼은 다쳐서도, 죽어서도 안 된다. 절망적인 상황이었다.

퍼억!

이상했다. 화살이 꽂히는 소리가 아니다. 게다가 여러 발이 아니라 단발이다. 들려올 것이라 예상했던 소리와는 너무도 달랐다.

'뭐, 뭐지?'

파공성은 또 있었다. 화살이 아니라 좀 더 묵직한 파공성이다. 공기를 가르는 음성, 둔탁한 타격음이 뒤따라 들려왔다.

쐐애액! 퍼억!

저편에서 달려가던 적병 하나가 쓰러지는 것이 보였다.

그리고 강건청은 들었다.

한줄기 목소리를.

아직 어리디어린 꼬마 아이의 목소리를.

"괜찮은 거 맞지?"

뒤쪽이다. 마차가 있는 쪽이었다.

짓쳐드는 칼날 하나를 비껴내고, 금선장을 연환으로 쳐내면서 공간을 확보했다. 강건청의 몸이, 그의 시선이 마차 쪽을 향했다.

'무… 무슨?'

전혀 몰랐다.

마차 지붕 위에 조그만 그림자 하나가 올라와 있는 데도.

"확실해?"

조그만 그림자는 묻고 있었다. 달려드는 적들의 칼을 뿌리치고 마차 쪽으로 몸을 날린 강건청이 위를 올려다보며 되물었다.

"무엇이 확실하냔 말이냐?"

"독 말이야. 날아갔다며. 중독되지 않는 거 맞지?"

천진난만한 말투였다. 이 싸움판하고는 도무지 어울리지가 않는 목소리였다.

휘릭! 파아앙!

강건청이 다시금 일장을 쳐내며 적들의 접근을 막았다. 그가 고개를 돌리며 대답했다.

"확실하다. 이제 중독되지 않아!"

"다행이야. 이미 여기까지 와버렸거든. 아저씨 말만 믿겠어."

꼬마 아이다.

귀신놀음이라도 하려는 것인가.

도대체가 무슨 생각인지, 괴상한 복면을 하고 있는 아이였다.

꼬마 아이가 마차 지붕에서 몸을 일으키며 발끝을 툭툭 차고 있었다. 아이를 올려다본 강건청이 다급한 음성으로 물었다.

"대체 넌 누구냐?"

"뒤에 조심해."

아이의 대답이다. 강건청이 급하게 몸을 숙이며 적병의 칼날을 피해냈다. 그가 손을 뻗어 금선라(金仙拏)의 일초로 적의 공격을 봉쇄하고는 자세를 바로잡았다. 아이의 목소리가 강건청의 귓전으로 이어졌다.

"싸우면서 들어, 아저씨. 어느 쪽을 막아줄까?"

'뭐라고?'

강건청은 자신의 귀를 의심했다.

갑자기 나타난 꼬마.

꼬마가 맞는지는 모르겠다. 목소리는 어리디어리지만, 그 복면 안쪽에는 늙은 요괴의 얼굴이 숨어 있을지도 모른다.

그런 꼬마가 이야기하고 있었다. 적들을 막아주겠다고 말이다.

"화살이야, 칼이야? 빨리 대답해."

그것은 마치 손잡으면 안 될 것 같은 마성(魔性)의 유혹과도 같았다. 귀신에게 홀려 버린 기분이었다.

'귀신이든 뭐든, 도와주겠다고 하니……!'

그렇다고 다른 선택이 있느냐. 그런 것도 아니다.

뭐가 되더라도 지금보다 나쁘지는 않으리라. 지푸라기라도 잡는 심정으로 소리친다. 강건청의 대답이 꼬마의 귀에 이르렀다.

"화살이다! 화살을……!"

"알았어."

터엉!

아이의 몸이 마차 위에서 튕겨 나갔다. 땅에 착지하는가 싶더니, 짓쳐오는 적들의 칼을 가볍게 피해내고는 순식간에 수풀 쪽으로 뛰어들었다.

귀신이 맞는지도 모른다.

조그만 산짐승처럼 민첩하기 짝이 없는 움직임이었다. 작은 그림자로 숲 그늘에 숨어드는가 싶더니, 시야에서 훌쩍 사라져 버렸다.

쐐액! 쐐애액! 퍼억!

이어서 들려오는 것은 공기를 찢는 파공성이다.

돌멩이였던가. 방금 전에 들었던 바로 그 파공음이었다.

화살을 겨누고 있었던 궁병들의 대형이 단숨에 흐트러지고 있었다. 멀리서 화살을 겨누던 적병 하나가 어깨를 감싸쥐고 비틀비틀 물러나는 것이 보였다. 고함 소리가 터져 나오고 풀숲을 헤치는 소리가 어지럽게 들려왔다.

'저것이… 어린아이라고?'

강건청은 귀에 이어 자신의 눈까지 의심했다.

예상치 못한 방향으로 흘러가는 전황.

우왕좌왕 어쩔 줄을 모르는 적병들이다. 강건청을 공격하던 만도병들까지도 당황한 기색이 역력했다.

'놀라고 있을 때가 아니다!'

강건청은 재빨리 정신을 수습했다. 닥쳐오는 칼날을 슬쩍 피하고 손을 휘둘러 칼날의 옆면을 때렸다. 속절없이 튕겨 나가는 만도 앞에서 강건청의 손바닥이 섬세하게 움직였다. 금선일식, 금선장의 일격이었다.

파앙!

그렇게 한 놈이다. 쓰러져 나뒹구는 적병을 뒤로하고, 강건청의 몸이 빠르게 이동했다.

'중앙!'

장법 다음은 권격이었다. 금선라에서 변화하여 뻗어나간 금사권이 짓쳐오는 적병의 갑옷에 박혀들었다. 갑옷 한가운데가 움푹 들어가면서 거기에 새겨져 있던 대원(大元)의 표식이 엉망으로 우그러졌다.

빠각! 파팡!

갑옷이 부서진 것으로 끝난 게 아니었다. 양 옆구리로 들어가는 권격의 연환타를 고스란히 당한 적병이 고통에 겨운 표정을 지으며 쓰러지고 말았다.

강건청이 곧바로 몸을 돌렸다. 수레들이 늘어선 방향이다. 일꾼들에 대한 생각이 머릿속을 스쳐 지나갔다.

'일꾼들은 어찌 되고 있는가.'

강건청의 눈이 수레 저편으로 향했다.

움직이고 있다.

몸을 가누지 못하는 사람들을 짊어진 채 뒤편으로 피하는 일꾼들이 보였다. 위기로 얼룩져 있던 강건청의 얼굴에 모처럼의 화색이 돌았다.

'좋다……! 벗어날 수 있겠어!'

강건청에게 덤벼드는 적들도 이제는 셋밖에 남지 않았다.

계속되는 움직임으로 상당히 많은 피를 흘렸기 때문에 머리
와 몸이 천 근처럼 무거웠지만, 그래도 이 싸움에서 가장 위
험한 고비만큼은 넘긴 것 같았다.

'그것은 결국……!'

갑작스럽게 나타난 두 조력자 덕분이라 할 수 있었다. 이
무리의 수괴와 싸우며 강렬한 경풍을 일으키고 있는 남자 한
명과 신출귀몰한 움직임으로 숲 속의 적병들을 혼란시키고
있는 꼬마 아이가 그들이었다.

칼을 든 적병 셋을 앞에 둔 강건청.

그의 눈이 조력자들의 움직임을 쫓았다.

물리칠 수 있다.

다 빠져나왔다.

그렇다고 느낀 강건청이다. 때문에 강건청은 미처 알아채
지 못했다. 그의 등 뒤에서, 등 뒤에 있는 마차 쪽에서 작고도
작은 그림자가 빼꼼이 고개를 내밀고 있었음을, 그는 미처 눈
치 채지 못했었던 것이다.

쉬익! 쉬리리릭!

사검이라더니, 마건위가 휘두르는 연검의 움직임은 기오
막측함 그 자체라 할 수 있었다. 하지만 그와 같은 기오막측
함이라 해도, 불패의 위력을 구가해 온 신룡의 각법에는 도통
통하지가 않았다. 채찍처럼 휘어지는 검격보다 측면으로 짓

처들어가는 발도의 각법이 훨씬 더 빨랐다.

"크음……!"

복면 아래로 낭패함을 알리는 침음성이 무겁게 흘러나왔
다.

연검을 회수한 마건위가 타오르는 분노로 눈앞의 상대를
노려보았다. 그러나 불패신룡의 눈빛은 마건위의 그것보다
훨씬 더 강렬했다. 쏘아보는 눈빛을 삼켜 버릴 듯 맞받아준
오기룡이다. 그가 발끝을 반보 앞으로 내디디며 나직한 목소
리로 입을 열었다.

"역시나 상당하군. 이 정도로 승부를 내긴 힘들겠어."

마건위의 얼굴이 굳어졌다. 오기룡의 말투에 담겨 있는 여
유로움 때문이었다. 마건위가 연검의 끝을 가볍게 휘돌리며
진득한 살기를 뿜어냈다.

"그 말인즉슨… 전력을 다하지 않았다는 이야기렸다?"

"피차 마찬가지 아니었나?"

되묻는 오기룡의 얼굴에는 엷은 미소가 깃들어 있었다.

실로 대단한 기파다. 싸움에 임한 사람답지 않은 자연스러
움 가운데, 한순간에 터져 나올 것 같은 폭발력이 잠재되어
있었다.

"늑대 놈이 뭘 믿고 있나 했더니, 이 같은 비장의 한 수가
있었군. 역시나 음흉한 놈이다."

마건위의 주름진 손등에 푸른색 혈관이 불거져 나왔다. 내

력을 집중한 것이다. 검날 전체가 부르르 떨리는 듯하더니, 검날의 끝이 살아 있는 듯 위쪽으로 올라왔다. 독 오른 독사의 머리와도 같은 형세였다.

"이제야 제대로 덤벼볼 마음이 생긴 모양이로군."

오기륭은 떠올린 미소를 지우지 않았다.

한발한발 측면으로 이동하며 기회를 보고 있다. 내력으로 세워진 연검의 끝이 오기륭의 움직임을 쫓았다.

"그런 여유 따위, 더 이상 부리지 못하게 해주마."

독아를 드러낸 뱀.

오기륭이 한 발 앞으로 접근했을 때다. 마건위가 손목을 튕겼다. 연검의 검극이 무서운 속도로 쏘아져 나갔다.

쉬이이익!

간발의 차였다. 뒤로 물러나는 오기륭이다. 그의 입에서 가벼운 탄성이 터져 나왔다.

"굉장히 빠르군!"

두 눈을 크게 치떴지만, 그 목소리에 담긴 여유는 여전했다. 하지만 그럴수록 마건위의 분노는 더욱더 커지기만 할 뿐이었다. 연검의 검날이 맹독을 품은 독사의 머리가 되어 오기륭의 전면으로 짓쳐들었다.

쉬익! 쉬이익!

손목의 탄력을 이용해서 연속으로 쳐내는 연검이었다. 그 속도는 오기륭의 말마따나 굉장히 빨랐다. 연신 땅을 차며 뒤

로 물러나는데, 쫓아오는 검격 하나하나가 무척이나 위협적
이었다.

'제법……!'

물러나던 오기룡이 땅을 밟고 그 자리에 섰다. 회수하는 듯
하다가 그대로 튕겨서 날아드는 연검이 보였다. 몸을 숙여 예
봉을 피하고 그대로 몸을 돌렸다. 돌려서 뻗어나가는 뒷발이
다. 날카롭게 올라가는 발뒤축이 마건위의 얼굴을 노렸다.

"어딜!!"

역으로 돌려찬 발도각이었다. 마건위가 한마디 외침과 함
께 손목을 끌어당겼다. 휘어져 비껴 나갔던 연검이 급격하게
꺾여 돌아왔다. 그대로 내찼다가는 단숨에 발목이 날아갈 만
한 회검(回劍)이었다.

이대로 들어가면 일격에 끝낼 수 있겠지만, 그걸로 발목 아
래를 내줄 수는 없는 일이다. 오기룡이 무릎을 끌어당기며 발
끝을 접었다. 공격 중단은 곧, 반격의 빌미다. 마건위가 한 발
물러서며 다시금 연검을 내쳐 왔다. 오기룡이 차내려던 발을
되돌리고는 측면으로 몸을 날렸다.

기세를 탄 마건위가 물러난 오기룡을 가볍게 따라붙었다.
휘둘러 오는 연검을 피한 오기룡이 곧바로 발끝을 올려 차보
았지만, 이번에도 끝까지 들어갈 수 없었다. 순식간에 돌아오
는 검날 때문이다. 공방이 완벽하게 안정된 연검술이었다.

'경험이 많은 자다. 과연 늙은 뱀이라더니……!'

마건위는 연검이라는 기병(奇兵)의 강점을 잘 살리고 있었다. 수많은 실전 경험이 엿보이는 대목이다. 연검이라 함은 본래부터 다루는 것 자체가 어려운 병장기인 바, 이렇게 잘 쓰는 이는 드넓은 사천 땅에서도 만나본 적이 없었다. 몰아치던 연검을 회수한 마건위가 득의의 눈빛을 떠올리며 말했다.

"잘 피하는군. 동작이 빠르다는 것은 인정해 주마. 하지만 그것뿐이다. 네놈의 짧은 공격은 나에겐 통하지 않는다."

병장기를 지닌 자가 지닌 길이의 이점을 뜻함이다. 적수공권, 각법을 장기로 하는 오기륭에게 있어서는 날카롭게 휘어들어오는 연검이 꽤나 부담스러울 수밖에 없었다.

'결국은 거리의 문제라는 것인가.'

잠시 멈춘 상태로 기회를 보던 마건위가 일순간 빠른 속도로 짓쳐들었다. 전력을 다하고 있는 이상, 거리를 살리지 못하는 각법 정도야 두렵지 않다는 투였다.

쒜에엑!

위쪽으로 뻗어오는 연검 안쪽으로 오기륭의 몸이 절묘하게 파고들었다. 어차피 길이로 승부할 수 없다면 차라리 더 짧게 가본다. 끊어 차는 단파각의 일격이 마건위의 옆구리를 노렸다.

"닿지 않아!"

마건위가 발하는 외침은 일종의 심리전과 같았다. 스르르 뒤쪽으로 물러나는 마건위의 움직임으로 뻗어나간 단파각이 아무것도 없는 허공을 가격했다. 꿈틀대며 쏘아져 오는 연검의 쇄도가 어김없이 이어졌다.

스각!

결국은 연검의 일격까지 허용하고 만다. 날카롭게 베어진 어깨에서 욱신거리는 고통이 전해져 왔다. 복면에 가려진 마건위의 입에서 회심의 미소가 떠오르고 있음을 알 수가 있었다.

"그렇군. 확실히 맞추기가 어려워."

일진일퇴, 물러난 오기륭이 고개를 숙이며 어깨 쪽에 베어진 상처를 내려다보았다. 혼잣말처럼 중얼거리는 오기륭의 목소리에 마건위가 선언을 내리듯 말했다.

"알았으면 이만 죽어라!"

마건위의 발이 땅을 휩쓸었다.

미끄러지듯 움직이는 사보(蛇步)다. 오기륭이 마주 앞으로 나서며 검격의 사정권 안으로 뛰어들었다.

쐐애액!

이번에는 연검을 기다리지도 않은 채 선공을 시도한다. 뽑혀 나가는 칼날, 발도각이다. 오기륭의 각인(脚刃)이 마건위의 정면으로 짓쳐들었다.

쉬익!

연검을 휘둘러 발도의 궤적을 망가뜨린다. 그러면서 가볍게 뒤로 물러나는 마건위다. 간발의 차이도 아니었다. 허공을 가르는 발끝을 여유롭게 피해낸다. 마건위가 비웃음 섞인 목소리로 말했다.

"닿지 않는다 말하지 않았었나?"

조롱이다. 이것도 어쩔 때는 싸움에 있어 훌륭한 무기가 된다.

그러나 오기륭은 조금도 흔들리지 않았다. 그가 두 눈을 빛내며 대답했다.

"그런가. 그렇다면 이건 어떨까."

오기륭의 발이 땅을 찍었다.

앞으로 쇄도하며 몸 전체를 휘돌린다. 그것을 보는 마건위는 연검을 휘두르지조차 않았다. 얼마든지 피해줄 수 있음을 과시하듯, 물 흐르는 듯한 보법을 구사하며 각법의 공격 범위 바깥으로 벗어나고 있었다.

그때였다.

터엉! 파아앙!

마건위는 보았다.

발끝이 쭉 늘어나며 짓쳐드는 것을.

무지막지한 경풍이 그 발끝에 담겨 있었다. 크게 놀란 마건위가 황급히 몸을 숙였다. 찌릿찌릿하게 온몸을 울려오는 경력이 머리의 바로 위쪽을 스쳐 지나갔다.

'대체 무슨……!'

어렵사리 피해내긴 했지만, 간담이 서늘한 일격이었다.

“아깝군. 역시 아직은 조절이 힘들어.”

차분한 목소리였다.

오기룡의 여유는 처음부터 지금까지 변함이 없었다. 마건위의 두 눈에 깃들었던 득의의 빛이 삽시간에 사라져 갔다.

“계속하지. 덤벼라.”

오기룡은 손짓까지 했다.

마건위의 눈썹이 꿈틀 치켜 올라갔다.

연검을 비껴 쥐며 내력을 끌어올리고는 사나운 기세로 달려들었다. 독이 오를 대로 오른 뱀이었다.

쐐새색!

일보 일보, 쏟아지는 검격을 누비는 오기룡의 움직임은 절묘함 그 자체였다. 예측할 수 없는 방향에서 찔러오는 검격조차도 완벽하게 피해내고 있다. 몇몇 공격은 순수한 반사 신경만으로 비껴내는 것 같았는데, 종이 한 장 차이에도 전혀 당황하는 법이 없었다.

“챠압!”

급기야 마건위의 입에서는 호통 소리와 같은 기합성이 터져 나오고 있었다. 훨씬 더 사납게 쳐들어오는 연검이다.

그 앞에서도 오기룡은 두려움이 없었다. 거칠게 뻗어오는 검격 안쪽으로 성큼 발을 내디뎠다. 그리고 회전하는 몸, 하늘로 올려진 발끝이 엄청난 힘을 품고서 내리 꽂혔다.

“흡!!”

마건위가 헛바람을 들이켰다.

뒤쪽으로 피해서는 안 된다. 마건위의 머릿속을 스쳐 간 생각이다. 옆으로 몸을 날려 땅바닥을 굴렀다. 아슬아슬한 순간, 마건위는 그 두 눈으로 거대한 참도(斬刀)의 환상을 보았다.

콰콰쾅!

내리찍은 발꿈치 앞쪽으로 거진 일 장에 이르는 땅바닥이 일직선으로 패여 있었다.

발끝이 늘어난다고 했던가.

발끝과 다리가 늘어나는 것이 아니었다. 각법의 범위가 늘어나는 것이다. 순정한 내력의 힘, 강력하게 응축된 경력으로 이루어내는 강력한 참격이었다.

“네놈은 설마……!”

오기륭이 돌아서서 다가온다.

마건위의 눈빛이 커다란 흔들림을 보였다.

‘들어본 적이 있다. 장풍과도 같은 각력(脚力), 족도일격 섬각(閃脚)을 구현한 자! 구룡보를 뒤흔들고 사천 땅을 벗어나 남천(南天)의 대지를 누비는 이름……!’

“불… 패… 신룡……!”

놀라움으로 꺼내놓는 이름이다.

단신으로 구룡보를 뛰쳐나왔다던 신룡의 무위에서부터, 사천 땅을 벗어나 운남으로 남하하고 있다는 불패의 소문까지.

현재 중원의 남쪽을 가장 소란스럽게 만들고 있는 자가 바로 이 남자다. 코앞에서 보게 되리라고는 상상조차 하지 못하던 자였다.

'어째서 이놈이 여기에……!'

마지막 일격을 준비하는 듯, 오기륭은 바로 앞에 멈춰 서고 있었다. 그를 바라보는 마건위의 머릿속에서 수많은 생각들이 교차되었다.

'불패신룡. 사천 땅, 늑대 놈은 생사필이라고 불렸었다. 불패신룡의 이름이 유명해졌던 때와 비슷한 시기였지. 사천, 그래……. 그런 것인가……!'

기억을 되짚어가는 마건위다.

그가 내린 결론은 진실에 한없이 가까운 것이었다.

"불패신룡, 늑대와는 처음부터 알고 지내던 사이였군!"

"그렇다. 그래서 이곳으로 왔지."

오기륭은 순순히 대답했다.

비슷한 때에 명성이 알려진 젊은 인재들, 허유와는 그렇게 만났다. 마건위가 이를 갈며 노기 어린 목소리를 내뱉었다.

"개처럼 꼬리를 말고서 도망친 곳이 고작 늑대 품이었다는 말이렷다! 기껏 부지한 명을 재촉하고 싶지 않다면 엉뚱한 데 끼어들지 않는 편이 좋을 것이다!"

"도망친 개가 되었다 한들, 치졸한 도적 떼보다는 낫겠지."

오기륭은 도발에 넘어가지 않았다.

얄팍한 속임수조차도 피해가지 못했던 때와는 전혀 다른 모습이다.

이것이 진짜 그다.

불패신룡의 진면목이었다.

"반드시 끝장을 봐야겠다는 뜻인가?"

마건위가 마지막으로 묻는다.

오른발을 앞으로 내딛는 오기룡, 그가 대답했다.

"어느 쪽이 끝장나게 될지는 잘 알고 있을 터."

한 발도 물러나지 않겠다는 뜻이다.

굳어진 눈매, 타오르는 분노의 늙은 뱀이 땅을 박차고 달려들었다. 불패신룡이 물러나지 않는 불패의 상징이다? 마건위 역시도 어지간해서는 물러나지 않는, 고집 센 늙은 뱀일 따름이었다.

'이크!'

수풀을 누비는 단운룡이다. 아슬아슬하게 스쳐 가는 화살들이 팽팽해진 긴장감을 더욱더 강하게 부추기고 있었다.

'저 갑옷……!'

적병들은 굉장히 빠르게 따라붙고 있었다. 우왕좌왕 크게 휘저어놓은 것은 사실이었으나, 그렇다고 안심하긴 일렀다. 대열을 갖춰서 쫓아오는 것이 꽤나 위협적이었다.

'우리가 가져온 갑옷이잖아.'

처음부터 눈에 익은 물건이라 생각했다. 갑옷만이 아니다. 머리 위의 붉은 모자들도 그렇다.

바로 저번 싸움에서 챙겨온 전리품들, 소마군 수색조 아이들이 회수해 왔던 물건들이 틀림없었다.

'마사충이었어. 적들의 갑옷과 모자를 중점적으로 가져오라 했던 것. 이건 그때부터 계획된 일인 거야.'

단운룡의 기억력은 실로 비상한 데가 있었다.

대산과 마사충이 처음으로 대치하는 것을 보았을 때.

마사충은 말했다. 소마군에게 전할 명령이 있다고.

그때 이야기 나왔던 것이 바로 원마왕 병사들의 갑옷과 모자들이다.

적들의 시체를 뒤지며 힘들게 얻어왔던 갑옷들이 고작 이런 일에 쓰이고 있다. 실망이다. 마사충의 아버지, 늙은 뱀 마건위에 대한 실망감이 단운룡의 머릿속을 스쳐 지나갔다.

쐐액! 쐐애액!

간간이 날아오는 화살을 민첩한 몸놀림으로 피해냈다. 쏘아내는 적들의 화살도 본 적이 있는 화살들이다. 따라오는 적들의 움직임이 익숙한 것도 다른 이유가 아니었다.

이들은 원나라 병사들의 갑옷을 입고 있지만, 그 속에 있는 것은 오원의 전사들이라는 말이다. 마건위의 병사들, 경포족의 어른들이었다.

‘저 사람들 얼굴을 이제 어떻게 보지?’

쓸데없는 걱정이라기엔 상당히 현실적인 데가 있었다.

복면을 하고 있다고는 해도, 정체가 드러나기까지는 오래 걸리지 않을 터이다. 마건위도, 쫓아오는 오원의 전사들도 온전히 바보들은 아닌 까닭이었다.

‘죽는 사람이 없어야 되는데.’

문제는 힘껏 던져 냈던 돌멩이들이다.

나름대로 조심해서 던지긴 했지만, 단운룡이 던진 돌을 맞고 다친 사람도, 기절한 사람도 있는 상황이다. 재수없게 죽는 사람이 나오지 않기만을 바라야 할 판이었다.

‘던지는 건 그만 해야겠어. 일단 시간을 끌자.’

죽는 것은 최악, 크게 다치는 사람만 나와도 곤란하기 그지없다.

돌을 던지는 것은 상당히 효과적인 방법이었지만, 노리는 곳에만 정확하게 맞추는 것도 쉬운 일은 아니다. 조금이라도 빗나간 것이 어쩌다 급소에라도 맞을 경우에는 그야말로 돌이킬 수 없는 사태가 발생할 수도 있었다. 그런 것은 단운룡으로서도 아직은 조절할 방도가 없기 때문이었다.

‘아저씨는 잘하고 있겠지?’

단운룡에게 있어 몸을 피한다는 것은 이제 너무나도 숙달된 일상이 되어 있었다.

주변 정황을 살피면서도 전혀 흐트러지지 않는다.

원래부터 뛰어난 움직임을 지녔었지만, 그새 또 늘었다는 뜻이다. 중간중간 구결이 누락되어 있는 신법에는 운남의 숲, 밀림의 이동법이 채워져 있었다. 나무 하나를 타 넘으면서 오기륭이 있는 방향을 돌아보았다. 마건위에 맞서 접전을 벌이고 있는 모습이 시야 한쪽에 비쳐들었다.

'오! 굉장한걸!'

상황이 이렇지만 않았다면 그 앞에서 유심히 구경하고 있었을 광경이었다. 얼핏 보기에도 놀라운 무공들이다. 각법과 연검이 난무하는데, 눈 좋은 단운룡으로서도 동작 하나하나를 분간하기가 어려울 정도였다.

'저게 진짜구나! 진짜 발도각이야!'

안타깝기 짝이 없는 순간이었다.

저런 무공을 보기는 쉬운 일이 아니다. 지금이 아니라면 언제 볼 수 있을지 알 수 없다는 예감이 있었기에, 더욱더 커져버린 안타까움이었다.

쐐새새색! 파바박!

몇 개의 화살들이 한꺼번에 날아와 나무줄기 곳곳에 박혀들었다. 바로 근처의 나무 둥지에 박혀 부르르 떨고 있는 화살대를 보고 있자니, 이번에는 제법 위험했다는 생각이 스쳐갔다. 아무래도 다른 데다 정신을 팔기는 어려운 상황 같았다.

'저걸 봤어야 되는데……!'

고개를 돌리고 몸을 날려도 계속 떠오르는 광경이다. 충만한 내력으로 펼쳐 내는 발도각의 단편이 머릿속에서 지워지질 않았다. 불패신룡의 참모습, 그가 펼치는 각법들의 참모습이 바로 저편에 있었다.

쐐액!

자꾸만 날아오는 화살들 때문이다. 계속 따라오는 오원 전사들 때문이다. 보고 싶은 것을 보지 못하니, 은근슬쩍 화가 치밀어 올랐다. 머리를 숙여 날아드는 화살을 피하고 급격하게 방향을 틀었다. 날아들던 화살들이 빗나가며 풀숲 너머로 사라져 버렸다.

'자꾸 쏘지 말란 말야.'

몸을 돌린 단운룡은 거침이 없었다.

뿌리에 얽힌 바위 하나를 박차고, 나무줄기에 걸린 넝쿨들을 잡아챘다. 휘감겨 드는 넝쿨들의 탄력을 받아 몸을 날린다. 따라오던 적들, 원나라 병사들의 갑옷을 입은 오원의 전사들의 얼굴이 빠르게 확대되었다.

촤아악! 텅!

미끄러져 달려간 단운룡의 속도는 실로 대단했다. 몸집이 작으니, 실제보다 훨씬 더 빨라 보인다. 덤벼들 듯 뛰쳐드는 기세에 당황해 버린 병사들이다.

'여기서……!'

병사들의 바로 앞까지 달려든 단운룡.

'꺾는다!'

한순간에 발을 바꿔 바로 옆의 풀숲으로 쏘아져 들어갔다. 직접 싸울 생각이 없었으면서도 덤벼드는 척, 병사들을 농락한 것이다.

'화살은 그만 쏴. 그거 다 결국은 우리가 손질한 화살이니까.'

단운룡은 멀리 가지 않았다.

빠른 몸놀림으로 손만 뻗으면 잡힐 만한 범위를 맴돌며, 근거리를 유지했다.

스스로 뜻하는 바, 그대로 만들어 나간다.

그것만으로도 이미 달인이라 부를 수 있을까. 짧은 생, 오직 생존의 비결만을 따라왔던 아이가 보여줄 수 있는 최상의 재능이었다.

"잡아!"

"그쪽이다!"

칼을 휘두르기엔 멀고, 화살을 쏘기엔 가까운 거리였다.

단운룡은 열 명이 넘는 오원의 전사들을 꽁무니에 매달고서도 용케 잡히지를 않았다. 시간을 끌겠다는 의도만큼은 제대로 실현시키고 있었다.

"놈은 하나다! 다 따라가지 마! 그놈 쫓는 데 힘을 낭비하지 마라!"

“마차 쪽이 빈다. 마차 쪽을 지원해!”

“이놈은 우리 셋이 맡겠다!”

오원의 전사들은 미련하지 않았다.

단운룡을 잡는 것이 쉽지 않다는 사실을 깨달은 그들.

그럴 바엔 전부 다 달려들어 보았자 오히려 큰 의미가 없다고 할 수 있다. 상대는 기껏해야 어린아이 하나다. 두 명이든 세 명이든 바짝 쫓아가면서 함부로 날뛰지 못하도록 막는 것만으로 충분했다. 나머지는 진짜 목표인 강건청을 노리는 편이 옳았다.

‘확실히……!’

단운룡은 내심 감탄을 금치 못했다.

좋은 판단이었다.

여기서 모두가 단운룡을 따라오는 것은 분명 멍청한 짓이다. 하지만 경황이 없는 와중에서는 누구라도 그런 멍청함에 빠질 수 있는 법이다. 거기에 빠지지 않고 냉정한 선택을 한다는 것은 확실히 대단한 일이라 봐야 했다.

‘그대로 당해줄 수는 없지.’

오원 전사들의 대응은 나쁘지 않았지만, 그런 것에 당황할 단운룡이 아니었다. 나무를 박차며 몸을 날린 단운룡이 공중에서 몸을 돌렸다. 뒤따라오는 오원 전사들의 얼굴들이 똑똑히 보였다.

‘고작 셋……!’

열 명이라면 이길 수 없다. 잠시도 버티기 힘들 것이다. 그렇지만 따라붙은 자들은 셋뿐이다. 단운룡의 눈이 번뜩이는 광채를 띠었다.

'너무 얕본 것 아냐?'

방향을 돌린 그대로.

단운룡의 몸이 오원 전사들을 향해 뻗어나갔다.

갑작스레 달려들지만, 오원 전사들은 놀라지 않았다. 바로 조금 전에 당한 것이 있었기 때문이다.

"양쪽으로 퍼져 있어! 옆으로 튈 거야!"

"이번엔 놓치지 않는다! 이놈!"

달려들다가 꺾어서 도망칠 것으로 생각한 그들이다. 세 명이 양 측면으로 넓게 벌리며 대형을 갖추었다. 어느 쪽으로 뛰어들든 곧바로 잡아채겠다는 의지가 절로 전해져 왔다.

"온다!"

"왼쪽이다!"

전사들 둘이 외쳤다. 옆으로 기울어지는 단운룡의 몸놀림을 본 직후에 발한 경호성이었다. 달려드는 단운룡, 작은 발이 땅을 박찼다.

'그런 게……'

오원 전사들은 틀렸다.

단운룡은 옆으로 몸을 돌렸지만, 그쪽으로 뛰어가지 않았다. 옆으로 돌린 허리, 발끝이 허공을 가른다.

‘아니라구!’

빠악! 왼쪽도, 오른쪽도 아니다.

중앙이다.

중앙에 있었던 전사의 몸이 한쪽으로 크게 휘청였다. 단운 룡의 작은 발이 그 옆구리에 깨끗이 박혀든 것이다.

“커억!”

‘무슨 꼬마가 이런……!’

입에서는 신음 소리가, 머릿속에서는 경악의 감정이 내뱉 어진다. 굉장한 충격이다. 갑옷을 입었음에도 강렬한 고통이 타고 올라온다.

“……!!”

덜컥!

고통을 느낄 수 있었던 것은 잠깐이었다. 옆구리를 감싸 쥔 전사의 고개가 턱부터 뒤쪽으로 젖혀 올라갔다. 머리 전체를 뒤흔드는 충격이다. 날아가는 붉은 모자가 보이고, 이어 하얗 게 번뜩인 눈앞으로 어둠이 찾아들었다. 의식이 날아간 것이 다.

‘쓸 만하잖아!’

전사의 몸이 땅으로 쓰러지고 있었다.

턱을 가격했던 일격.

그것은 발이 아니었다. 손바닥, 처음으로 내쳐 본 장법의 손맛은 발끝에 걸리는 각법의 타격감보다도 강렬한 데가 있었다.

'다음……!'

단운룡은 곧바로 움직였다.

한 명이 그대로 쓰러져 버리는 서슬에 놀라 버린 전사들이 보였다. 둘 중에 더 굳어진 자, 단운룡은 본능적으로 한쪽을 향해 몸을 날렸다. 땅을 휩쓸어가는 단파각이다. 당황한 전사가 급히 땅바닥에서 뛰어오르며 단운룡의 발끝을 피했다.

'여기서, 이렇게였던가?'

이번에도 발이 아니다.

손이 움직이고 있다. 꺾여서 후려치는 손.

뛰어올랐던 전사의 허벅지가 단운룡의 손바닥에 걸렸다.

파아앙!

아래쪽을 휩쓴 충격이다.

전사의 몸이 균형을 잃은 것은 순간이었다. 그 순간을 틈타 이번에는 아래쪽 발끝이 움직였다. 내차기 어렵다던 승천각이다. 한 치도 어긋나지 않는 투로를 따라 위쪽으로 올라갔다.

뻐억!

전사의 몸이 떨어졌다. 땅바닥을 굴러 몸을 재빨리 일으키지만 만면에는 낭패한 기색이 가득했다.

'손이 안 좋았어. 승천각은 괜찮았지만.'

상대가 곧바로 일어날 수 있었던 이유다.

승천각은 완벽했으나, 그전에 썼던 것이 문제다. 손바닥으로 써본 기술이 제대로 들어가지 않았던 까닭이었다.

'끝냈어야 했는데!'

이를 악물고 몸을 가누는 전사가 앞에 있다. 뒤에서 달려드는 전사도 한 명 더 있었다.

'조심!!'

단운룡이 측면으로 몸을 던졌다.

각법으로 해결을 볼 걸 그랬다. 새롭게 본 기술들이 무척이나 대단해 보였기에 어쩔 수가 없었다. 시험해 보고픈 마음을 억누를 수가 없었던 것이다.

'그래도 처음 해본 것치고는 나쁘지 않았지?'

커다란 어른 두 명이 덤벼드는 데도 단운룡의 얼굴에선 긴장감이란 것을 조금도 찾아볼 수가 없었다. 단운룡의 몸이 가볍게 움직였다. 오원 전사의 몸놀림 같기도 하고, 오기륭의 몸놀림 같기도 한, 묘한 움직임이었다.

파앙!

그 묘한 움직임에 또 하나의 움직임이 섞여든다.

발을 밟고, 손을 내뻗었다. 키가 작으니 위쪽으로 내쳐도 전사들의 옆구리 높이였지만, 그렇기에 오히려 막기가 힘들다. 복부 언저리를 얻어맞은 전사 한 명이 뒤쪽으로 물러났다. 단운룡의 눈에 흡족함이 깃들었다.

'이번에는 제대로야. 아까 그 아저씨 거랑 거의 똑같았어.'

손바닥 전체로 느껴지는 얼얼함은 나쁘지 않았다. 나쁘지 않은 정도가 아니라 상당히 마음에 든다. 완벽하게 들어갔을 때는 더 그렇다. 각법이 제대로 들어갔을 순간과 우열을 가리지 못할 만큼 기분이 좋았다.

"이놈!!"

물러났던 전사가 분노의 외침을 터뜨리며 달려들었다. 어린아이 하나 어쩌지 못한다는 사실에 화가 치민 모양이었다.

팡! 파팡!

'발보다 빨라. 잘 쓰면 굉장히 좋겠는걸.'

각법만 쓰려고 했지만, 자꾸만 손이 나가고 있었다.

단운룡의 몸이 경쾌하게 움직였다. 손을 쓰려면 땅을 찍는 움직임보다 그쪽이 훨씬 편하다. 가득이나 가볍고 작은 몸, 전사들은 따라오지 못했다.

쐐액!

'이크!'

덤벼오던 전사들은 이제 칼까지 휘두르고 있었다. 하지만 단운룡은 두려워하지 않았다. 뒤로 물러나는 듯하면서 휘둘러 오는 칼의 안쪽으로 뛰어든다. 단운룡의 머릿속에 아까 보았던 인상적인 장면들이 겹쳐졌다.

'손을 왼쪽으로. 칼자루 잡은 손목을 노린다. 여기서, 올려 치면!'

단운룡의 작은 손이 기이한 궤도를 타고 올랐다. 펴지는 손바닥에 칼을 쥔 전사의 손목이 닿는다. 힘껏 밀어내는 손끝에 칼을 쥔 전사의 팔이 통째로 튕겨 나갔다.

'다음은 발도각!'

아까 그 사람은 그 다음에도 장법을 썼다.

하지만 단운룡의 손은 닿지 않는다. 아까 보았던 팔보다 거리가 짧은 까닭이었다.

빠악!

그래도 통하기는 마찬가지다.

상대의 허벅지가 한쪽으로 밀린다. 용케 부러지진 않았지만 서 있을 수 없는 충격이었다. 전사의 몸이 한쪽으로 급격하게 허물어졌다.

"이 꼬마 놈!"

다리를 부여잡고 땅바닥을 뒹구는 전사다. 마지막 남은 전사가 칼을 겨누며 놀라움의 외침을 터뜨렸다.

"저놈 제자냐?"

전사가 한쪽으로 고갯짓을 한다.

오기룡 쪽이 있는 방향이 아니다.

반대편.

마차가 있는 쪽이다. 강건청이 있는 방향이었다.

'제자냐고? 당연히 아니지. 오늘 처음 본 사람이야.'

단운룡은 속으로만 대답했다.

입을 열 때가 아니었다. 그뿐이 아니다. 너무 급하게 움직여서 복면이 벗겨지게 생겼다. 손을 올려 복면 끝을 다시 한 번 동여맸다.

'하기야…… 착각도 할 만해.'

바보 같은 질문은 아니다. 전사의 눈은 틀리지 않았다.

간간이 비슷한 몸놀림을 보인다. 비슷한 무공을 쓰고 있다.

누구라도 제자라 물어볼 수 있는 것이다.

'이 무공, 이름이 뭘까?'

그렇다.

단운룡이 쓰는 손기술은 다른 것이 아니었다.

바로 강건청이 펼쳤던 금선장이다. 강건청이 오원 전사들과 싸우며 펼쳤던 것을 보고서 직접 따라 해본 것이다.

'더 봤어야 했는데.'

단운룡이 이곳에 도착한 것은 광동천노 곽경무가 쓰러졌을 때 즈음이다. 그때부터 단운룡이 나서기까지. 단운룡은 강건청의 무공에 정신이 팔려 있었다. 강건청이 옆구리까지 다쳐 가면서 밀리고 있을 때에도 곧바로 나서지 않았던 것도 그래서다. 먼저 왔음에도 무공 구경에 손을 쓰지 못하고 있었던 것이다.

도착하자마자 나서지 않았던 이유에는 물론 다른 것도 있었다.

그것은 다름 아닌 독 때문이다.

오기륭과 단운룡이 이곳에 와서 가장 먼저 보았던 것은 쓰러져 신음하고 있는 일꾼들과 한눈에 보기에도 제 기량을 펴지 못하는 두 고수의 모습이었다.

망설임 따위는 없었다. 오기륭이 마건위를 맡기로 하고, 단운룡이 강건청을 도와주기로 한 것은 그야말로 순간에 내려진 결정이다. 단운룡이 돌을 던져 마건위의 연검을 막은 직후, 오기륭은 곧바로 마건위에게 뛰어들었고, 단운룡은 다시 몸을 돌려 마차 쪽으로 향했다. 그리고 한 가지를 더 확인했다. 일꾼들뿐 아니라 마차를 끌고 있었던 말들까지 다리를 꺾고 있다는 사실을 말이다.

중독이 걱정될 수밖에 없었던 것은 당연한 일이다. 함부로 달려들지 못하고 있을 때, 강건청의 외침이 들렸다. 독이 전부 다 날아갔다고.

그때 나서려 했다. 하지만 한 초식만 더, 한 초식만 더, 라고 속으로 되뇌이며 강건청을 보고 있었던 것이 발목을 잡았다. 정말 위급한 상황에 이르러서야 움직이게 된 것은 바로 그래서였던 것이다.

'아까웠어. 정말로.'

만족을 모르는 단운룡이었다. 무공의 세계, 그 어떤 것이라도 삼켜 버리고 싶다는 무욕(武慾)의 시발점이라 할 수 있었다.

"어린 놈 같지만 어쩔 수가 없다! 나를 원망하지 말고 네 사부를 원망하거라!"

　오원 전사는 아직도 착각을 그치지 않고 있었다. 휘둘러 오는 칼끝이 눈앞을 어지럽혔다. 단운룡의 몸이 뒤쪽으로 훌쩍 물러났다.

　'원망하기엔 너무 무디잖아!'

　착각도 착각이겠지만, 그보다는 망설임이 더 크다. 휘두르는 일격에는 분노가 담겨 있되 살을 에는 살기까진 깃들어 있지 않았다. 제아무리 사나운 전사라 해도, 어린아이에게 칼을 휘두르는 것만큼은 마음대로 되지 않는 모양이었다.

　'타가의 기병들하고는 달라, 확실히!'

　기병들에게는 정말 죽을 뻔했다.

　목줄기를 잡혔을 때는 실로 보통 위험했던 것이 아니다. 죽어버렸다 해도 이상하지 않았던 순간이었다. 이들과 싸우는 것에는 그때와 같은 긴장감이 없다. 같은 오원 사람들이라 그런지도 몰랐다.

　'여기서 이럴 것이 아니라…….'

　단운룡은 이 마지막 전사와 굳이 승부를 낼 필요를 느끼지 못했다. 전사이긴 하나 온화한 얼굴, 아창족은 확실히 아니다. 쉽게 말을 걸어오는 것으로 보아 포랑족도 아니다. 경포족이라 보기엔 대가 약하니 납서나 화니다. 잔인한 싸움에는 어울리지 않는 전사였다.

　'마차 쪽으로 돌아가야 되겠어.'

단운룡은 치고 들어가는 척하다가 재빨리 몸을 돌렸다. 강건청 쪽으로 우르르 몰려갔으니, 가만 놔두었다가는 고전을 면치 못할 터였다.

타타탁!

몸을 돌린 그대로 빠르게 앞을 향해 달려나갔다. 뒤에서 오원 전사의 외침이 커다랗게 들려왔다.

"네 이놈!!"

잠깐 동안 뒤따라오는 기척이 느껴지는 것 같더니, 어느 순간부터 더 이상 쫓아오질 않는다. 쓰러진 다른 두 사람을 살피기 위해 돌아가는 모양이었다.

'이쪽이었지.'

이리저리 뛰어다니다 보니, 꽤나 먼 곳까지 와버렸다. 방향을 새로 잡아서 힘껏 몸을 날렸다. 서둘러야 할 것 같은 예감 때문이다. 짧은 시간, 좁은 공간 안에서도 움직이고 변화해 온 싸움이다. 다시금 닥쳐온 위험의 예감이었다.

'힘들군.'

강건청은 지쳐 가고 있는 육신을 그 어느 때보다 강하게 느끼고 있었다. 출혈이 커서 그런지 자꾸만 눈앞이 어두워진다. 치밀어 올라와 근육을 마비시키려 하는 독기마저도 점점 더 제어하기가 힘들어지고 있었다.

'숫자까지 늘어나고 있다.'

강건청은 힘을 더 냈다.

끝까지 남아 있던 세 명 중 두 명을 쓰러뜨렸다. 마지막으로 한 놈만이 남아서 칼을 겨눠오고 있을 때다. 수풀로부터 다섯 명의 적병이 더 뛰어나오고 있었다. 아까 그 꼬마 아이가 휩쓸고 갔던 궁병들이었다.

'하지만 괜찮아. 화살보단 칼이 좋다. 조금만 버티면 돼.'

궁병으로 화살을 쏘아대는 것이 훨씬 더 무섭다. 강건청 혼자이면 모르되, 일꾼들이 맞아서는 곤란하기 때문이다. 칼을 휘둘러 오는 것이 훨씬 더 상대하기가 편했다.

'막자! 다 끝났어!'

적들이 달려들고 있었다.

강건청의 발이 앞으로 나아갔다. 펄럭이는 비단옷 소매에 금선장의 부드러운 바람이 머물렀다. 갑옷을 치고 적병의 몸을 통째로 튕겨낸다. 그의 몸이 더 앞으로 나아갔다.

'둘!'

금선장. 금선신장.

천룡회 좌호법, 금선신군(金仙神君)의 절기다. 본래부터 무공에 큰 뜻을 두지 않았던 터라 세상을 질타하던 금선신군의 무위를 그대로 재현할 수는 없었다지만, 그 안에 잠재되어 있는 힘은 결코 약한 것이 아니었다. 그와 같은 상승무공들은 펼치는 자가 한계 상황에 이르렀을 때 더욱더 그 진가를 발휘하는 법, 강건청은 휩쓸어 나가는 연환장으로 단숨에 네 명을 물리치는 맹위를 선보였다.

'호흡을 골라야……!'

이번 싸움에서 가장 훌륭한 무공을 보여준 강건청이다. 무리를 했으면 곧바로 힘을 비축해야 하게 마련, 강건청이 급하게 뒤로 물러나며 가슴 깊이 숨을 들이켰다.

'역시나 곧바로 쳐들어오는군!'

동료들이 순식간에 쓰러지고 있음에도 적병들을 크게 동요하지 않는 것 같았다. 도리어 더 험한 기세로 짓쳐들 뿐이다. 한계 상황에 몰릴수록 기운을 낸다는 것은 이들에게도 똑같이 적용되는 이야기인 모양이었다.

파아앙! 스각!

큰 움직임을 보인 직후였던 만큼, 투로를 정교하게 밟아나가는 데 어려움이 느껴졌다. 일장을 내치는 와중에 왼팔 상박으로 일도(一刀)를 허용하고 말았다. 깊지는 않은 상처였지만, 타는 듯한 고통은 옆구리의 상처와 별반 다를 것도 없었다.

'이제 둘, 아니, 넷!'

두 명 남았다고 생각했다.

아니다. 수풀 쪽에서 두 명이 더 모습을 드러내고 있었다. 얼마나 더 올지는 모르지만, 얼마 남지 않은 것만큼은 틀림이 없다. 강건청이 이를 악물고 앞으로 달려나갔다. 크게 지쳤으되 지치지 않아 보이는 모습. 적병들의 얼굴이 굳어지고 있었다.

파박! 파앙!

오른발을 앞으로 두고, 뒤편 아래에서부터 쳐올리는 일장이다. 장쾌한 동작, 뿜어지는 경풍도 거침이 없었다. 대경하여 물러나는 적들 사이로 강건청의 신형이 기쾌한 움직임을 보였다. 부드러움에서 빠름으로, 유와 강의 구결을 동시에 보유한 보법이었다.

'힘들다……'

일장을 휘둘러 적병 하나를 수풀 쪽으로 밀어붙인 후, 몸을 휘돌려 다른 적에게 일장을 가했다. 연신 뒷걸음을 치는 적들이다. 힘과 기세에 눌려 버린 적병들, 아니, 오원의 전사들이었다. 더 이상 강건청에게 함부로 뛰어들지 못한 채 만도들을 몸 앞으로 세우고는, 닥쳐드는 장력을 방어하는 데 급급한 모습들을 보여주고 있었다.

'이제 그만 끝내자!'

마음속의 외침처럼.

강건청은 이 싸움을 빨리 끝내고 싶었지만, 적들이 방어를 굳혀 버리니 그것도 쉽지가 않았다. 이제 네댓 명 남은 상황에서 고착되어 버린 전황. 강건청이 뒤편으로 몸을 날려 호흡을 골랐다. 물러선 후 힘을 모아 한꺼번에 끝내려는 의도였다.

쐐애액!

'엇!'

거리를 두고 물러났다?

아무리 힘을 모으려고 했다지만, 그것은 결코 좋은 선택이 되질 못했다. 살벌한 파공음이 장내를 가른다. 강건청이 급히 몸을 돌리며 상체를 뒤로 뺐다.

좌악!

스치고 지나갔을 뿐임에도 비단옷 자락이 찢겨 나가 버렸다. 빗나가 저편의 나무에 꽂히는데 박혀드는 깊이가 만만치 않았다.

'내력이 담긴 화살?'

강건청의 눈이 불길함으로 가득 찼다. 고개를 돌려 화살이 날아든 방향을 확인했다. 그러나 그쪽에는 아무것도 없다. 다른 방향, 그사이에 이동하면서 화살을 날려오고 있다. 파공음 두 개가 한꺼번에 뒤섞이며 들려왔다.

'피할 수가……!'

전혀 예상치 못했던 공격에 반응이 늦었다. 연환으로 들어오는 두 발, 한 발은 피할 수 있었지만 또 한 발은 피하지 못했다. 피할 수 없다는 것을 직감한 순간, 어깨를 들이대고 내력을 집중했다. 어차피 맞을 수밖에 없는 것이라면 피해를 최소화하는 쪽을 택한 것이다.

푸욱!

"크억!"

강건청의 입에서 거친 신음성이 터져 나왔다. 두 눈이 번쩍 뜨일 정도의 고통이었다.

하지만 그 순간 강건청에겐 화살이 박혀드는 충격보다 더한 충격이 있었다.

강건청의 정신을 번쩍 일깨우는 것, 그것은 하나뿐인 딸아이의 비명성이었다.

"아빠!!"

강건청의 고개가 마차 쪽으로 급히 돌아갔다.

어느새 열려 있는 마차의 문.

딸아이의 얼굴이 그 안에 있다. 아비가 화살 맞는 것을 보고 깜짝 놀란 표정이 거기에 있었다.

"안 돼! 들어가!"

쐐액! 퍼어억!

강건청의 허리가 크게 꺾였다. 오른쪽 등허리, 화살 하나가 깊게 박혀들어 있었다. 강설영의 찢어지는 비명 소리가 다시 한 번 마차 앞을 울렸다.

"아빠!"

마차문이 덜컥 열리고, 조그만 그림자가 뛰어나왔다. 잔뜩 덮여 있던 옷자락을 내팽개치며 뛰어오는 어린 소녀의 발길은 그 나이의 다른 아이들보다 훨씬 빨랐다.

"나오면 안 돼. 이 무슨……!"

달려온 강설영이 제 아버지의 옆에 이른 것은 순식간이었다. 그런 딸아이를 내려다보는 강건청이다. 강설영이 울먹이는 목소리로 그 작은 입술을 움직이고 있었다.

"아빠, 이걸 어떻게 해! 막 피가 나!"

이 상황을 잊어버리기라도 한 것일까.

아니면 모든 것을 포기해 버린 것일까.

다급함으로 가득 찼던 얼굴에 자상한 표정이 깃든다. 그가 나직한 목소리로 말했다.

"아빠는 괜찮다. 한데 너는… 중독되지 않은 것이냐?"

"그런 건 몰라. 아빠, 여기 피! 피가 계속 난단 말야!"

뜨겁게 흘러내리는 붉은 피.

그것이 무섭지도 않은 모양이다. 머리 위까지 손을 들어 제 아비의 옆구리를 부여잡는 강설영이다. 어린 소녀의 손이 삽시간에 피로 물들었다.

'천룡… 무제신기라는 것인가……!'

강건청은 그 순간 자신도 모르게 웃음을 짓고 말았다.

천룡무제신기.

강설영은 중독되지 않았다.

곽경무는 제대로 된 입문이라 이야기했다. 그것으로 만불독침이다. 겨우 기감을 느낄 정도의 운공(運功)만으로도 이정도 강력한 독기를 막아내 버린 것이다. 허탈하다고 해야 할지, 기특하다고 해야 할지 알 수가 없는 웃음이었다.

"보면 알겠지. 목숨을 빼앗을 요량이 아니라면, 그만 모습을 보이거라! 이쪽은 더 이상 싸울 수가 없다!"

적들 중에 고수는 단 한 명뿐인 줄 알았다.

두고 보면 얼마나 안이한 생각이었을까.

마지막 순간까지 나서지 않은 자. 교활한 자다.

그 얼굴을 보고 싶었다. 누군지 확인하고 싶었다.

"나오지 않을 것인가? 결국 우리를 죽이겠다는 뜻이냐?"

하지만 대답은 없다.

나타나는 이도 없었다. 고함을 내지르던 강건청이다. 강건청은 순간 뭔가 이상하다는 사실을 깨닫고 말았다. 적병들의 반응 때문이었다. 적병들마저도 서로를 돌아보며 두리번거리는 중이다. 그들조차도 이 화살이 어디에서 날아왔는지 의아하게 생각하고 있는 듯한 기색이었다.

'이들조차도 예상하지 못했다? 그럴 리가……!'

생각이 잘 이어지질 않았다.

화살이 꽂힌 곳, 칼에 베인 곳.

타는 듯한 고통들이 앞 다투어 등줄기를 타고 오른다. 흔들리는 몸, 떨리는 발을 억지로 붙잡아 맸다. 작기만 한 딸, 딸아이를 앞에 두고 쓰러질 수는 없기 때문이었다.

"아빠 등 뒤로 와라. 우리 설영이에겐 손끝 하나 못 대도록 이 아빠가 막아주마."

"하지만 아빠……!"

"아빠 말 들어, 어서!!"

호통을 내지르는 아버지의 마음은 적들에게 당한 상처보

다 더 큰 아픔이다. 강설영을 뒤쪽으로 돌려 세운 후, 자세를 잡았다. 손을 내밀고, 실낱같은 내공을 쥐어짠다. 독기와 출혈에 휩쓸려 언제 끊어질지 모르는 내공이었다.

'오는가……'

서로 눈빛들을 교환한 적병들이 한발한발 칼을 겨누며 다가오기 시작했다. 어차피 싸울 수도 없는 것, 그만 얌전히 잡혀주면 어떻겠냐 말하고 있는 것 같았다.

'이렇게 된 이상, 끝까지 싸우라는 이야기로군. 그렇다면!!'

먼저 공격한다.

강건청은 선공을 생각했다.

화살을 내쏘았던 고수가 왜 직접 나서지 않는지는 알 수가 없다. 하나, 정말로 나서지 않는다면 이것은 또 하나의 기회다. 적들을 돌파할 수 있을지도 몰랐다.

'할 수 있어!'

강건청이 땅을 박찼다. 가장 앞에 있는 적병을 향해서다. 빠르게 쇄도하여 오른쪽을 노린다. 그의 손에서 금선장의 일초가 펼쳐졌다.

파앙!

기습적인 공격에 어깨를 얻어맞은 적병이 휘청 옆으로 밀려났다. 하지만 다음 순간 강건청은 얼굴을 크게 굳힐 수밖에 없었다. 그의 눈에 믿을 수 없다는 기색이 가득 찼다.

'이런……!'

힘이 들어가질 않았다.

장력을 정통으로 받아내고도 두 발 옆으로 밀려났을 뿐, 금세 몸을 바로 세우고 칼을 휘둘러 온다. 고갈된 힘, 장력의 위력이 솜털처럼 가벼워져 있었던 것이다.

"큭!"

몸을 숙여 피하는 것만으로도 무지막지한 고통이었다.

등줄기, 어깨 어느 곳 할 것이 없다. 뜨겁기도 하고 예리하기도 한 통증들이 온몸을 휩쓸었다.

'죽는가, 사는가.'

뒤로 물러나는 강건청의 눈에는 이승과 저승의 경계가 보이는 듯했다. 그래도 딸만큼은 살려야 한다. 뒷걸음을 치면서 어떻게든 강설영의 앞쪽을 막아보았다.

그런 강건청.

그의 귀로 또 한 번의 파공성이 파고들었다. 저승으로의 길을 재촉하는 소리 같았다.

쐐애애애액!

강건청은 두 눈을 질끈 감았다.

발끝은 땅에 붙인 채.

죽게 되어도 딸의 방패로 죽겠다는 마음이었다.

빠악!

묵직한 타격음이 귓전을 파고든다.

"……?!"

타격음.

뭔가 이상했다.

화살이 살을 파고드는 소리가 아니었기 때문이다. 무엇보다 놀라웠던 것은 그것이 강건청 자신의 몸에서 터져 나온 것이 아니라는 사실이었다.

타타타탁!

땅을 달려오는 경쾌한 발소리도 있었다.

눈을 뜬 강건청의 앞으로 훌쩍 나타나는 자그마한 그림자가 있었다. 빠르게 휘돌아가면서 올려 차는 발이 보인다. 조그만 신체에 짧은 다리였지만, 밟아나가는 투로만큼은 훌륭하기 그지없었다.

퍼어억!

허벅지에 꽂아 넣은 일격이다.

그다지 강한 힘이 실려 있지는 않았지만, 충격을 주는 각도가 절묘하기 짝이 없었다. 휘청 꺾이는 무릎 위로 작은 그림자가 번쩍 솟구쳐 올랐다.

뻐억!

강건청은 그 발끝에서 날카로운 소도(小刀)를 보았다.

짧지만, 그래서 더 예리하게 느껴지는 소도다. 적병, 오원 전사의 뒷머리를 정확하게 가격한 일격에 단단한 체구의 전사가 풀썩 쓰러지고 말았다.

'이 아이는!!'

믿을 수가 없다.

힘도 속도도 부족하다. 체구가 작으니 어떤 일격에도 무게가 실리지 못한다.

그럼에도 불구하고 용케 상대를 쓰러뜨리고 있다.

그것이 가능한 이유는 오직 요령.

작은 힘, 작은 손발을 일점으로 정확하게 맞춤으로써 체구의 한계를 완벽하게 극복하고 있었다.

'게다가 저 움직임!'

강건청의 눈빛은 그저 감탄의 연속일 뿐이었다.

적병의 몸을 가볍게 돌아나가는데, 그 움직임이 또한 기가 막힌다. 쓰러지는 적병의 신체를 이용하여 다음 적병의 사각으로 절묘하게 파고든 것이다.

빠악!

정강이를 노리며 내차는 각법도 놀랍다. 키가 작다는, 몸이 작다는 단점을 도리어 장점으로 바꾼 공격이다. 겪어보지 못한 공격에는 그 어떤 누구라도 대응하기 어려운 바, 그처럼 타점이 낮은 각법은 누구라도 상대해 본 적이 없을 것이다. 게다가 그것은 적병들도 예외가 아니었으니, 속수무책으로 당할 수밖에 없는 일이었다.

"아저씨, 마차 쪽을 수습해! 애도 얼른 데려가고!"

애가 애를 걱정하는 격이다.

아버지와 딸, 부녀의 시선에는 그저 의아함과 놀라움만이

가득하다. 고맙다는 감정을 느끼기엔 믿기지가 않을 법한 상
황이었다.

"보고 있지 마! 서두르는 것이 좋지 않겠어?"

분명 아이의 목소리다.

체구만 작은 어른이라거나, 온몸이 오그라든 노인네라거
나 그런 것이 아니었다. 작은 소년의 목소리, 어찌 되었든 옳
은 말만 하고 있다. 싸우는 와중에 그런 경고까지 할 수 있다
는 것. 그것만큼은 도무지가 불가해한 일이었지만 말이다.

"가자, 설영아."

"하지만……!"

강건청은 재빨리 강설영을 잡아끌었다.

처음부터 도움을 받지 않았으면 모르되 이미 받기 시작한
이상, 더할 것도 없고 덜할 것도 없다. 어차피 받고 있는 도움
이니 거리낄 것이 없다는 뜻이다. 무인이기 이전에 상인이라
는 강건청, 그러니까 할 수 있는 발상이었다.

'좋아!'

힐끗 고개를 돌린 단운룡은 강건청이 강설영을 데리고 마
차 쪽으로 가고 있는 것을 확인할 수가 있었다.

또 한 번 고비를 넘겼다.

이제는 홀가분하게 싸우면 그만이다.

화살을 쏘아왔던 의문의 고수, 그자가 마음에 걸렸지만, 단
운룡이 생각하기에 그자는 더 이상 이쪽으로 오지 않을 것 같

왔다. 이쪽보다는 마건위가 있는 쪽이 먼저이기 때문이었다.

'걱정없어, 그쪽은.'

이 일을 꾸몄던 원흉.

마건위.

이제는 입장이 역전되어 있었다.

압도. 압도란 표현이 옳다.

오기룡에게 압도당하여 죽느냐 사느냐의 문턱에 서 있다.

강건청의 몸에 화살을 박아 넣을 수 있을 만한 고수라면, 그
리고 이 사태를 제대로 파악할 수 있는 눈이 있다면 무엇보다
먼저 마건위를 구하고 볼 것이다. 오기룡의 발끝에 목숨이 걸
린 마건위, 막바지에 이르고 있는 싸움의 결말이 거기에 달려
있었다.

"잘 싸웠다. 하지만 그것뿐이다."

오기룡의 목소리는 싸움을 끝내는 선언과도 같았다.

불패신룡의 위력이다.

진짜 실력을 드러내고 보니, 승부를 결정짓는 것도 오래 걸
리질 않았다.

허유에게서 마건위를 이길 수 있겠느냐는 질문을 받았을
때.

오기룡은 단호하게 십 할을 말했다.

반드시 이긴다는 뜻이다. 뚜렷한 실력 차를 그대로 드러낸

말이었다.

"과연 불패신룡……!"

마건위의 얼굴에서는 아까와 같은 고집을 찾아볼 수가 없었다. 사검을 아무리 내쳐 봐도, 노련함과 집요함을 동시에 꺼내놓아도 오기룡의 강대한 각법에는 어찌할 도리가 없었다.

당해낼 수가 없는 상대였다. 무공의 겨룸에선 깨끗하게 패했음을 인정할 수밖에 없는 상황이었다.

'그대로 끝내지는 않는다.'

마건위의 눈이 위험한 빛을 띠었다. 뒤로 몇 발 물러나더니 품속을 훑었다. 꺼내는 손가락 마디마디에 작은 비도(飛刀)들이 잡혀 있었다.

"고작 암기라는 것인가."

오기룡의 눈빛이 무겁게 가라앉았다. 실망스럽다는 얼굴이었다. 그럼에도 마건위는 흔들리지 않았다. 어떤 모욕을 당하더라도 이기기만 하면 그만이다. 전쟁을 지속해 온 자, 중원의 무인들과는 다를 수밖에 없는 마건위였다.

"우습게 보다가는 죽음을 면치 못할 것이다. 어디 막을 수 있나 보겠다."

유치한 경고다. 허세로밖에 생각할 수 없다.

하지만 오기룡은 방심하지 않았다. 아무리 허세라 한들, 여기까지 와서 부리는 수작이라면 틀림없이 숨겨진 뭔가가 있을 것이다.

"카합!!"

마건위가 탁한 기합성을 내질렀다.

휘둘러지는 손끝으로 세 개의 비도가 날아든다. 한꺼번에 날아들면서도 각각 그 속도가 달라 보였다. 만만하게 볼 수 있는 공부가 결코 아니었다.

쉬익! 쉬익! 쉬이익!

발놀림을 장기로 하는 오기륭인만큼, 그 움직임은 실로 정교한 데가 있었다. 오른쪽으로 들어오는 첫 번째는 어깨를 젖히며 피했고, 시간 차로 들어오는 두 번째는 젖혔던 탄력을 이용하여 가볍게 비껴냈다. 세 번째는 좀 더 어렵다. 허리를 강하게 붙들고 상체 전체를 뒤로 뺐다. 세 번째 비도가 종이 한 장 차이로 스쳐 지나갔다.

'나쁘지 않은 비도술이다. 하지만 연검에 비해선⋯⋯!'

비도술도 상당했지만, 주무기인 연검을 생각하면 한참이나 모자란 것으로 보인다. 연검이 훨씬 더 상대하기 어려웠다. 이것도 통하지 않고 저것도 통하지 않으니, 부족한 비도술이라도 일단 꺼내볼 수밖에 없었던 모양이다.

쉬이익! 쉬익!

세 개의 비도에 이어 두 개의 비도가 더 날아들었다. 오기륭은 더 이상 손속을 나눌 필요를 느끼지 못했다.

'이 두 개를 피하고 끝낸다.'

몸을 돌리며 비도를 비껴낸다. 굳게 밟은 발끝에는 앞으로 튕겨 나갈 수 있는 힘이 빠르게 모여들었다. 마지막 비도를 피하고 나면, 그대로 반격해 들어가 마지막 일격을 날릴 생각이었다.

파각!

비도의 파공음 아래쪽으로 기이한 소리가 들려온 것은 바로 그때였다.

뭔가 작은 물체가 깨지는 소리다. 앞에 있던 마건위가 급하게 땅을 박차며 뒤쪽으로 몸을 빼는 것이 보였다.

'이것은……!!'

비도를 피해내고 몸을 날린다. 마건위를 향해서다. 다음 순간이다. 코끝으로 끼쳐드는 기이한 냄새가 있었다. 불길한 냄새, 하얀 종이에 먹물이 번져들 듯 진득하게 스며오는 냄새였다.

"어떤가? 방심은 독을 부르는 법이지! 제아무리 네놈이라도 그것을 물리치기는 어려울 것이다!!"

득의에 찬 목소리가 들려온다.

몇 장 앞쪽이다. 꽤나 멀리 가 있는 마건위가 저 앞에 있었다.

'독향이라…….'

쿡쿡 쏘아온다. 전신으로 파고들면서 근육들을 비틀어댔다.

"이 독이었군. 영감을 이길 수 있었던 것은."

오기룡이 뒤쪽을 가리키며 말했다. 쓰러진 채 운기라도 하는 듯, 꼼짝하지 않고 깊은 숨을 쉬고 있는 곽경무가 거기에 있었다.

"아직도 여유를 부리는가? 그럴 만한 독이 아닐 텐데? 아무리 강한 힘을 지녔어도, 내력의 오 할은 쓸 수가 없을 것이다!"

마건위의 목소리엔 비웃음이 가득했다. 제 뜻대로 된 것에 대한 의기양양함도 함께 깃들어 있었다.

'교활한 자……!'

파삭.

오기룡이 아래쪽을 내려다보았다.

한 발 옮겨보려니, 발치에 걸리는 것이 있었다.

깨져 있는 자기병이었다. 비도술은 결국 눈속임이었을 뿐, 진짜는 바로 이 자기병이다. 허유가 경고했던 독, 광동천노를 쓰러뜨린 독이었던 것이다.

"고작 이것인가?"

오기룡이 물었다.

그것을 들은 마건위가 두 눈에 살기 어린 웃음기를 떠올렸다. 싸움으로 당했던 수모를 갚겠다는 듯, 소리치는 목소리엔 복수의 염이 가득 담겨 있었다.

"허풍 떨지 말라, 건방진 자여. 그리도 자신이 넘친다면, 어디 한번 그 잘난 무공을 펼쳐 보아라!"

마건위.

허유도 그렇고 마건위도 그렇다.

궁지에 몰린 자들이 택할 수 있는 것이라고는 결국 이런 종류밖에 없음인가.

오기룡은 그것이 싫었다.

정면으로 돌파하는 것이 남았다.

보라.

이것이 불패신룡이다.

"얼마든지 펼쳐 주마."

절대로 물러나지 않는다.

태양을 향해 돌진하는 불패신룡이란 말이다.

오기룡은 거침없이 앞으로 걸어나갔다.

독기를 억제하려는 시도는 없다. 호흡을 고르지도 않았다.

중독된 자, 기량의 절반을 깎아먹는다?

우습다.

치닫는 독기 따위, 충만한 내력으로 하늘을 찌르는 기백으로 덮어버리면 그만이다.

충천하는 기세에는 독기에 당한 흔적이 조금도 보이지 않았다. 급기야 땅을 박차는 오기룡의 전신에서는 그 어느 때보다도 압도적인 무력이 솟구치고 있었다.

'그, 그런……!'

마건위의 움직임이 다급해진 것은 순간이었다.

복면 위, 두 눈에는 수십 년 만에 두려움이 떠올라 있었다.

꽈앙! 우직, 우지직! 쿠우웅!

뒷걸음쳐 몸을 날리는 마건위의 바로 옆에서다. 오기룡의 각법을 대신 받아낸 아름드리 나무 한 그루가 송두리째 넘어가고 있었다.

무시무시한 위력이다.

피하기에도 급급하다. 복면과 등줄기, 연신 몸을 날리는 마건위의 전신에는 식은땀이 가득할 뿐이었다.

콰아아아앙!

'어떻게 이럴 수가……!'

사람의 키만한 바윗돌 하나가 반으로 쪼개지고 있다. 그 독에 당하고도 이런 힘을 낼 수 있으리라고는 상상조차 하지 못했다. 마건위의 교활함, 그의 지략 밖에 있는 무력이다. 그 어떤 것으로도 오기룡을 이길 수 없음을 비로소 깨닫는 순간이었다.

'퇴각이다! 이번 일은 실패야!'

마건위는 다급하게 품속을 뒤져 짤막한 나무 피리 하나를 꺼내 들었다. 내력을 실어 불어낸다. 날카로운 소리가 숲 전체를 갈랐다.

마침내 이 싸움을 끝내는 소리다.

쓰러졌다 힘겹게 몸을 일으키는 전사들도.

정신을 차리지 못하는 전사들을 들쳐 업은 전사들도.

모두가 한 약속된 방향으로 움직이기 시작한다.

작전의 실패를 알리는 소리였다.

운룡과 불패신룡, 쌍룡의 힘에 굴복하는 뱀이다.

오원 전사들 퇴각 신호였던 것이다.

제6장 성장(成長)

천잠비룡황은 달리 비룡제(飛龍帝)라 불리곤 한다.

개인적으로 황(皇)보다는 제(帝)가 어울리지 않나 생각하고 있다. 어느 쪽이 되었든, 그의 성정과 상당히 어울리는 호칭이다. 나는 그를 직접 본 후 항상 궁금해했다. 그의 어깨 옷자락에 새겨진 글자들의 의미에 대해서 말이다. 혹자에 의하면 그 옷뿐이 아니라 그의 맨살에도 몇 가지 글자들이 새겨져 있다고 하는데, 거기에 대해서는 확인해 볼 길이 없다. 행여나 꼭 확인을 해 보려고 한다면 비룡제의 침상이나 욕실을 엿봐야만 할 텐데, 그것이 그런 위험을 감수할 정도로 가치가 있는 일이라고는 생각되질 않는다. 목숨을 걸어야 할지도 모르는 일, 지금에 와서 보는 비룡제의 기량은 가히 사패 시절의 패왕들에게 필적하는 것으로 짐작되고 있는 까닭이다.

　옷자락의 글자들은 그의 어린 시절의 사건들과 연관을 지어
봐야 할 것으로 결론을 내렸다. 현재의 그와는 별다른 상관이 없
는 글자들로 생각되는 만큼, 과거에서 그 근원을 찾아볼 수밖에
없겠다. 문파를 뜻하는 것도, 지역을 뜻하는 것도 아닌 것 같으니,
결국은 사람의 이름을 나타내는 이름자들일 것이라고 짐작되는
바다. 그 부분에 대해서는 이번 운남 조사 때 확실히 짚고 넘어가
야 될 것 같다…….
…(중략)…….

한백무림서 미완
한백의 일기 中에서.

"**왜** 추격하지 않았나?"

"혹시나 다른 적들이 오면 안 되니 그랬소, 영감. 멀리까지 잡으러 나갔다가 또 다른 습격이라도 받는다면 누가 이 사람들을 지킬 수 있겠소?"

"일부러 놔준 것으로 보였다만, 아마도 이 늙은이의 눈이 잘못되었던 것이겠지."

오기륭은 미묘한 웃음을 지을 뿐이었다. 눈을 빛내며 묻던 곽경무도 그 이상 다그치지는 않았다. 미심쩍은 부분이 있기는 했지만, 상대는 목숨을 살려준 은인인 것이다. 갚지 못할 만큼 커다란 은혜를 입은 것이었다.

"그나저나, 이것이 몇 년 만입니까. 족히 십 년은 된 것 같소이다."

"그렇게나 되었나? 나이가 이 정도 되면 세월이 어떻게 흘러가는지도 가늠이 안 된다네."

그랬다. 오기룡과 곽경무는 안면이 있는 사이다.

나이 차이에도 불구하고 서로를 향한 말투에는 특별한 친근함이 함께하고 있었다. 오래전 고작 한 번 인사를 나누었던 정도였지만, 서로에게 받았던 인상은 십 년 세월이 무색하게도 깊기만 했던 까닭이었다.

"무슨 소릴 하시오. 하나도 변하지 않으셨소, 영감."

"그랬나? 하지만 자네는 엄청나게 변했군. 이름을 날리고 있다는 것은 알고 있었지만, 그 정도 성취를 이루었을지는 몰랐다네."

"광동천노라는 살아 있는 전설 앞이라면 내세울 이름도 못 되지 않소이까."

"그렇지 않아. 나는 이미 늙었다네. 우리 같은 속인(俗人)의 무공에 있어서, 노년이란 넘을 수가 없는 벽이지. 나이를 먹을수록 한계는 심해져. 예전 기량을 보여주기가 힘들게 된다네."

"그래도 여전히 기세가 당당하시더랍니다."

"그만한 놈도 이기지 못하고 추태를 보였건만 무슨 소린가. 그저 수치스러울 뿐이네."

"독 때문이 아니었소이까. 무공만으로 겨루었다면 능히 제압하실 수 있었을 것이오."

"전혀 핑계가 되지 않는다네. 게다가 그 독은 자네도 당하지 않았던가."

"당하기야 했소만 그자는 이미 영감과 한판 싸운 뒤였소. 이기지 못해서야 안 되는 일 아니겠소."

오기룡은 겸손함으로서 곽경무의 체면을 살려주려 했다. 하지만 곽경무는 알고 있었다. 곽경무와 싸우지 않았다고 해도 오기룡이 그자를 이길 수 있었으리라는 사실을 말이다.

"그건 그렇고 궁금한 게 있다네. 어떻게 중독되지 않았나?"

"중독이라면, 확실히 당했소만."

"당했다고?"

"그냥 힘으로 눌러두었지요. 완전히 해독하려면 하루 밤낮은 꼬박 걸릴 것 같소이다."

"하루 밤낮이라……. 내력이 보통 고강한 것이 아니군."

"내력이 깊어서라기보다는 내력의 성질이 달라서일 게요. 익힌 내공이 이런 종류의 독에 강해서 그렇소. 내 아무리 연마를 했더라도, 영감의 수십 년 내공에 어찌 비할 수 있겠소이까?"

"기량이 예전만 못하다니까 좀처럼 믿지를 않는군. 이젠 내공이 더 쌓이지도 않는 상태라네. 있는 내공을 붙들어두는 것이 고작이야."

곽경무의 어조는 진지했다.

늙어버린 육체. 주인을 지키지 못한 자책의 감정이 진하게 묻어 있었다. 그와 같은 침통함이 부담스러웠던 오기룡은 이내 목소리를 밝게 바꾸며 화제를 다른 곳으로 돌렸다.

"…상처는 어떻습니까?"

"괜찮다네. 이 정도야 견뎌내야지. 나보다는 상주가 걱정이라네."

"영감도 직접 겪어보지 않으셨소이까. 박 의원의 솜씨는 여간 좋은 것이 아니더랍니다."

"그렇더군. 이런 곳에 있을 사람이 아니야."

두 사람은 오원의 외곽, 한 채의 초목 앞에 서 있었다.

그 초목 안에서는 금상주, 강건청의 치료가 한창이었다. 상처가 여러 곳이고 부상 정도가 심했기 때문에 정말 큰일이 날 뻔했다. 뛰어난 의원이 없었더라면 실로 위험할 수 있었던 상황이다.

"여하튼 이만저만 큰 신세를 진 것이 아니네. 자네가 아니었다면 이곳까지는 어찌 올 수 있었을지, 다시 생각해도 까마득할 뿐이야."

"영감은 또 왜 그러시오. 그닥 힘든 일도 아니었소이다."

"수레 다섯 개를 한꺼번에 끌고 오다니, 그런 괴력은 나로서도 처음 봤다네. 웬걸, 그 수레들 위에는 쓰러진 일꾼들도 올라가 있지 않았던가."

"잠깐 운기한 것 갖고 마차를 끌고 왔던 영감은 또 어떻습니까. 가슴에 구멍까지 뚫려놓고 말입니다."

"잠시 미쳤던 게지. 허허허."

곽경무의 말에 오기륭은 쓴웃음을 지을 수밖에 없었다.

쓴웃음. 그렇다. 쓴웃음이다.

곽경무는 말했었다.

일부러 놔준 것같이 보였다고.

그 말은 틀리지 않았다. 일부러 놔준 것이 맞기 때문이다.

기세를 타고 더 쫓았으면 충분히 마건위를 잡을 수 있었다. 멀리까지 갈 필요조차 없었던 일이다.

하지만 그러지 않았다. 마건위를 잡아왔다가는 이 습격 자체가 오원 전사들이 벌인 일임이 들통나게 되기 때문이었다.

원나라 갑옷을 입고 있었던 병사들을 잡아오지 않았던 것도 그래서다. 마건위를 놓아준 다음에도 오기륭은 곽경무를 돌보는 척 시간을 끌었다. 움직일 수 있는 오원 전사들이 쓰러진 이들을 부축하고 퇴각할 수 있도록 충분한 여유 시간을 주었던 것이다.

곽경무를 일으켜 세운 다음에는 곧바로 마차와 수레들을 챙겼다.

지척에서 도망가는 오원 전사들에게는 눈길조차 주지 않았다. 쓰러진 일꾼들이 먼저 아니겠냐 이야기하면서 말이다. 튼튼한 밧줄로 수레들을 연결한 후, 한꺼번에 끌고 온 것도 오기륭이었다. 멀쩡한 일꾼 몇 명이 오기륭에게 힘을 보태기도 했지만, 그것을 전부 다 끌 수 있었던 것은 온전히 오기륭 혼자의 능력이었다 해도 과언이 아니었다. 곽경무가 괴력을 말한 것도 그 때문이었던 것이다.

'마음에 들지 않아.'

말하자면 연기(演技)다. 옛 고사들을 흉내 내는 연극(演劇)의 배우가 된 기분은 썩 좋은 것이 되지 못했다. 습격해 온 자들의 정체를 뻔히 알고 있으면서도 눈앞에 있는 이들을 속여야만 했던 것이다. 더욱이 그 상대는 곽경무, 전부터 존경에 가까운 염을 품고 있었던 사람이니만큼 더 더욱 기분이 나쁠 수밖에 없었다.

오원 근처까지 왔을 때는 그나마 조금 괜찮아질 수 있었다.

허유가 보낸 사람들이 잔뜩 마중 나온 다음부터 모든 일이 일사천리로 이루어졌던 까닭이다. 수레들과 마차는 오원 사람들이 나서서 허유의 거처까지 옮겨갔으며 곽경무와 강건청을 필두로, 부상을 입은 사람들과 중독된 모든 사람들이 곧바로 의원에게 보내졌다. 오기륭도 곽경무를 따라 이곳까지 왔다. 대단한 실력을 갖춘 의원, 박현의 거처였다.

"몸은 좀 괜찮으십니까."

곽경무를 앞에 두고 지나간 일을 떠올리던 오기륭은 익숙한 목소리를 듣고서야 계속되는 상념을 멈출 수가 있었다. 고개를 돌리자 밉살스런 친우의 얼굴이 보인다. 허유의 얼굴이었다.

"처음 뵙겠습니다. 광동천노셨지요. 제가 바로 허유입니다."

"그렇소이까. 주공의 친우가 된다는 그분이시군요."

곽경무는 포권을 취하며 깍듯이 고개를 숙였다.

무림에서의 배분은 한참 위라고 해도, 자신을 부리는 주인의 친구라고 하니 공경의 예를 취할 수밖에 없다. 이런 고생을 하게 된 것도 사실은 이 허유 때문이라고 할 수 있었지만, 곽경무는 그런 내색을 조금도 하지 않았다.

"고명하신 광동천노께서 이렇게 고개를 숙이시니 몸 둘 바를 모르겠습니다."

허유의 몸가짐에는 곽경무 못지않은 공손함이 배어 있었다.

오기륭을 맞이할 때와는 완전 딴판이었다. 그런 허유를 바라보는 오기륭의 눈빛이 가볍게 흔들렸다.

'머릿속에 뭐가 들었는지 모를 놈이다. 저런 얼굴이라니.'

상황에 따라 태도를 완전히 바꿀 수 있는 자다. 역시나 예전에 알았던 그가 아니라고 할까. 어쩌면 예전에 알았던 허유의 모습조차도 진짜가 아니었을지도 모른다. 친구라고는 해도, 어떤 자인지 이제는 명확하게 알 수가 없었다.

"주공께서는 괜찮겠지요."

"저도 지금 그것을 확인하러 왔습니다. 틀림없이 괜찮을 겁니다. 박 의원은 보통 의원이 아니니, 걱정없으리라 생각합니다. 괜한 부탁을 하여 곤란을 겪으셨으니, 정말 어찌 사죄를 드려야 할지 모르겠습니다."

"그렇지 않소이다. 주공께서도 그렇게 보지 않으실 겁니다. 다만, 대체 어떤 놈들이기에 그런 식으로 습격을 해왔는지……."

"오원 남부에 근거지를 지닌 흉적, 원마왕이란 자의 졸개입니다. 그들의 움직임을 포착한 것이 얼마 되지 못하여 발빠르게 대응하지 못했습니다. 제 불찰입니다."

'거짓말을 어찌 저리도 뻔뻔하게 할 수 있는가.'

실로 놀랍다.

오기륭은 허유의 사과를 들으며 또 한 번의 놀라움을 간직했다. 태연한 표정으로 상대를 속이는 허유를 보고 있자니, 뱃속이 다 뒤틀릴 지경이었다.

"불찰이라니, 당치 않습니다. 보내주신 이 친구가 없었더라면 정말 큰일을 당할 뻔했지요. 그렇게 무도한 자들을 상대하고 있다니……. 허 공께서도 심려가 많으시겠소이다."

"심려라니요. 그저 힘들게 이겨 나갈 뿐이지요."

포권을 취하는 허유다.

오기륭은 더 이상 그런 모습을 보고 싶은 마음이 없었다. 그런 거짓말에 동조하고 있는 스스로가 심각하게 부끄러울 따름이었다.

“그럼, 이만 안에 들어가 어찌 되고 있는지 보고 오겠습니다. 일꾼들은 괜찮은지, 정말 큰 노고를 끼치게 되었습니다. 재차 사과의 말씀 올립니다.”

허유는 그렇게 몸을 돌려 박 의원의 거처로 들어갔다. 그런 그의 뒷모습을 바라보던 곽경무가 오기륭을 돌아보며 말했다.

“이런 곳에 처박혀 있기는 아까운 인물이로고……. 사천에서는 생사필이라 불렸다지?”

“그랬었지요.”

“주모에게도 뛰어난 사람이라는 이야기를 들었다만, 실제로 보니 더하군. 어지간한 인재가 아닐세.”

오기륭은 잠자코 고개를 끄덕였다.

어지간한 인재가 아니다.

곽경무의 평가는 틀리지 않았다. 어지간한 인재가 아니며, 어지간히 위험한 자가 아니다. 계속 얽혀 있다가는 어떤 얼굴로 다가올지 모른다.

이번 일로 끝내는 것이다.

더 이상은 여기에 있을 수 없다.

떠날 때가 다가왔다는 것, 이곳과의 연이 다했다는 것을 오기륭은 마침내 실감할 수가 있었다.

“상세는 어떤가?”

"문제없소."

박 의원은 간단히 답했다.

청백한 한 마리 학이라고 했던가. 허유의 표현을 빌리자면 그렇다.

잘 어울리는 비유였다.

젊은 것 같기도 하고, 중년의 나이에 이른 것 같기도 하다. 묘한 인상이었다. 새하얀 백의를 걸친 모습에는 잡티 하나 없는 고아한 학(鶴)의 자태가 간직되어 있는 것 같았다.

"무슨… 독이었나?"

"촉와독, 촉와독을 향독으로 바꾼 독이오."

"해독은?"

"촉와독이라면 예전부터 해독약을 만들어두었소. 다만 향독은 다소 그 성질이 달라서 본래의 해독약을 조금 손봐야 될 것 같소."

"조금 다르다……. 새 해독약은 언제까지 될 것 같은가?"

"이미 거의 다 되었소. 필요한 약재는 다 준비되어 있었으니."

"대단하군."

허유가 고개를 끄덕였다. 약초 몇 뿌리를 챙겨놓고 처방전을 쓰던 박 의원이 문득 고개를 갸웃하며 허유에게 물었다.

"한데… 그 여아는 그 남자의 딸이오?"

"그렇다고 들었네만."

"그 여아가 좀 이상하오. 독에 접한 것은 분명한데 중독 정도가 미미하기 짝이 없소. 순식간에 정화하여 흡수해 버린 듯, 중독된 흔적이 거의 없었단 말이오. 처음 보는 현상인데…… 혹시 뭐 아는 것 있으시오?"

"글쎄… 그렇게 말해서는……."

그것에 대해서는 허유로서도 전혀 모르는 일이었다. 강건청에게 딸이 있었다는 것조차도 알게 된 지가 얼마 되지 않았다. 이런 곳에 딸을 데려온 것 자체만으로도 의외인 마당에 그 딸이 어떤 아이인지는 그로서도 알 길이 없었던 것이다.

"그런 조화를 일으킬 수 있는 내공은 흔치 않은데……. 더욱이 기껏 운기 정도밖에 할 수 없는 수준에서 그만한 힘을 지녔다고 한다면 전 중원을 통틀어도 몇 가지뿐……."

박 의원은 고개를 설레설레 저으면서 말끝을 흐렸다. 의원으로서의 호기심이다. 흥미로운 일, 그러나 허유에게 있어서 그것은 흥미롭다는 일 그 이상도 이하도 아니었다. 강설영이 익힌 것이 천룡무제신기라는 것을 알았다면 그렇게 간단히 넘어가지 않았을 테지만, 거기까지는 생각이 미칠 도리가 없었던 것이다. 당장 더 중요한 일들이 있었던 까닭이다.

"그 친구는 안쪽에 있는가? 지금 만나볼 수 있나?"

"만나볼 수는 있지만, 말을 많이 시키진 마시오."

"알겠네."

허유는 굳게 대답하고 박 의원을 지나쳐 안쪽의 문을 열었다. 청량한 약재 냄새가 코끝으로 가득 들어왔다.

"이제 들어오는 모양인데?"

처음으로 들린 것은 예상 밖의 목소리였다. 허유가 묘한 미소를 지으며 안쪽으로 발을 옮겼다. 그가 아래쪽을 내려다보며 말했다.

"어디에 있나 했더니 여기에 있었군."

"달리 갈 데도 마땅치 않아서 말이야."

총명한 눈동자다.

만만치 않은 꼬마, 단운룡이 그의 앞에 있었다.

"자네 이걸 어떻게 하나. 몸은 좀 괜찮은가?"

"오랜만에 봤는데, 꼴이 말이 아닐세. 뭐, 죽기야 하겠나? 의원 솜씨도 보통이 아닌 마당에."

"다 내 탓이네. 어찌 사과를 해야 할지 모르겠어. 화살을 두 대나 맞았다고 그러던데, 다친 곳은 어떤가? 정말로 위험하지 않다던가?"

"급소는 잘 피해갔다고 하네. 당장 고생하는 것이야 어쩔 수 없겠지만, 회복하고 나면 아무렇지 않을 것이라 하더군."

"그거 정말 다행일세, 다행이야……."

한숨을 내쉬는 허유의 음성에는 진심이 담겨 있는 듯했다. 친구의 부상을 마음 깊이 염려하는 얼굴이었다. 그런 그의 얼굴을 올려다보는 단운룡의 두 눈에 반짝이는 기광이 깃들었다.

“나보다는 곽 노대가 걱정이지. 노구를 이끌고 왔는데, 주공 된 자로서 몹쓸 짐을 지웠다네. 그는 좀 괜찮다던가?”

“안 그래도 이 앞에서 만나고 왔네. 상당한 부상을 당했다고 들었지만, 전혀 그런 기색이 없더군. 역시 대단한 사람이야. 명불허전이 따로 없어 보였다네.”

“그렇다니 한시름 놓이는군. 일꾼들은 어떻던가. 일꾼들 중에서는 죽은 자가 없다던가?”

“…미안하네. 한 명, 한 명의 목숨을 건질 수가 없었어.”

“한 명… 한 명이라……. 위험하기 짝이 없던 상황이었으니, 할 수 없는 일이겠지.”

강건청이 침통한 표정으로 두 눈을 질끈 감았다.

독기를 못 이겨낸 이유도 있었겠지만, 넘어지며 땅에 부딪친 것이 문제였다. 머리부터 땅으로 꼬꾸라졌는데, 하필 거기에 뾰족한 돌이 있었다고 하였다. 흐르는 피를 막지 못해 처음부터 가망이 없던 일꾼이었다.

“옆에 있는 것은 자네 딸인가?”

“아, 그렇다네. 아까부터 계속 잠을 자는군. 상당히 놀랐던 모양이야.”

“어쩌자고 이런 곳까지 딸을 데려왔는가? 조금이라도 잘못되었더라면, 내 자네 얼굴을 어찌 볼 수 있었겠나?”

“뭐, 그렇게 되었네. 워낙 고집이 센 아이여서 말이지.”

강건청의 무릎 맡에는 아버지의 옷자락을 꼭 붙잡고 누워 있는 조그만 꼬마 아이가 있었다. 째근째근 깊은 숨을 쉬면서 잠을 자고 있는 모습이 무척이나 귀여웠다. 어떤 아버지라도 못 당할 딸이겠다는 생각이 들었다.

"과연 그래 보이는군. 제 아비를 닮지는 않은 모양일세. 크면 굉장히 예뻐지겠어."

"도통 어울리지 않는 농담이라, 그렇게까지 미안해할 필요는 없다네. 딸아이? 물론 날 닮지는 않았지. 제 어미를 많이 닮아서 무척이나 골치가 아프다네."

강건청의 목소리엔 가족을 향한 진한 정(情)이 있었다. 허유가 더욱더 어쩔 줄 모르는 표정을 지으며 고개를 숙였다.

"자네에겐 정말 힘든 부탁을 하고 말았네. 이런 일이 생길 것이라고는 상상조차 하지 못했으니 말일세. 전부 다 내 잘못이네."

"그러지 말라 해도, 자네는 계속 잘못했다 이야기하는군. 친구끼리 미안할 게 뭐가 있나? 게다가 자네는 이렇게 나를 신경 써서 조력자까지 보내주었지 않았나."

강건청이 손을 들어 단운룡을 가리켰다. 그가 신기하다는 눈으로 단운룡을 바라보면서 빠르게 말을 이었다.

"저 아이가 아니었더라면, 정말 큰일날 뻔했네. 자네 제자냐 물어보았더니, 그렇지 않다고 하더군. 자네가 함께 보내주었던 불패신룡의 제자도 아니라고 하고 말이네. 생명의 은인이야. 생명의 은인이고말고. 그와 같은 생명의 은인을 보내주었으니, 자네 역시도 넓게 보았을 때 한 명의 은인이라 해도 되겠군. 자네가 보내주었기에 목숨을 건졌네. 자네는 사과를 해야 할 사람이 아니라, 감사를 받아야 할 사람이야.”

강건청의 이야기.

허유의 눈에 스쳐 간 빛은 대체 어떤 감정을 담고 있었던 것일까. 그 안에 무슨 생각을 하고 있었든, 허유는 미안하다는 표정을 바꾸지 않았다. 허유가 재차 머리를 숙이면서 사과의 뜻을 전했다.

“그것도 따지고 보면, 내 자네의 부탁을 청했던 것에서부터 비롯된 일이었지 않았나? 내가 자네에게 도와달라 하지 않았더라면 자네가 이렇게 다칠 일도 없었을 것이네.”

“그렇게 올라가면 끝이 없는 일! 이제 그 이야기는 그만 하게나.”

“아닐세. 자네가 가져온 수레를 보았네. 우리에겐 과한 물건들뿐이야. 자네를 이렇게 다치게 해놓고, 내 무슨 염치로 그런 것들을 받을 수 있겠나?”

“어려움에 처한 친구를 도와주는 것은 사람 된 이로서 당연한 도리일세. 그것에 더 이상 토를 달지 말게나.”

“난 받지 못하겠네. 자네의 수레들.”

“무슨 소리! 내 말했네. 자네는 달리 말해 생명의 은인이기도 하다고. 내 몸이야 어찌 되어도 상관없지만, 내 딸이 이렇게 멀쩡할 수 있었던 것은 온전히 자네가 보내준 사람들 덕분이라네. 그걸 생각하면 저 수레들은 도리어 약소할 뿐이지. 일단은 저것만 받아두게. 내 광주에 돌아가면 다른 물건들을 더 보내주겠네."

강건청은 도의(道義)가 무엇인지 아는 자였다.

친구를 도와주는데 아까울 것이 무엇인가.

이미 가져온 것에 더하여 다른 것들까지 보내주겠다고 말한다. 허유가 손을 흔들며 사양하면 사양할수록, 강건청은 더욱더 확신있게 말할 뿐이었다. 도와줄 일이 있으면 언제든 이야기하라고 말이다.

"자네 고집은 못 말리겠네. 그런 꼴이 되어가지고도 이런 나를 도와주겠다 하니, 자네 같은 협객도 다시없을 것일세."

"협객이라니, 당치 않는 말이네. 나는 그저 일개 상인이자 침선장일 따름일세. 내가 줄 수 있는 것은 고작 천 쪼가리들밖에 없단 말이네."

"자네 같은 이도 없을 것이야. 내 자네 같은 친구를 둔 것은 삼생의 복락이라 해도 과언이 아닐세."

강건청의 손을 부여잡는 허유다.

그런 그의 모습.

그의 얼굴에서는 붉은 늑대의 면모를 조금도 찾아볼 수가 없었다.

'대단하구나.'

오기룡이 놀랐던 것과 같다. 단운룡 역시 놀라움을 금치 못할 변모였다. 혀를 내두르고도 남을 만한 변화였다.

"일단은 푹 쉬게. 내 자네의 휴식을 너무도 오랫동안 방해했나 보이."

"그렇지 않다네. 이 정도 상처쯤이야 대수로울 것도 없으니 말일세."

허유가 몸을 일으켰다.

허유의 눈, 거기에서 단운룡은 한 가지 사실을 읽어내고 말았다. 필요한 것을 다 얻었다는 듯한 눈빛을 말이다.

'역시나……!'

단운룡은 자신의 짐작이 틀리지 않았음을 깨달았다. 허유를 따라 몸을 일으키고는, 강건청을 돌아보며 말했다.

"또 올게, 아저씨. 몸조리 잘해."

"알겠다, 이 녀석아. 다음에 올 때는 말버릇이나 좀 고쳐 와라."

잠깐 사이 꽤나 친해져 버린 두 사람이다.

그런 두 사람을 둘러본 허유가 가볍게 얼굴을 굳혔다. 단운룡을 바라보는 강건청의 눈에서 특별한 무언가를 엿볼 수 있었기 때문이다.

'이 녀석을 탐내고 있는가…….'

강건청의 마음은 다른 것이 아니다.

제자로라도 삼고 싶은 마음, 바로 그것이다. 단운룡과 같은 아이를 보고 그런 감정을 느끼지 못한다면, 그것은 이미 무림인이라 부를 수 없을 터였다.

강건청은 무림인이다.

본인은 아니라 했지만, 허유의 눈에 비친 강건청은 강호의 협객이 분명했다. 게다가 강건청은 보통의 협객이 아니다. 그에게는 커다란 상단이 있는 것이다. 상단을 이끌고 있는 상주라고 한다면, 뛰어난 인재에 대한 욕심도 일반적인 무림인들보다 훨씬 더 많을 것이 뻔했다.

'그렇게는 안 되지. 이 아이는 넘겨줄 수 없다네.'

허유는 서둘러 문을 열고 나섰다.

뒤쪽으로 따라붙는 단운룡의 발소리를 민감하게 들으면서 누구에게도 내줄 수 없다는 마음을 강하게 다잡았다.

단운룡은 그가 지닐 수 있는 최고의 도구다.

이번 같은 일, 이번과 같지 않은 일, 어디에서나 훌륭한 결과를 가져올 놈이었다. 인재에 대한 욕심. 그것은 허유도 예외가 아니었던 것이다.

"늑대 아저씨, 이쪽으로 좀 와봐. 할 이야기가 있어."

뒤에서 따라오던 단운룡이 허유를 불러 세웠을 때.

허유가 흠칫 긴장할 수밖에 없었던 것도 그래서였다.

단운룡을 탐내기 때문이다. 단운룡을 어떻게 해서든 이 오원에 묶어놓아야만 했기 때문이었다.

"무슨 이야기냐."

"사람들 없는 곳으로 가."

무슨 이야기가 나올지는 모르는 일이었지만, 독대를 하자는 단운룡의 말은 허유에게 있어 여간 솔깃한 제안이 아니었다.

결판을 내려면 지금이다. 오기룡이 끼어들지 않은 때. 단운룡의 마음을 돌려 이곳에 붙잡아둘 절호의 기회라 할 수 있었다.

"여기라면 들리지 않을 것이다."

허유는 단운룡을 박 의원의 거처 뒷문으로 이끌었다.

뒷문을 나와 숲 쪽으로 한참을 걸었다. 인적없는 곳, 어둑해지는 저녁 무렵의 숲길 위에서 단운룡은 조용한 목소리로 이야기를 시작했다.

"강씨 아저씨가 그랬어. 살아 나오긴 했는데, 도무지 이해되지 않는 것이 있다고."

"이해되지 않는 것?"

"응. 이게 뭔지 알아?"

단운룡이 뒤춤에서 한 대의 화살을 꺼내 들었다. 핏물이 엷게 굳은 화살촉, 누군가의 몸에 박혀들었던 화살이었다.

"그건 단궁의 화살이 아니더냐."

"맞아. 화살이야."

"그걸 왜 보여주는 것이지?"

"여기 피 굳은 거 보이지? 이거 말이야, 강씨 아저씨 몸에서 빼낸 화살이야."

허유의 눈가가 미세하게 떨렸다. 단운룡의 말이 이어졌다.

"급소를 절묘하게 피해갔댔어. 마치 일부러 그렇게 쏜 것처럼."

"무, 무슨 말을 하고 싶은 것이냐."

"강씨 아저씨가 그랬어. 화살을 날린 자는 보통 고수가 아니었다고."

"건청을 화살로 맞힐 수 있을 정도였다면, 확실히 고수는 고수였겠지."

허유는 태연하게 대답했다. 아니, 태연하게 대답하는 것처럼 보였다. 그런 허유를 빤히 쳐다본 단운룡이 나지막한 목소리로 말했다.

"한데 왜 그 정도 고수가 고작 화살 몇 발만을 날려놓고, 끝까지 모습을 드러내지 않았는지 그 이유가 궁금하댔어. 두 발만 맞히고서 다시는 나타나지 않았다고 그랬거든. 그자가 다시 나타났었다면 이 정도로 끝나지는 않았을 거래. 그만큼 화살이 강했나 봐."

"그런 자가 있었다면 정말 위험했겠군. 누구지? 그만한 자가 또 있었나?"

허유가 두 눈을 크게 뜨며 말했다.

의문의 고수.

화살을 날려 강건청을 맞힐 수 있을 정도의 고수.

그 정도 실력을 가진 이가 마건위의 수하에 있었다는 것이 마냥 놀랍다는 투였다.

그러나.

단운룡은 그의 놀라움에 동조할 생각이 조금도 없었다. 작은 머리를 설레설레 저어내며 말한다. 단운룡의 입에서 진실을 밝혀내는 한마디가 던져졌다.

"정말 대단해. 늑대는 역시 늑대인가 봐."

"늑대가 뭐? 뭐라는 거냐?"

"언제까지 그럴 거야?"

"뭘 언제까지 그런다는 것이냐?"

"그만 해. 이 화살, 당신이 날린 거잖아."

결국 나온다.

비수와 같은 말. 단운룡은 허유를 더 이상 아저씨라 칭하지 않았다. 허유가 두 눈을 크게 뜨며 놀라움의 표정을 지어냈다.

"대체 그게 무슨 말이냐……!"

"놀라는 척하지 마. 놀란 건 나야. 친구 몸에다 화살까지 박아놓고 생명의 은인이라는 이야기를 듣다니. 정말 굉장해. 나는 그런 거 처음 봤어."

비꼬는 어투다? 감탄이 더 크다.

단운룡의 목소리에 담긴 것은 질책보다는 찬사에 가깝다. 어떻게 그렇게까지 할 수 있는가, 그것에 대한 감탄이었다.

"네 이야기를 도통 알 수가 없다. 어째서 그것이 나라고 생각하는 게냐."

"그래야 말이 되거든. 일단 습격당하게 된 거, 강씨 아저씨 네가 자력으로 돌파해도 곤란하잖아."

언제나처럼 정곡을 찌르는 말이다.

강건청과 곽경무가 자력으로 그 사태를 해결할 수 있었더라면 그것은 그것대로 만만치 않은 문제를 불러오게 된다.

강건청의 상황이 특히 그랬다.

강건청은 마차로 다가드는 병사들의 거의 대부분을 제압하고 있던 상태였다. 그것을 전부 다 강건청 혼자 물리칠 수 있었다면, 싸움의 결과는 지금과 상당 부분 달라졌을 것이다.

큰 상처 없이 마차를 지켜낸 강건청은 무리없이 뒷수습을 할 수 있었을 것이고, 반대로 마건위는 그처럼 수월하게 퇴각할 수가 없었을 터였다. 쓰러졌던 병사들, 즉, 오원의 전사들도 한두 명은 생포되었을지 모른다. 꼬리가 드러날 수 있는 일이었단 말이다.

"네 녀석만큼은… 도저히 속일 수가 없겠군."

허유는 결국 인정하고 말았다.

강건청을 쏜 것은 허유가 맞다. 아무도 모르게 싸움터까지 따라와, 상황이 돌아가는 것을 보았다. 그리고는 전황이 유리하게 돌아가기 시작했을 때, 강건청을 쓰러뜨림으로써 균형을 맞추었다. 단운룡이 나타나 구할 수 있도록 시점을 절묘하게 조절한 것도 허유의 짓이었다.

'뱀의 술수를 역으로 이용했어. 은인이라는 말도 들었고. 광주에 돌아가자마자 필요한 물자들을 더 보내준다 했으니, 얻고자 했던 것도 전부 다 얻어버렸단 말야. 이건 말이지, 정말 아무나 생각할 수 있는 술책이 아니야.'

단운룡의 생각은 정확했다.

허유가 강건청을 쏜 이유는 마건위와 전사들의 퇴각을 도와주기 위해서만이 아니었다. 강건청을 쏜 것으로 절대적인 위기 상황을 만들었다. 그리고 단운룡의 도움을 통해 그것을 해결할 수 있도록 했다.

오기륭과 단운룡에게 목숨 빛을 졌다고 생각하도록 만든 것이다. 그리고 그것은 결국, 오기륭과 단운룡을 보낸 허유에게 고스란히 이어지게 되어 있었다.

'처음부터 계산했단 뜻이겠지.'

마건위의 습격을 오히려 더 큰 기회로 생각했다. 그리고 친구 몸에 화살을 박아 넣으면서까지 그 큰 기회를 완벽하게 살려냈다.

더할 나위 없이 흡족한 결과일 것이다.

일부러 급소를 피해 맞히고, 일부러 상황을 어렵게 조작했던 일.

그래도 강건청이 얼마나 다쳤나 걱정했던 눈빛만큼은 진심이었는지도 모르겠다. 그 화살들이 강건청에게 치명적인 상처를 안겨주었더라면 제아무리 허유와 같은 자일지라도 양심의 가책을 피해가기가 어려웠을 것이 틀림없었다.

"네 녀석이 본 그대로다. 나는 지금까지 줄곧 똑같은 인간이었다. 나에게 중요한 것은 오직, 오원의 안위다. 오원이 더 큰 것을 얻을 수 있다면, 네 녀석이 본 것처럼 친구의 몸에 화살을 날릴 수도 있고, 마음에도 없는 표정들을 진짜같이 지을 수도 있다. 하고 싶지 않은 말들을 해대는 것도 대수로울 일이 아니다. 이 오원을 지킬 수만 있다면 그 어떤 거짓과 위선과도 손잡을 수 있다는 뜻이다."

단운룡은 더 이상 허유의 이야기를 부정할 수가 없었다.

다른 것은 전부 다 거짓일지라도.

위선으로 점철된 모습을 보일지라도.

오원을 위한다는 일념 하나만큼은 진짜였다. 우정을 기만하고 정도를 빗나가는 것을 조금도 거리끼지 않을 만큼 순수한 일념이었다.

"당신 뜻은 잘 알고 있어. 나한테 무슨 말을 하고 싶은지도."

단운룡은 그렇게 이야기를 맺었다.

허유의 마음을 안다.

외롭고도 외로운 늑대.

스스로를 더 외로운 곳으로 몰아가면서, 순수하면서도 순수하지 못한, 걸레짝처럼 찢어진 일념 하나로 버텨가는 늑대였다.

그와 같은 늑대 앞에서.

어린 신룡의 선택은 이미 종착점에 도달해 있었다. 멈춰진 곳에서 흘러가는 시간, 성장하는 세월의 끝을 늑대의 바람 뒤로 유보해 놓으려는 것이다.

남은 것은 오직 오기륭과의 결말뿐.

단운룡은 그것마저도 뒤로 미루어둔다. 오기륭이 떠날 때, 그때를 위해서였다.

"응. 그걸 그렇게 맞혀."

"이렇게?"

따악!

단운룡이 던진 나뭇조각이 땅바닥에 놓여진 나뭇조각에 맞았다.

흙바닥에 그려진 원 위에서 두 개의 나뭇조각이 튀어 올라 옆으로 흩어진다. 자그마한 여자 아이, 강설영이 손뼉을 치며 밝은 목소리로 외쳤다.

"와, 운룡 오빠는 정말 잘하네! 백발백중이잖아!!"

"백발백중까진 아닐걸."

"아냐, 아냐. 처음 하면서 이렇게 잘하는 사람은 운룡 오빠밖에 없었어."

강설영은 활기가 넘치는 아이였다.

위급한 상황에서 제 아버지를 구해주기도 했거니와, 영리해 보이는 얼굴이 꽤나 마음에 든 모양으로, 단운룡이 의원에 찾아올 때면 노상 따라다니며 이것저것 귀찮게 하기 일쑤였다. 그렇게 얼굴을 익힌 지도 삼 일째에 이르렀을 때다. 움직임도 많고 말도 많은 강설영이 까르르 웃으며 가르쳐 주기 시작한 것이 바로 이 타소목(打小木)이란 놀이였다. 타(打) 소목(小木), 즉, 작은 나뭇조각들을 던지고 맞혀서 튕겨내는 놀이였는데, 규칙이 간단하고 어디에서든 할 수 있는데다가 은근한 재미까지 있어서 단운룡으로서도 시간 가는 줄 모르고 웃음보를 터뜨리는 중이었다.

"어! 운룡 오빠, 심호흡했다! 내공 쓰면 반칙이야!!"

"어? 그래? 내공 쓰면 반칙이야?"

"당연하지!! 설마 지금까지 내공을 쓰면서 했던 거야?"

"아, 아냐. 내공은 쓰지 않았어."

단운룡은 흠칫 당황하면서 손사래를 쳤다. 돌멩이를 던질 때처럼 무공 구결에 따라 던져 내긴 했지만 실제로 내공을 실어 던지지는 않았다. 그러나 따지고 보면 무공 구결도 내공 운용의 일종이라 할 수 있다. 강설영이 의심의 눈초리를 보내는 동안 단운룡은 짐짓 시치미를 떼면서 다음번 규칙을 가르쳐 달라 화제를 돌렸다.

"저러고 있는 것을 보니, 어린애는 어린애로군."

"그러게 말입니다."

"철모르게 이야기하고 있는 것을 보고 있자면, 그날 본 것이 꿈만 같단 말일세.”

“몇 번이나 듣고도 믿기가 어렵습니다. 언뜻 드러나는 총명함을 보면, 그럴 수도 있다는 생각이 들기도 합니다만.”

“곽 노대.”

“네?”

“곽 노대도 슬슬 제자 하나 둬야지?”

“제자… 말입니까?”

“쌍월벽의 이름을 일대에서 끊긴 아깝지 않겠나?”

“후대를 생각하기엔 아직 이르지 않습니까? 아가씨까지는 모시고, 그 다음에 생각을 해보지요.”

“설영이까지 모시고 제자를 찾는다? 그때는 늦어. 곽 노대가 예전과 다르다는 거. 내가 가장 잘 알아.”

“혹시… 이번 일 때문에 그러시는 겁니까. 제 능력의 부족을 느끼셨다면…….”

“그런 것이 아닌 것 알고 있잖아!”

강건청이 날카로운 어조로 곽경무의 말을 끊었다. 입을 다문 곽경무를 돌아보며 강건청이 고개를 저었다.

“곽 노대가 직접 겪었으면서 무슨 소릴 하는 게야. 이번에는 정말로 죽을 뻔했다고.”

“그놈, 죽일 생각은 없었다지 않았습니까.”

“팔 하나는 가져가야겠다고 하는 거, 다 들었단 말이다, 이 사람아. 팔 하나 날아갔더라면 쌍월륜을 어떻게 들려고 했어?”

"그건 결국, 제 실력이 예전만 못하다는 말씀으로 들립니다 그려."

"그래, 맞아. 예전만 못해. 그렇게 이야기해 줘야 속이 시원하겠나?"

"그렇지요. 저는 늙었습니다. 주공도 지키지 못하는 퇴물이나 다름이 없어요."

"곽 노대."

"예?"

"내 지금 몸이 멀쩡했더라면 곽 노대 입을 가만두지 않았을 텐데."

"끔찍한 소리 마십시오. 늙은이는 찬물만 마셔도 이빨이 시립니다. 밥도 못 먹게 하실 생각이었습니까."

"곽 노대, 지금 농담하는 거 아니야."

"농담이 아니시겠지요. 암요."

농담조로 이야기하고 있었지만, 곽경무의 얼굴은 그 말투와 달리 딱딱하게 굳어 있었다. 그런 곽경무의 얼굴을 올려다보는 강건청의 두 눈에 안타까운 빛이 깃들었다.

"곽 노대, 그만한 명성, 그만한 실력을 가지고 언제까지 고생만 할 생각인 거지? 고작 나 같은 사람 밑에서."

"그것은 이미 끝난 이야기입니다."

"나에게는 끝나지 않은 이야기야. 곽 노대는 언제든 원하는 삶을 살 수 있어. 이곳이 아니라 어디에서든."

“상주.”

“…….”

“상주는 오늘 꼭 이십 년 전으로 돌아가 있는 것 같습니다. 말투마저도 젊었을 때 같군요. 그래요. 그때도 똑같은 말을 했었지요.”

“돌아가신 아버님과의 약속이었을 뿐이야. 왜 아직까지 그런 것을 붙들고 있는 것이지?”

“그것이 바로 선친께서 쌓아두신 덕입니다. 전 죽을 때까지 강씨 금상의 상주를 모십니다. 그것이 누가 되었든지 간에요.”

“곽 노대가 마차를 끌고 있는 것을 볼 때면, 나는 항상 아버님이 원망스러웠어. 곽 노대는 이래선 안 돼. 쌍월벽이라니……. 벽이 아니라, 그 이름 그대로 륜이었어야 했어. 아버님이 아니었다면, 강호를 질타하는 쌍월신륜의 이름으로 천하를 호령할 수 있었을 것이고, 지금에 와서는 누구도 무시할 수 없는 강호의 대원로로 추앙받고 있었을 것 아니겠어?”

“상주, 상주는 크게 착각하고 있는 것이 있습니다.”

“뭘 착각한다는 게야?”

“상주에겐 내가 그저 한 명의 노복으로 보이십니까. 혹시나 상주가 그렇다고 하더라도, 저에게 있어 상주는 얽매여 모셔야만 하는 주공이 아닙니다. 상주는 내 가족입니다. 상주가 주모의 품에서 강보에 싸여 나왔을 때부터. 상주는 내

가 키운 아이였습니다. 내가 보살핀 소년이었습니다. 상주가
어찌 생각할지는 모르지만, 상주는 내게 있어 피를 나눈 아
들과 같습니다. 무공은 다를지라도 내가 가르친 제자와 같단
말입니다.”

“……!”

곽경무의 노안에는 가족만이 보여줄 수 있는 애정이 깃들
어 있었다. 평생을 그렇게 살아왔고 앞으로도 그렇게 살아갈
사람의 의지가 거기에 있었다.

“분명히 말씀드리겠습니다. 저는 약속 때문에 이곳에 있는
것이 아닙니다. 제가 원해서 상주 곁에 있는 겁니다. 상주가
내 아들이라면 아가씨는 내 손녀이며, 상주가 나의 제자라면
아가씨는 내 사손입니다. 행복하게 자라는 것을 보기 전에는
결코 눈을 감지 못합니다. 아시겠습니까? 그러니 그런 바보
같은 소리는 다시 하지 마십시오.”

강건청을 한참 동안 아무런 말도 할 수가 없었다.

곽경무가 지닌 마음의 깊이를 가슴으로 느낄 수 있었기 때
문이다. 화가 난 듯, 아무렇지 않은 듯 굳어진 표정을 보이고
있는 곽경무. 강건청이 고개를 숙이며 나직한 목소리로 말했
다.

“곽 노대 마음은 잘 알겠어. 곽 노대 같은 사람이 내 곁에
있는 것은 누구도 누리기 힘든 최고의 복락이라 생각해. 하지
만 곽 노대도 내 진심이 무엇인지는 잘 알고 있을 것이야. 제

자 하나 정도 키워보는 것, 언젠가 그 제자가 또다시 우리 가문을 보필할 수 있으면 좋겠다고 생각했을 뿐이니까 말이네. 곽 노대보고 강호에 나갔어야 한다고 했지만 쌍월벽이 없어진 금련마차의 어자석, 나로서는 상상조차 할 수가 없어."

곽경무도 강건청의 마음을 몰라서가 아니다.

위험했던 순간, 전에 없던 위기로 인하여 두 사람 모두가 심신에 타격을 받았을 따름이었다. 죽음을 생각하게 되면, 그 누구라도 약해지게 마련인 것이었다.

"제자…… 란 것은 혹, 저 아이를 두고 한 말입니까?"

당연하다면 당연한 진심들. 새삼스레 확인한 두 사람이다. 곽경무가 조금 더 밝아진 목소리로 화제를 돌렸다. 단운룡을 가리키며 하는 말이었다.

"그래. 굉장한 꼬마야. 불패신룡이 뭘 어떻게 가르쳤든, 저만한 무재는 일찍이 본 적이 없어. 속가 어린 무재의 집합지라는 무평(武坪)에서조차도."

"한데, 불패신룡의 무공을 쓴다면서 어째서 그의 제자가 또 아니랍니까?"

"그걸 모르겠단 말일세. 게다가 허유 그 친구도 어지간히 아끼는 아이인 것 같더군. 가능하다면 데려가고 싶은 마음이 굴뚝같은데 말야."

"인연이란 것은 그렇게 마음먹은 대로 흘러가지 않는 법이겠지요. 게다가 저 아이… 저로서도 쉽게 감당할 수 있을 것 같지도 않습니다. 아무래도 광동천노의 제자라고 한다면 우직한 면이 돋보여야 할 텐데, 그런 것과는 영 거리가 멀어 보이는군요."

"또 그건 무슨 소리인가. 곽 노대는 그냥 제자라는 것을 얻고 싶지가 않은 모양이야."

"그런 것이 아닙니다. 다만, 저 아이만큼은 아니라고 생각될 뿐입니다. 마음에 와 닿는 것이 없어요. 제자라는 것은 삼생의 연이 이어져야 하는 커다란 인연일진대, 그런 느낌을 전혀 받을 수가 없습니다."

"그런가……. 하여간 곽 노대도 특이한 사람이야."

두런두런 이야기를 나누는 중에도 단운룡과 강설영은 타소목이라는 놀이에 한창이었다. 지치지도 않는지 신나게 어울리는 두 아이들을 보며, 강건청은 왠지 모를 기이한 감정에 휩싸이고 있었다. 삼생의 연, 언젠가 이어지고 얽혀가는 그 인연의 끈을 느껴 버린 것인지도 모른다. 제자의 연과는 조금 다른 인연, 이곳이 아니더라도 반드시 다시 만나게 될 것이라는 예감의 발현이었다.

"요즘 어딜 그렇게 쏘다니는 거야?"

"뭘?"

"그 중원에서 온 상인들한테 자주 찾아가던데, 어쩔 셈이야?"

“어쩔 셈이냐니?”

“너 말야. 그 상인들 따라서 떠날 거라는 소문이 파다해.”

“뭐라구?”

소봉이 어깨를 붙잡으며 해오는 이야기다. 단운룡으로서
는 금시초문인 이야기였다.

“그래, 상인들 따라간다는 게 진짜야?”

하만까지도 궁금한 표정을 지으며 단운룡에게 다가온다.
단운룡이 눈썹을 치켜 올리며 되물었다.

“대체 누가 그래?”

“다들 그래. 어른들이 먼저 그러는 거 같던데?”

“어른들이?”

“야! 우목! 누가 그랬다고 했지?”

“몰라. 그냥 바깥에서 그런 소리가 들려.”

“누가 그런……!”

“누가 그랬건 간에 말야. 너, 진짜 따라갈 거야?”

“엉?”

“그 상인들 따라갈 거냐고.”

“그런 건 별로 생각해 본 적이 없는데…….”

솔직한 마음이다.

오원을 떠나는 것에 대하여 심각하게 고민해 본 적은 있지
만, 그렇다고 그 상인들을 따라가겠다는 생각은 조금도 해본
적이 없었다.

떠난다면 그들과 함께가 아니다. 오기룡과 함께다. 오기룡
과 오원을 떠나면 떠났지, 그 상인들과 함께 가는 것이 아니
었다.

"그리고 너, 사실은 같이 왔던 사람이 있었다면서?"

"엉? 그건 또 어디서?"

"박 의원 거처에 들락거리는 사람 말이야. 원래 처음부터
너랑 같이 이곳에 온 사람이었다고 그러더라구. 수문군에 있
는 어른들이 그랬어."

하만이 고개를 주억거리며 말했다. 오기룡을 말하고 있는
것, 단운룡은 이제 와서 갑작스레 퍼져 있는 소문들에 당혹감
을 감출 수가 없었다.

"그 사람이라면 나랑 같이 온 것이 맞아."

"누구야? 네 아부지야?"

반조의 목소리다.

난데없는 질문이었으되, 누구라도 할 수 있는 질문이었다.

당혹스러움이 더 커질 뿐, 단운룡은 빠르게 고개를 내저으
면서 대답했다.

"아버지라니, 뭔 소릴 하는 거야? 가족들은 옛날에 다 죽었
다니까."

"그럼 누구야? 누군데 널 이곳까지 데리고 온 거야?"

"누구라고 한다면……."

단운룡은 순간, 정말로 당황하고 말았다.

막상 누구라고 아이들에게 설명하려니 마땅히 할 말이 없
다.

오기룡.

그는 단운룡에게 있어 어떤 사람일까.

가슴속에 잠자고 있던 의문이 머리를 쳐들고 솟구쳐 오른
다.

말을 멈추었던 단운룡은, 할 수 없이 생각나는 대로 대답할
수밖에 없었다. 뱉어놓고도 금세 후회할 수밖에 없는 대답이
었다.

"우연히 만난 사람이야."

"우연히 만난 사람?"

"응."

궁색하기 짝이 없다. 그렇게 궁색한 대답을 하면서도 어찌
하여 뭔가를 변명하는 듯한 기분이 들었는지 정말 알 수가 없
었다.

"우연히 만난 사람인데, 여기까지 왔단 말야?"

우목이 다소 미심쩍다는 목소리로 물어왔다. 어떻게 대답
해야 할까. 이럴 때는 그냥 사실대로 말하는 것이 속 편할 일
이다. 단운룡은 사실에 최대한 가까운 이야기를 함으로써 아
이들의 의문을 풀어주기로 결론을 내렸다.

"길을 잃었었어. 그러던 와중에 우연히 만나게 되었고, 나
는 아무 데나 사람들이 많이 사는 곳으로 데려다 달라고 했었

지. 그래서 온 곳이 여기야.”

“어? 그러면 사실 그 사람하고는 아무런 관계가 없는 거 네?”

“으, 으응? 아무런 관계가 없다는 것까진 아니지만…….”

“뭘……. 그냥 만난 사람이란 거 아냐? 그 사람, 백족 아니 지?”

“백족은 아니지. 한족이야.”

“친척도 아니고 같은 동족도 아닌 거네. 난 또…….”

소봉이 그럼 그렇다는 듯 고개를 몇 번이나 끄덕였다.

그리고.

결국 아이들의 입에서는 그 말이 나오고 말았다. 이 대화가 시작되었을 때부터 혹시나 듣게 될까 봐, 원하는 대답을 해주 지 못하게 될까 봐 걱정했던 질문이었다.

“그러면 소룡은 떠나지 않는 거지?”

“……!”

“그 상인들 따라가서 뭐 하려고 해. 따라가도 힘든 일이나 시키고 말걸?”

“맞아. 맞아. 그냥 여기에 있어, 소마군이랑 같이.”

소봉의 말. 하만이 고개를 끄덕인다.

소봉과 하만뿐이 아니다.

깃발 타령을 하며 하만과 싸우던 반조도, 입이 걸기만 한 금령도, 가장 머리가 좋은 우목도 하나같이 같은 눈빛으로 단운룡을 쳐다보고 있었다.

"그게 사실… 내 마음대로 되는 일이 아니라서 말이야."

단운룡은 그렇게 대답하며, 스스로의 마음에 부끄러움을 느꼈다.

비겁한 대답이었다.

허유의 앞에서, 오기룡의 앞에서는 모든 일을 자신이 선택한다 이야기해 놓고, 아이들의 앞에서는 그렇지 못한 일이라 변명하고 있었다.

그러면 안 된다.

결정을 내려두었어야 했다. 이런 식으로 대답하는 일은 절대로 없었어야만 했다.

아이들의 실망스런 눈초리가 단운룡의 앞에 있었다.

눈을 감으면 언제든 떠오를 그런 눈빛들. 평생토록 잊지 못할 아이들의 눈빛이었다.

"운룡 오빠, 오늘은 기운이 없어 보이네?"

"응? 으응."

타소목은 재미있는 놀이였지만, 영 흥이 나질 않았다. 눈치 빠른 강설영은 그런 단운룡을 보며 시무룩한 얼굴로 말을 이었다.

"운룡 오빠. 그런데 말야, 오빠랑 함께 싸우러 왔던 아저씨 있지?"

“응?”

“그 아저씨, 오늘 아침에 아빠한테 와서 되게 많은 이야길 하고 갔다?”

“많은 이야기?”

“응. 있잖아. 그 아저씨, 우리 떠날 때 같이 간대.”

“같이 간다고?”

“응. 광주까지 함께 간다고 그랬어.”

“확실해?”

“설영이가 옆에서 들었다니까.”

“그, 그리고?”

“그리고 운룡 오빠도 함께 갈 거래, 광주까지.”

‘함께… 간다고……!’

단운룡의 눈이 번쩍 뜨였다.

오기룡이 이야기한 적 있다. 마건위를 막는 것으로 단운룡에 대한 빚과 오기룡을 숨겨준 것에 대한 빚을 한꺼번에 갚아버렸다고.

그래서 단운룡은 자유가 되었다고. 언제든 마음대로 할 수 있게 되었다고 말이다.

‘소마군을…… 떠난다…….’

단운룡은 순간, 그 사실이 엄청난 충격으로 다가오고 있다는 것을 깨달을 수 있었다.

오기룡과 함께 이곳을 떠나게 되면.

다시는 소마군을 보지 못하게 될 것이다.

오원의 치열했던 싸움들도, 이곳에서 보았던 수많은 사람들의 얼굴도.

완전히 다른 세계의 일이 되어버린다. 처음으로 사귀었던 친구들, 처음으로 만들었던 순수한 관계들도 단숨에 지워져 버리는 것이다.

"근데 말야, 운룡 오빠. 그 아저씨, 운룡 오빠랑은 무슨 사이야?"

"어…… 어엉?"

"그 아저씨 운룡 오빠 사부님이야?"

"사부님이냐고?"

"엉. 같은 무공 쓰잖아."

"같은 무공은 쓰지만 사부님은 아니야."

"진짜야? 그럼 다른 사부님도 모실 수 있는 거야?"

"다른…… 사부님?"

"있잖아. 나 우리 집에 무공 가르쳐 주는 사부님 있어. 우리가 여기 와 있는 동안 사부님도 어디 갔다 온다고 했는데, 금방 다시 올 거래. 그 사부님 있지, 엄청엄청 세다구. 운룡 오빠도 우리 사부님한테 배우지 않을래? 우리 집에 가면 말야."

강설영이 목소리는 당장이라도 함께 배우는 것을 상상하고 있는 듯, 한참이나 들떠 있었지만 단운룡은 그런 강설영의 이야기가 잘 귀에 들리지 않았다. 그것보다, 하루 새에 두 번이나 들은 질문이 마음에 울리고 있다.

오기룡은 어떤 사람인가.

단운룡에게 있어서 어떤 존재인가 하는 질문이었다.

"설영아, 잘 들어봐. 무공을 가르쳐 주긴 했는데, 사부님은 아니야. 그렇다고 일가친척도 아니거든? 나이 차는 많은데, 별로 상관없이 서로 막 대해. 그럼 뭐지? 뭐라 불러야 하지?"

"그거 그 아저씨 말하는 거야?"

"응."

"그 아저씨랑 친해?"

"응. 친해."

"그 아저씨 나쁜 사람이라 생각 안 하지?"

"나쁜 사람? 그럴 리가. 엄청 좋은 사람이야."

"둘이 마음도 잘 맞고?"

"잘 맞는 편이지."

"그럼 다른 게 아니네."

강설영은 너무나도 당연하다는 표정을 짓고 있었다. 뭘 그렇게 쉬운 문제를 어려워하냐는 얼굴이었다.

"다른 게 아니면…… 뭐란 말이야?"

"뭐긴 뭐야, 친구지."

"친…… 구?"

"울 아빠가 그랬어. 친구는 나이 차이와 상관없는 것이라구. 울 아빠랑 곽 노대랑은 몇십 살이나 차이가 난댔어. 근데, 친구래. 친구라 부르지는 않아도 분명히 친구가 맞댔어.”

‘친구…….’

단운룡은 강설영의 말에서 머릿속이 밝아지는 것을 느꼈다.

고생을 나누었던 동료.

싸움을 함께했던 동료.

친구다.

언제 만나도 반가울 사람이다. 시간을 초월한 우정을 나눌 사람, 오기룡은 단운룡에 있어 바로 그와 같은 친구였다. 영원한 우정을 나눌 사람이었다.

“아저씨가 친구라……. 설영아, 정말 고맙다.”

“뭐가?”

“굉장히 큰 것을 가르쳐 줬어. 죽을 때까지 잊지 못할 거야.”

단운룡은 고개를 끄덕였다.

눈앞이 밝아진다. 머릿속을 복잡하게 하던 것이 씻은 듯 날아가 버렸고, 혼란스럽던 마음속에는 누구도 흔들 수 없는 결심이 서버렸다.

“타소목은 다음에 하자. 오빠는 만나야 할 사람이 있어.”

“그 아저씨?”

“응, 아저씨.”

단운룡은 몸을 돌렸다.

오기륭에게 가는 것이다. 이 땅에 대한 결판을 내러 가는 길, 몇 년이 될지 모를 세월을 기약하기 위한 결심의 길이었다.

"그게 무슨 소리냐?"

"말했잖아. 난 안 간다고."

"안 간다고?"

"그래."

"오원에 남겠다고?"

"맞아."

"말도 안 되는!!"

"말도 안 된다니."

"이곳에서 대체 무엇을 하겠다는 말이냐!"

"무엇을 하든, 내 결정이야."

오기륭은 불같이 화를 내고 있었다. 자신의 귀를 의심하고 있는 얼굴이었다.

"잘 생각해 보아라. 이곳에 있어도 계속되는 위험이 있을 뿐이다. 내 직접 싸워봤지만, 마건위는 실로 만만치가 않은 자다. 허유도 마찬가지야. 그놈 뱃속에는 뭐가 들었는지 모른다. 여기는 위험해. 네가 있을 곳이 아니다!"

"어디라도 마찬가지야."

"어디라도 마찬가지라니! 이 오지에서 썩어가겠다는 말이냐!"

“썩어가다니, 그렇지 않아.”

단운룡의 결심은 너무도 확고해 보였다. 오기륭이 기가 막히다는 듯, 한숨을 내쉬면서 자제되지 않는 목소리로 소리쳤다.

“허유, 그놈이 대체 너에게 무슨 바람을 넣은 것이냐! 여기는 전쟁터다. 밖으로 나가면 배울 것이 태산같이 많아! 이곳에서 보지 못한 것, 얼마든지 볼 수 있단 말이다!”

“이곳에서밖에 볼 수 없는 것도 있어.”

“아아아! 이 무슨!!”

오기륭은 발끝을 몇 번이나 들썩이고 있었다. 얼마나 답답해하는지 주변에 무엇이라도 부숴 버리고 싶다는 마음이 저저로 전해져 왔다. 그런 그를 잠자코 올려다보던 단운룡이 나직한 목소리로 말했다.

“아저씨, 하나만 묻겠어. 나는 아저씨에게 뭐야?”

“뭐?”

“아이들이 물어봤었어. 아저씨는 나에게 뭐냐고. 그럼, 아저씨는 나를 뭐라 생각해?”

“뭐라 생각하냐니!”

“그때, 늑대가 물었을 때 아저씨는 모르겠다고 했었어. 근데, 나한테도 누가 물어보고 나니까 나도 처음에는 잘 모르겠더라구. 아저씨가 대체 뭔지.”

“바보 같은 질문이다! 너가 나에게 뭐냐고? 당연한 것을 묻지 마라! 너는 나에게 둘도 없는 '친구'다. 다시없는 최고의 동료야!!"

단운룡의 눈이 번쩍 빛났다.

그랬다.

그래도 몇십 년 앞서 간 인생이라는 것인가.

오기륭은 단운룡보다 먼저 그 답을 내려놓고 있었다.

너무나도 당연하다 말하는 그 대답. 단운룡은 가슴이 꽉 차오르는 뭔가를 느낄 수가 있었다.

"아저씨, 내가 낸 답도 그래. 아저씨는 다른 게 아니라 친구가 맞는 것 같더라고. 그러니까 말하는 거야. 아저씨는 이번에 그들과 함께 중원으로 가. 나는 이곳에 있겠어."

"동고동락했던 동료, 친구임을 알면서도 왜 나 혼자 가라는 말이냐! 앞뒤가 맞지 않는 일이 아닌가!"

"그렇게 소리치지 않아도 다 들려, 아저씨. 친구니까 혼자 가라는 말이야."

"친구니까 혼자 가라고?"

"아저씨. 아저씨는 중요한 할 일이 있는 사람이야. 그 일이란 것이 누군가와 나눠가면서 할 수 있는 일이었어? 아저씨에게 필요한 것은 지금, 친구가 아니라 해야 할 일을 할 수 있는 강력한 힘이야. 나에게까지 신경 써가면서 할 수 있는 일이라고 생각하지 않아."

"그, 그렇지 않다. 얼마든지 할 수 있는 일이야."

"그런 게 아니잖아. 아저씨가 늙은 뱀을 이기는 거 대충 보고 있었어. 그치만 구룡보란 곳엔 늙은 뱀보다 강한 사람이 있을 거 아냐? 늙은 뱀보다 강한 사람까지도 필요없을 거야. 늙은 뱀 정도 되는 사람 셋, 세 명만 와도 아저씬 죽어. 그러면서 어떻게 나까지 데리고 다니려고 해? 그런 것은 아저씨나 나에게나 서로에게 좋지 않아. 그것이 아저씨가 혼자 가야만 하는 이유야."

"하지만 너를 이곳에 혼자 두고 갈 수는 없다. 그럴 수는 없어."

"그럴 수 있어. 아저씨는 큰일을 해야 해. 혼자서. 앞으로 나아가야지. 친구는 친구의 앞길을 막지 않는 법이라 했어. 나는 말야, 아저씨 앞길을 막는 친구가 되고 싶지 않아."

진심이 담긴 말이다.

오기룡은 단운룡의 말에서, 하루가 다르게 성장하는 소년의 진심을 느낄 수가 있었다.

"너… 너는 말이다……."

"……."

"정말…… 너무도 건방진 놈이다."

"원래 그랬잖아."

오기룡은 단운룡의 두 눈을 다시 한 번 바라보았다.

다른 사람도 아니고, 오기룡 자신의 입으로 친구라 말했었다.

친구가 내린 결정이다. 어찌하여 그런 결정을 내렸는지, 그 것을 따질 계제가 아니다.

친구의 그것이 어떤 결정이든, 존중하고 믿어줘야 하는 법 이다.

억지로라도 끌고 가고 싶은 마음이 하늘을 찌르고 있었지 만, 그래서는 안 될 일이다. 그렇게 억지로 끌고 갔다가는 혼 자 뿌리치고서라도 이곳에 돌아올 놈이다. 단운룡이란 놈은 말이다.

"좋다. 내가 졌다. 네 뜻대로 하겠어. 하지만 이곳에 오래 는 두지 않는다. 삼 년. 삼 년만이다. 삼 년 이상은 이곳에 놔 두지 않겠어."

"삼 년이라니, 무슨 이유라도 있는 거야?"

"중원에 나가서 기반을 잡는 데까지 삼 년. 삼 년 시간이면 충분하리라 생각하고 있다. 그전까지는 네 녀석 말대로 운신 이 어렵겠지만, 그때는 여유가 생긴다. 그때는 널 내 곁으로 부를 것이다. 너에게 새로운 세상을 보여준다는 약속, 결코 잊어버리지 않았다."

"뭔가를 받으려는 것이 아니잖아. 내 도움이 필요하다면 도와주기는 하겠지만."

"분명히 약속했다. 그때는 내 억지로 네 녀석을 제압해서 라도 끌고 갈 것이다."

"그러시든지."

"삼 년이란 시간은 금방 흘러간다. 이런 곳에서 싸움을 하다 보면 특히 빠르게 흘러갈 거야. 그때까지 크게 성장해 있기를 빌겠다. 중원에서 만날 상대들은 여기와는 다를 테니까."

이별이다.

두 사람은 삼 년을 기약하고 이별을 결정했다.

다시 만날 때까지.

지금과는 달라진 모습으로. 또는 똑같은 모습으로.

숨김없는 우정으로 연결되었던 두 남자의 이야기였다.

시간이 빠르게 흘러갈 것이라 했던 오기룡의 이야기는 마치 예언과도 같았다.

강건청과 곽경무가 상세를 회복하는 데 걸린 시간은 보름 남짓.

강건청과 곽경무 주위를 오갔던 오원 사람들은 모두가 약속이라도 한 듯, 늙은 뱀에 대한 이야기를 일체 꺼내지 않았다. 허유의 언질이 있었을 것이다. 마건위의 존재를 감추기 위한 방편이었다.

떠나는 강건청은 단운룡에 대한 아쉬움을 숨기지 않았다. 어울리지도 않게 징징 짜던 강설영의 얼굴과 뭔가를 숨기는 듯한 오원의 분위기를 미심쩍은 눈으로 살피던 곽경무의 날카로운 눈빛이 기억 속에 새겨졌다.

뒤도 돌아보지 않던 오기룡의 등에는 강력한 의지가 충만해 있었다.

단운룡은 그렇게 사람들을 보냈다.

그 다음부터는 일촌광음. 해가 지고 달이 뜨는 하루하루는 팽팽하게 당겨진 활시위의 활처럼 무서운 속도로 흘러가기 시작했다.

"최근 들어 맹획의 무리가 준동하기 시작했다. 동쪽의 육주산(陸柱山) 근처에 뭔가를 꾸미고 있다는 정보다. 그걸 정찰해 오는 임무라 한다."

"육주산? 너무 먼데?"

"멀어도 할 수 없어. 이번에는 체력에 자신있는 아이들만 간다."

출발 명령을 받고 나면 어느새 대지의 한복판이다. 아이들은 여전히 대산을 따랐고, 언제나처럼 시끄럽기만 했다.

"이번에는 위험하지 않겠어?"

"예감은 나쁘지 않다. 별일없을 거야."

"어, 저건 뭐지?"

"밭인가?"

"뭘 꾸민다면서? 고작 밭농사?"

"대체 뭐 하는 짓거리래?"

단순한 정찰처럼 싱거운 일도 있었지만 치열한 싸움도 여러 번 있었다.

죽을 고비를 넘기는 아이들도 많았고, 싸움에 익숙해져 가는 아이들도 많았다. 다치고 죽는 아이들이 있었음은 물론이다.

"오른쪽이다! 달려!"

"오른쪽 뒤편에 기마병이 온다!"

"기마병이라고?"

둥둥둥둥. 두두두두두.

북소리 밖으로 지축을 울리는 말발굽 소리가 들린다.

"어느 쪽으로 가야 되지? 두목! 두목!!"

"오른쪽으로 계속 간다! 흑로, 따라와! 뒤를 막자!"

"알았어!!"

"선봉은 운룡이 이끌어라! 모두 다 군말없이 운룡을 따라가!"

"알겠어!"

아이들의 결속력은 날이 갈수록 강해졌다. 대산을 정점으로 하는 아이들. 단운룡을 향한 아이들의 신뢰도 하루가 다르게 높아져 갔다.

"이번에는 북쪽 길이 어떨까?"

"나쁘지 않겠네, 두목."

"우목은 그렇다 하고, 네 녀석은 어떠냐. 운룡?"

"글쎄…… 북쪽도 좋지만 서쪽을 껴서 우회하는 것이 낫지 않겠어?"

"이 길?"

"응. 이쪽 길."

"아, 이 길을 통해 간다고?"

"조금 멀어지긴 해도 지형을 생각하면 나쁘지 않을 것 같아서 말야."

"확실히 그렇군. 이쪽도 괜찮겠어. 운룡, 눈이 좋구나."

"그렇지 않아. 거리를 생각하면 북쪽이 훨씬 가깝잖아."

"아니다. 조금 여유롭게 갈 필요가 있어. 어른들의 보급도 그렇게 급하지 않고. 이번에는 운룡의 생각대로 한다. 모두 이의없지?"

신뢰가 생겨나는가 하면 질투와 시기도 있다. 몇 번의 출정이 있고 몇 번의 활약이 있었을 때, 단운룡은 처음으로 흑로와 부딪치게 되었다.

"나는 말이다, 네 녀석이 싫다."

"응? 무슨 소리야, 흑로 형."

"다른 것은 몰라도, 두목의 생각에 토는 달지 마라. 두목이 북쪽이라면 북쪽인 거다. 두목이 남쪽이라면 남쪽인 거야."

"아, 그렇지만……."

"네 녀석 머리가 좋다는 건 나도 잘 안다. 그래도 두목의 말은 무조건 들어야 하는 거다. 그게 소마군이 살아남을 수 있는 원동력이니까."

“…….”

“조심해. 오늘은 여기까지만 이야기하겠다. 자꾸만 기어오르면 가만두지 않겠어.”

이런 친구가 있으면 저런 친구도 있는 법이다.

간혹 가다 틀어지는 경우가 있다고 하더라도 전장에 나가면 하나다. 서로 싫어함을 솔직하게 말한다 해도, 싸움터에까지 그 감정을 끌고 가는 일은 결코 없었다.

“이번에는 또 뭘 그려달라고.”

“해님 말야. 여기에다 그려줘.”

“거기? 바지에다가?”

“응. 여기 무릎에다가.”

“어떻게 그리면 되는데?”

“동그라미를 이렇게 그리고, 주변에다 이글거리는 걸 둘러치면 되지 않겠어?”

“이렇게?”

“엉! 맞아! 엄청 근사한데!”

“가만히 있어봐. 아, 그리고 하만, 너 이거 무릎 안쪽으로도 묻는다. 괜찮겠어?”

“괜찮아, 괜찮아.”

“여기는 되었고, 다른 쪽은?”

“다른 쪽은 달과 별을 그려야 되는데, 그건 나중에 해줘.”

“왜 나중에?”

"해님을 그리고 나면 하룻밤을 자고 나야 달님을 그릴 수 있단 말야."

"하룻밤을?"

"원래 그런 거야. 여하튼 고마워, 우목 형. 역시 납서가 그림은 잘 그린단 말야."

서로 다른 풍습들을 잘도 섞어가며 나눠간다. 부족의 경계가 무너지고 있었다.

"두목, 그 그림은 뭐야?"

"이거? 문신이다."

"문신?"

"그래."

"며칠 동안 안 지워지는 거 같던데?"

"하하하. 운룡이 네 녀석도 모르는 것이 있었구나. 며칠 동안 안 지워지는 것이 아니라 평생 동안 안 지워지는 거다."

"평생 동안?"

"살갗에 상처를 내고 묵염을 넣어서 그리는 거라서 깊이 파내지 않고는 절대로 지워지지 않는다."

"상처를 내고?"

"그래."

"윽! 아프겠는데?"

"아프지. 너도 해볼래?"

"어? 아, 아니."

"아프다니까 겁먹은 거냐?"

"그런 게 아니라…….."

"그게 아니면 뭐냐. 겁먹은 거 맞구만."

"아니라니까."

"그럼 못할 이유가 없지! 어이! 그걸 가져와라."

"무, 무슨! 안 한다니까!"

"시끄럽다. 오늘은 운룡이 문신을 한댄다! 다들 와서 질질 짜지 않나 구경이나 해라!!"

우르르 몰려드는 아이들에 빼도 박도 못하게 생겼다. 도망치고 싶은 마음은 굴뚝같았지만, 이미 아이들은 단운룡을 포위하듯 둘러싸고 있었다. 대산의 팔뚝에 있는 글자들에 뭐 하러 관심을 보였는지 후회스러울 따름이었다.

"자, 잠깐! 두목이 하는 거야?"

"그래, 내가 한다. 옷 벗어라."

"옷은 또 왜?"

"안 보이는 데다가 해야지. 나처럼 보이는 데다가 하면 안 되거든."

"엉?"

"팔이나 얼굴에 하는 문신들은 어른들에게 인정받은 전사들만 할 수 있는 거다. 해보고 좋으면 나중에 또 해."

"어른들한테 혼난단 말야?"

"일단은 그렇지."

“그럼 안 하면 되잖아!”

“자꾸 빼다가는 겁쟁이라 놀릴 거니까 알아서 해라. 다른 놈들도 많이 했어.”

“엉?”

“봐라, 저기 하만 놈도 했다.”

대산이 한쪽을 가리키자 하만이 상의를 끄집어 올려 배를 드러내 보였다. 빙글 돌아가는 태양 문양 한쪽으로 포랑족이 영물로 생각하는 참나무 쥐의 문양이 새겨져 있었다.

‘두 개나……!’

하만뿐이 아니다. 기대에 찬 얼굴로 바라보고 있는 대부분의 아이들이 쪼그만 문신 한두 개는 지니고 있는 듯했다.

“어디다 할래?”

“윽.”

어쩔 수가 없다. 이래서는 피할 도리가 없다.

웃통을 벗고 가슴을 내밀었다. 엄지손가락으로 왼쪽 가슴 위쪽을 꾹 누르면서 호기롭게 이야기하는 것밖에는 할 수 있는 일이 없었다.

“여기, 이곳에 해줘.”

“오호라! 아플 텐데.”

“괜찮아.”

단운룡이 짧게 대답하자 이곳저곳에서 탄성들이 터져 나왔다. 배짱을 부리는 모습에 박수를 치고 환성을 올린다. 그

또래 아이들 그대로의 모습들이었다.

"뭘 새길까?"

"두목이니까 그림은 잘 못 그릴 거고, 글자로 해줘."

"글자? 난 어려운 글자는 잘 모른다."

"소마(少魔), 두 글자면 돼."

"여어, 좋은데. 소마라."

소마군의 소마를 뜻함이다. 아이들 사이에서 좋거니 멋지거니 하는 탄성들이 다시 한 번 터져 나왔다.

"자, 잠깐! 그거, 그거로 하는 거야?"

"그래, 이거다."

소봉이 가져온 대침(大針)은 과장을 보태서 어른의 팔뚝만큼 굵어 보였다. 칼날같이 날카로운 침 끝에는 검은색 묵염과 갈색 피 얼룩이 함께 묻어 있었다.

"나…… 죽는구나."

"그래, 어디 한번 죽어봐라. 야! 팔 잡아!"

하만과 금령이 얄밉게도 달려들어 양팔을 붙잡는다. 안 잡아 줘도 될 일을 그렇게 잡고 있으니 더 죽을 맛이다. 다가오는 대산의 얼굴은 그야말로 악귀의 얼굴이었으며, 터뜨리는 웃음소리는 그야말로 악마의 웃음소리와 같았다.

일 년이 지나고 이 년이 지난다.

시간은 유수와도 같았다.

열셋을 넘긴 단운룡의 목소리는 한동안 탁해진 채 맑아질 줄을 몰랐다. 앳된 목소리가 어른의 음성으로 변해가는 시기다. 변해가는 목소리만큼 키도 쑥쑥 자라났고, 체격도 하루가 다르게 좋아지고 있었다.

"재작년 이맘때였냐?"

"뭐가?"

"니 문신."

"아, 이거?"

쪼그만할 때 했던 문신이다. 어깨가 벌어지고 가슴팍이 제법 늘어나고 보니, 두 글자 문신도 옆으로 늘어나 예전 색깔보다 흐려져 있었다.

"그거 말야. 한 번 새로 해야겠는데?"

"새로 한다구?"

"이게 뭐야. 흐려져서 잘 보이지도 않잖아."

"다시는 안 한다. 무슨 소리야."

오원의 북동쪽 야산에는 몍을 감기 좋은 계곡물이 있었다. 다들 옷을 벗고 들어가 있으려니, 어느새 다가온 소봉이 단운룡의 옆구리를 찌르면서 말을 걸어온다. 언젠가처럼 음모를 꾸미는 듯한 눈빛을 하고 있었다.

"야, 너 요즘 흑로 형 봤지?"

"흑로 형?"

"그래, 흑로 형 귀에 있는 거."

"아, 귀고리 말야?"

"그거 겁내 멋지지 않냐?"

"음…… 그런대로…….."

"그거 말야, 그 화니족의 소려가 준 거래."

"소려? 삐쩍 마른 꼬맹이?"

"그래. 듣기로는 흑로 형을 디지게 좋아한다던데?"

언젠가부터 소봉은 겁난다는 말과 디진다는 말을 입에 달고 살았다. 소봉이 눈을 크게 뜨며 장난기 어린 표정으로 말을 이었다.

"그래서 말인데, 나도 한번 귀고리 해볼까?"

"귀고리?"

"그래, 귀고리. 귀고리 하면 홍라 누님이 좋아할까? 아니, 싫어할라나?"

"아직도 홍라 누님에 대한 미련을 못 버렸어?"

"당연히 못 버렸지. 언제까지나 내 목표는 홍라 누님이야."

"홍라 누님… 좋지…….."

갑자기 끼어들어 들려온 것은 옆에서 반쯤 졸고 있던 하만의 목소리였다. 홍라 누님이란 말에 정신이 번쩍 나는 듯, 퉁퉁한 얼굴을 하늘로 올려다보며 홍라 누님의 이름을 되뇌고 있었다.

"하만, 네놈한테는 어림도 없는 이야기다."

"소봉 형이라고 별수있겠으?"

하만의 말투, 포랑족의 사투리다. 그렇기에 더 큰 편잔으로 들리는 것 같다.

소봉이 달려들더니, 하만의 살찐 목덜미를 조르는 시늉을 하면서 한참이나 실랑이를 벌였다. 그렇게 물을 튀기다가 단운룡을 돌아보는데, 언제 그렇게 난장을 피웠냐는 듯 진지한 표정을 지으며 나직한 목소리로 물어왔다.

"디지게 아프겠지?"

"뭐가 아파?"

"이거 뚫으려면 말이다."

소봉은 두 손을 올려 양쪽 귀의 귓불을 만지작거리고 있었다. 뒤편에서는 하만이 헛바닥을 축 내밀고 웃기시지 말라는 양 오만상을 찌푸리고 있었다.

"귀? 거길 뚫는다고?"

"여길 조그맣게 뚫는 건데, 어떨까? 역시 겁나게 아프겠지?"

어디가 되었든 몸에다 구멍을 뚫을 생각을 하니 저절로 소름이 돋았다. 하지만 소봉은 그런 아픔이라도 얼마든지 참을 수 있다고 생각하는 것 같았다. 귀라도 뚫어서 꾸미고 다니면 홍라 누님이 한 번이라도 돌아봐 줄까 멋대로 상상하고 있는 모양이었다.

"마음대로 해. 뭐라도 하면 지금보다는 낫겠지."

"낫다. 그렇겠지……. 엉? 뭐라고? 지금 뭐라고 했어? 지금보다는 낫겠다고?”

“아니, 좋아 보이겠다고.”

“너, 이 녀석, 지금이 대체 어때서 그러냐.”

“어떻긴, 바보 같지.”

뒤에서 하만이 심드렁한 말투로 추임새를 넣었다. 약이 오른 소봉이 이를 드러내며 목소리를 높였다.

“소룡이 네놈 말이다, 잘생겼다고 그렇게 야박하게 구는 게 아냐!”

“그런 게 아니라니까.”

“이 자식, 옛날부터 재수가 없었어. 그렇지, 하만?”

“맞어. 소룡이가 살짝 재수가 없지.”

“그래, 귀는 너나 뚫어라. 귀 뚫고, 문신 하고 네놈이 혼자 겁내 다 해 처먹어라!”

“아니, 소봉 형. 내가 뭘 어쨌다고 이 난리야.”

“시끄러워, 이 자식아. 잘난 놈은 잘나게 살아야지.”

계속 궁시렁거리고는 있지만, 정말 마음이 상해서 그러는 것이 아님은 두 사람 모두가 잘 알고 있었다. 딱히 불만이 있어서 그런 것이 아니다. 그렇게 불평해 놓고 곤란해하는 단운룡의 모습을 즐기는 것 같았다. 친해져 있음을 표현하는 소봉만의 방식이다. 나이를 몇 살 더 먹어도 유치한 것은 도통 없어질 기미가 보이질 않았다.

“그만 좀 해. 소봉 형, 근데 그놈 라고족 놈 말야. 다시 마을에 왔다는 것 같던데?"

"말 돌리지 마라, 이 약아 빠진 놈아."

"진짜로. 그 라고족 요즘 들어 너무 자주 보여."

"하기야 그렇긴 해."

하만이 뒤편에서 고개를 끄덕인다. 소봉도 몇 마디 더 하려다가 입을 다문다. 자기도 궁금하긴 했는지 이야기를 들어줄 마음이 생긴 모양이었다.

"그거 혹시… 무용 영감 일 때문 아닐까?"

"정신 나간 무용 영감?"

"응. 이야길 들어보니까, 무용 영감 정신 나간 거 그냥 그렇게 된 것이 아니라던데……."

"그냥 나간 게 아니라니?"

"무슨 약(藥)인가 가루인가를 노상 들이마시고 살았다고 해. 요 몇 달 동안 말이야."

"약?"

"그거 말이지, 약이 아니라 독일지도 모르겠어."

"독? 그래서 라고족 놈을 불렀다? 무슨 독인지 알려고?"

"그래야 말이 되지 않을까?"

"하기야 라고족은 원래 독물을 잘 다룬다고 했으니까."

"응."

"근데 말이다. 너, 이렇게 진지한 이야기를 왜 나랑 하냐?"

"엉?"

"이런 건 우목이랑 이야기해. 두목한테 직접 이야기하던
지."

"그건 또 뭔 소리야?"

"난 그런 거 이제 골치 아파. 관심없어."

"관심이 없다고?"

"그래. 난 이제 아무것도 하고 싶은 것이 없고 세상만사가
모조리 귀찮은 남자야. 앞으로는 그런 느낌으로 밀고 나가기
로 했어."

"언제는 귀고리를 하겠다 말겠다 하더니만."

"그건 그거고 이건 이거다. 토 달지 마."

"소봉 형은 원래가 이런 인간이잖아. 소룡이 니가 참아."

하만의 말이다. 다시 한 번 뒤엉키는 두 사람에 깊지도 않
은 개울물이 사방으로 튀어 올랐다.

소봉은 그렇게 듣기 귀찮다고 했지만, 단운룡의 이야기는
결코 가볍게 넘길 만한 일이 아니었다. 정신 나간 무용 영감
은 온종일 얼굴에 웃음을 달고 살았고, 어쩔 때는 지극한 환
희의 표정을 짓기도 했다. 죽은 친구들이 찾아온다고 그러는
가 하면, 십 년 전에 죽은 마누라의 모습이 보인다고도 했다.

말하자면 환각이다.

환각을 불러오는 뭔가에 머리를 잠식당했다는 뜻이었다.

문제는 그런 것이 무용 영감 하나가 아니었다는 데 있었다.

　　포랑족 촌락 한구석에서 짚신을 만들던 방 노인네가 무용 영감과 똑같은 증세를 보인 것을 시작으로 화니족의 요 아줌마, 경포족의 우씨 아저씨까지 환각을 말하는 사람들이 연이어 발견되었던 것이다.

　　"이건 문제야."

　　"그렇소."

　　"누가 누구를 나무랄 것도 없어. 이게 어찌 된 일인지 지금은 힘을 합쳐야 할 때이네."

　　"동감이오."

　　끊임없이 서로를 향해 독기를 뿜고 이빨을 드러내던 뱀과 늑대도 이번 일에서만큼은 의견을 함께할 수밖에 없었다. 몇 장의 죽간을 탁자 위에 늘어놓은 늙은 뱀이 늑대를 향해 침중한 목소리로 말을 이었다.

　　"이건 우연히 벌어진 일이 아니네. 무용 영감, 방 노인네, 전부 같은 것에 당했어. 라고족의 효마 놈을 불러다가 물어봤는데, 그놈도 자세히는 모르겠다고 그러더군. 그놈은 사충독(蛇蟲毒)에 대해서는 누구보다 잘고 있지만, 초목독(草木毒)에 대해서는 사충독만큼의 지식이 없다고 했네. 게다가 무용 영감 집에 있던 그 가루는 독이 아니라 약에 가깝다고도 했지. 그렇게 약이라고 한다면, 아무래도 박 의원을 쓰는 편이 좋을 것이라 생각했네."

　　"그렇지 않아도 박 의원에게 조사를 부탁해 놓았소."

"빠르군. 아니, 그렇지 않고서야 자네가 아니겠지."

서로를 싫어하긴 해도 서로의 능력만큼은 인정하고 있는 그들이다. 붉은 늑대, 허유가 마건위의 두 눈을 직시하며 말했다.

"그 가루, 적어도 이곳 물건은 아니오. 외부에서 흘러들어온 물건이 틀림없소."

"나도 그리 생각하네. 처음에는 감도 못 잡았었지만, 효마 놈에게 초목독이라는 이야기를 듣고서 불현듯 떠올랐던 것이 있었지. 최근 들어 서북쪽에 정체 모를 목초밭들이 생겨나고 있다는 것 말일세."

"우리의 대적들 중 하나는 아무래도 정공법이 아니라 다른 공격법을 생각해 낸 모양이오."

"그래, 독 또는 약. 가루를 들이키면 근심 걱정이 사라진다고 하더군."

"그런 짓을 벌일 만한 자는, 달리 생각할 수 없소. 그것은 필경……."

"…일각수."

"…맹획."

두 사람의 결론은 완벽하게 일치하고 있었다. 시작되는 일각수 맹획의 준동, 그것은 전혀 예상치 못했던 방향으로의 공격이다. 한 번에 치고 들어오는 것이 아니라 서서히 잠식해 들어오는 방식, 기나긴 싸움의 또 다른 시작이 눈앞으로 다가

온 것이다.

　흘러가는 시간과 변해가는 세상은 일산유사계(一山有四季) 십리부동천(十里不同天)이라는 운남의 날씨와도 같았다. 십리를 가면 하늘이 다르다. 지나는 일 년마다 하늘과 땅이 사람들과 모든 것이 변하고 있었다.

　"얍!"

　따악!

　"좋았어!"

　"엇! 으앗!"

　따악!

　"으랴앗!"

　단운룡과 아이들이 하고 있는 놀이는 다른 것이 아니었다.

　땅바닥에 그려놓은 원 안에 각자의 나뭇조각들이 몇 개씩이나 굴러다니고 있었다.

　"또 그 짓거리냐."

　"타소목이야. 재미있어. 두목도 껴."

　"야, 임마, 무슨 소리야! 두목이 끼면 재미없다고!"

　"엉?"

　"저번에 못 봤어? 두목이 던지면 우린 다 한 번에 나가떨어진단 말이다, 이 바보야!"

　"아차! 그렇지! 두목, 두목은 다음에 끼면 안 될까?"

아이들이 대산을 불렀지만, 대산은 이미 몸을 돌려 저만치 걸어가고 있는 중이었다. 아이들이 다시 한 번 대산을 불렀지만, 대산은 뒤도 돌아보지 않았다. 심드렁한 목소리로 한마디를 남겼을 뿐이다.

"적당히들 놀아라, 이놈들아."

바로 며칠 전에도 출정을 나갔다 온 소년들이다.

맹획이 움직이고 있다는 소문이 일 년째다.

무용 영감이 미쳐서 자살하고, 우씨 아저씨가 헛소리를 하면서 마을 사람들에게 칼부림을 하다가 잡혀 죽은 것도 일각수 맹획이 수작을 부린 것이라는 이야기가 있었다.

그뿐이 아니라.

최근 들어 타가의 무리가 부쩍 기승을 부리는지라, 이번 출정도 보통 험하게 진행되었던 것이 아니었다. 소마군에서도 죽은 아이가 둘이나 나왔을 정도로 격렬했던 싸움이다. 그렇게 죽은 아이들이 나왔더라도, 아니, 나왔기 때문에 더 더욱 긴장과 공포를 풀어줄 만한 뭔가가 필요한 마당이었다.

타소목같이 단순한 놀이에 아이들이 죽도록 매달리고 있는 것도 그래서다. 위험했던 만큼 마음을 놓을 수 있는 시간들이 반드시 뒤따라야만 했던 것이다.

"그러고 보면 이번에는 진짜 죽을 뻔했어."

"그러게 말야."

"소룡 덕분에 산단 말야. 도망치는 길 하나는 정말 기막히게 찾아내는 것 같아."

"도망치는 길뿐이냐? 이번에는 상대편 병사 두 명도 순식간에 때려눕혔잖아. 손바닥을 이렇게 휙휙 휘두르면서 말이지."

타소목을 하는 아이들, 자기 차례가 오는 사이사이로 지난 출정의 일들을 이야기한다. 몇 번이나 위기를 넘겼으면서도, 그것이 일상인 양 아무렇지 않게 말하고 있다. 갈수록 질겨지는 신경이었다.

"소모랑 소종 두 놈 다 좋은 놈들이었는데."

"그래, 아깝게 됐어."

"그러게, 몇 발짝만 뒤로 왔어도 안 죽는 거였는데."

"그래도 아프진 않았을 거야. 나도 아프지 않게 죽고 싶어."

죽음을 말할 때도 예외는 없었다.

바로 며칠 전까지 웃고 까불며 놀던 친구들이 죽어버렸는데도, 마음의 동요는 많지 않은 것 같다. 삶과 죽음의 경계에 놓여 있는 소년들, 보통의 소년들하고는 근본부터가 달랐던 것이다.

"야, 넌 요즘 왜 그렇게 빨리 크고 있냐?"

"응?"

누군가가 툭 치며 말을 걸어온다. 뒤돌아보니 반조다. 반조가 못마땅하다는 표정으로 단운룡을 올려다보고 있었다.

"싸움 한 번 하고 올 때마다 커지는 것 같다. 무슨 비결이라
도 있는 게야?"

반조의 말마따나 단운룡의 키는 처음 이곳에 왔을 때와는
비교도 안 될 정도로 커져 있었다. 그것은 아마도 죽어버린
아버지, 단천생의 키가 컸기 때문이었을 것이다. 어느 순간부
턴가 쑥쑥 자라기 시작하더니, 열네 살을 넘긴 지금에 이르러
서는 오 척을 훌쩍 넘긴 상태였다. 상당히 빨리 큰 편으로, 같
은 또래 대부분의 아이들보다 키가 크단 말이다. 단운룡보다
키가 큰 사람은 삐쩍 마른 소봉 외엔 몇 명 되지도 않을 정도
였다.

열한 살에 오원에 들어와 벌써 삼 년이 지났다.

그동안 변한 것은 외모뿐이 아니었다. 단운룡을 둘러싸고
있는 다른 모든 것들도 격변이라 할 만큼의 변화를 맞이하고
있었다.

"근데 말이지, 요즘 들어 부쩍 위험한 일이 많아지고 있지
않아?"

"그러게. 저번도 그렇고 저저번도 그렇고."

"게다가 타가의 병사들, 굉장히 살벌했다고. 이번 싸움에
서는 무슨 어른들보다, 우리를 더 죽이고 싶어하는 것 같았
어."

"어! 너도 그런 생각 했냐? 난 나만 겁먹었나 했는데."

"아냐, 나도 그랬어. 아예 대놓고 우리를 몰살시키겠다는

말도 들었는데."

"엉? 무슨 말을 들어?"

"우릴 몰살시키겠다고."

"너, 언제 그놈들 말을 배웠다고 그걸 알아들어?"

"아니, 그놈들한테 맨날 듣는 게 우리보고 죽으라고 하는 것밖에 없는데, 아직도 그걸 못 알아듣고 있었어?"

"어라. 그도 그렇네?"

단운룡은 아이들의 이야기를 들으며 던지려던 타소목의 나뭇조각을 뚝 멈출 수밖에 없었다. 최근 들어 나타나는 적들의 행태는 아이들의 말처럼 확실히 심상치 않은 데가 있었던 까닭이다. 소마군을 향한 적의가 점점 더 집중되고 있다고 할까. 날이 갈수록 위험 수위가 높아지고 있는 느낌이었다.

'그동안의 전과……. 이제는 적들 중에도 소마군을 모르는 이가 없겠지.'

그동안 소마군은 처음에 기대했던 것을 한참이나 뛰어넘는 성과를 달성해 주고 있었다. 전장에서 목숨을 내놓고 단련된 소년들은 이제, 즉시 전력감이라 해도 과언이 아니었던 것이다. 특히나 대산이 이끌고 있는 호위조는 일 년 전부터 전투조라는 이름으로 바뀐 이래, 종종 어른들 이상의 전공을 올리는 경우도 있을 정도였다.

'어쩔 수가 없는 일이야.'

소마군의 활약이 두드러지고 있는 시점이다. 적들도 소마군의 힘을 충분히 인식하게 되었을 것이 틀림없었다. 소마군에 대한 공격이 거세지고 있는 것도 충분히 이해할 수 있을 만한 상황이란 말이었다.

'벌써 삼 년……. 너무나 마음껏 휘저어왔기 때문인지도 모른다.'

적들이 소마군을 노리고 있다는 것.

그것은 소마군이 적들에게 있어 하나의 중대한 위협으로 받아들여지고 있다는 뜻이라고 해석할 수 있었다.

게다가 그 중심에 있는 것은 다름 아닌 대산, 그리고 단운룡 자신이었다.

대산이 전투조를 이끌고 어른들의 싸움을 지원하고 있다면, 단운룡은 나머지 보급조와 수색조를 완벽하게 지휘하면서 싸우는 자들의 전투력을 배가시키는 역할을 맡아왔다. 필요한 경우에는 전투조로 들어가 직접 전투에 뛰어드는 경우도 있었음은 말할 필요조차 없는 일이었다.

'눈에 너무 띄었던 것도 분명 문제라 할 수 있겠지.'

단운룡이 전투조와 다른 조들을 자유롭게 오가는 것에 대하여 못마땅하게 생각하는 이도 없지는 않았다. 대표적인 이가 흑로다. 보여주는 능력이 워낙에 뛰어난지라 대놓고 시비를 걸어오진 않았지만 눈이라도 마주칠 때면 노골적일 정도의 적의를 보내오곤 했다.

적의를 보내오는 이는 흑로뿐이 아니었다.

어쩌다가 보게 되는 마건위는 특히나 위험스러운 느낌을 불러일으키는 자였다. 마건위뿐이 아니라 그 양자인 마사충도 그랬다. 마건위만큼 위협적이지는 않았지만, 마건위의 수하들인 몇몇 경포족의 어른에게서도 비슷한 느낌을 받을 수가 있었다.

오기룡과 강씨금상의 마차를 구해냈던 때부터 뿌리 깊게 내려온 감정이었다. 복면을 하고 있었다고는 했지만, 지금 생각하고 보면 그 복면은 눈 가리고 아웅 하기 그 자체임에 다름이 아니었다. 그것은 마건위도 마찬가지였지만 말이다.

거기까지는 오원에서 받아온 주목이다. 위험스럽다 느낀 적은 있어도, 실제적으로 위해가 되지는 않는다. 문제는 바깥에서 받는 주목이다. 적들에게 받는 주목을 말함이었다.

어쩌면 적들은 이미 단운룡의 이름까지도 파악하고 있는지도 모른다. 소마군의 소년 하나가 무에 그리도 중요하겠냐만 가끔가다 죽어가는 적들이 대산의 이름을 정확하게 말하는 경우도 있었음을 생각하면 단운룡의 이름이 알려져 있으리란 것도 터무니없는 상상은 아니라고 할 수 있었다. 대산이야 소마군의 두목이니 이름이 알려지는 것도 당연한 일이었겠지만, 단운룡의 활약도 요즘 들어서는 대산 못지않았기 때문이었다.

대산 못지않은 단운룡.

상황 판단은 물론이거니와 싸움 실력에 있어서도 대산에

비견되는 수준이란 말이었다. 숨겨진 이인자는 단운룡이라는 말까지 나올 정도다. 대산 아래 이인자는 무조건 흑로라는 이야기까지도 흔들리게 되었을 만큼, 단운룡의 활약은 실로 눈부신 데가 있었다.

'예감이 좋지 않아. 조만간 무슨 일이 생길 것 같은 느낌이다. 긴장해야겠어.'

제 능력을 보여주면서 점점 그 위치를 확고하게 잡아가는 단운룡이었지만, 정작 단운룡의 마음은 먹구름이 낀 듯 답답하기만 했다. 차라리 비라도 확 뿌려 버렸으면 좋겠지만, 검게 드리워진 먹구름은 그저 칙칙함으로만 가득 차 있을 뿐이었다. 아이들과 함께하는 타소목으로도, 아무것도 모른 채 밝게 웃는 친구들의 얼굴을 보면서도 풀어낼 길이 없는 답답함이었다.

*   *   *

"올해 들어서 중독에 이른 이들이 벌써 스무 명이 넘습니다. 점점 막기가 어려워지고 있습니다."

"대체 그건 어디서 흘러들어 오는 게냐. 왜 막을 수가 없는 것이지?"

마건위는 격앙된 감정을 감추지 못했다. 벌떡 일어나 방 안을 서성대는 것에 초조함이 물씬 드러나고 있었다.

“다른 이들은 모르겠지만, 안궁이라니! 어째서 그 녀석까지!”

안궁이란 이는 마건위에게 있어 수족과도 같던 남자였다. 친동생이나 다름없다 입버릇처럼 말할 만큼 친분이 두터웠던 사내, 경포족 전사들 중에서도 특별하게 용맹이 뛰어났던 남자인 것이다.

“안 숙부의 집에서 발견된 귀비산(貴妃散)은 한 되가 넘습니다. 꽤나 오래전부터 해오셨던 모양입니다.”

마사충의 이야기에 마건위는 결국 분통을 터뜨리고 말았다. 내려치는 손길에 앞에 있던 탁자가 부서질 듯 흔들렸다.

“이놈이나 저놈이나, 힘들었으면 말을 할 것이지! 그까짓 약물에 의존하려 하다니!!”

귀비산.

무용 영감의 일이 터지고 삼십여 일, 박 의원은 달포가 지나서야 오원에 돌아왔다. 무용 영감이 해왔다는 백색 가루약을 살펴본 후, 박 의원이 꺼내놓았던 이름은 귀비산이라는 세 글자였다. 양귀비라는 식물을 원료로 한다는 일종의 환각제로서, 환각에 관련된 여러 가지 효과를 지닌다고 하였다.

“환각, 환청, 쾌감, 희열감, 약한 정도의 최음 효과까지 각기 따로 또는 중복적으로 나타낼 수 있는 약이오. 중독성이 매우 강할 뿐 아니라, 중독 중에는 극한의 금단 현상을 겪게 되며, 보통 이상의 공격성, 폭력성까지 나타낼 수 있기 때문에 의가(醫家)에서도 금기시되고 있소. 희망이 없는 환자에게 진통 효과를 기대하기 위하여 사용하는 일은 있어도 보통 사람에게는 절대로 권하지 않소. 정신이 제대로 박힌 의원이라면 말이오."

그것이 귀비산에 대한 설명이었다. 박 의원은 귀비산에 대한 설명 외에도 그것에서 벗어나기 어려운 이유와 그것을 찾는 이유에 대해서도 이야기를 해준 바 있었다.

"일단 한 번 접하게 되면 그 쾌락은 쉽게 잊기가 어려운 것이 되오. 더욱이 이곳에 있는 이들은 약물에 대해 무지하니, 그 중독성에 대해서 전혀 아는 바가 없소. 아무런 경각심 없이 접하는 데다가 그 위력이 대단한 만큼 중독에 이르는 것은 순간이오. 한 번 중독이 되면 약에서 떨어뜨려 감금을 해놓아야 하는데, 그때 느끼는 고통은 당하는 사람이 아니고서는 짐작조차 어려울 정도로 심하다 했소."

"하지만 대체 왜……?"

"오원 사람들은 지쳐 있소. 지쳐 있을 뿐 아니라, 앞으로의 상황도 썩 좋지 못하오. 이런 상황에서 귀비산은, 비록 잠시뿐이지만 최고의 쾌락과 환상을 약속하는 약물이라오. 사람이란 동물은 만사가 불확실한 상황에서 가장 크게 약해지는 법, 귀비산이 주는 쾌락을 생각하자면 설사 그 중독성과 위험성을 알고 있다고 한들 그 유혹을 뿌리치기 어렵다는 말이오.

만일 이것을 누군가 일부러 퍼뜨린 것이라면 그 의도는 필경
이 오원 사람들의 마음을 근본부터 무너뜨리기 위해서일 터,
몸과 마음을 한꺼번에 망가뜨리기엔 이보다 좋은 방법도 없
을 것이오.”

박 의원의 말투는 냉정했지만, 그 냉정함 속에는 사람들에
대한 깊은 우려가 함께하고 있었다. 그때부터 일 년 가까운
시간 동안 박 의원은 귀비산의 중독 증세를 해소할 수 있는
약을 만들기 위해 불철주야로 연구에 골몰하는 중이었던 것
이다.

“아버님, 노화를 거두십시오.”

“그만큼은 그런 것에 넘어가지 않을 줄 알았다.”

“예, 저도 놀랐습니다. 그나마…… 다행이라 할 수 있는 것
은 이곳뿐 아니라 타가의 군사들 중에서도 귀비산에 중독된
자들이 나오고 있다는 사실입니다. 꼴에 군법이랍시고 귀비
산의 중독자들을 엄하게 처벌하고 있는 모양이라지만, 갈수
록 통제가 어려워지고 있답니다.”

마사충의 이야기는 물 흐르듯 부드러웠다. 그가 화제를 돌
리며 마건위를 진정시켰다. 마건위가 심호흡을 하며 분노를
가라앉히고는 고개를 끄덕이며 대답했다.

“그 이야기는 이미 들었다. 문제는 그런 이야기조차도 사
람들에겐 또 하나의 유혹이 될 수 있다는 데에 있다. 타가의

졸개들마저도 손대는 마당이다. 귀비산이 대체 얼마나 대단
한 것이기에 그러는 것일지, 누구라도 궁금해할 수 있다는 뜻
이다."
　"입단속을 시켜둬야 하겠군요."
　"그렇다. 위험성은 부각시키되 효과에 대해서는 되도록 감
추어야 한다. 이렇게 되면 타가 놈들처럼 본보기로 중독자를
처벌하는 수밖에 없다."
　"일벌백계입니까?"
　"옳다. 처형까지도 염두에 둘 것이야."
　"드디어 결정하셨군요. 필요하다면 얼마든지 그렇게 해야
겠지요."
　"그래. 서둘러 했어야 하는 일인데 결단이 늦었을 뿐이다."
　"처형이라는 말이 나왔으니 말인데… 소마군 건은 어떻게
하시겠습니까?"
　"그것은 조금 더 검토를 해봐야 하겠다. 소마군은 아직 쓰
임새가 많아. 여차하면 대산이나 흑로 같은 몇 명을 성년 전
사들로 올려놓고 생각해 보는 것도 좋겠지."
　"가능하겠습니까? 워낙에 고집도 세고 제 의견이 분명한
놈들이라 전사늘의 단결에는 도리어 누가 될 텐데요."
　"그 두 놈은 차라리 괜찮다. 가장 골치 아픈 놈은 운룡이라
는 그놈이다."
　"요즘 들어 그놈 이름이 자주 들리던데, 정말 그렇게 대단

한 놈입니까? 제가 보기엔 실제보다 과대평가되고 있는 것 같
았습니다만."

"진짜 실력이 어느 정도일지는 모르겠다. 하지만 그놈은
심하게 거슬려……. 대산이 놈이 감싸고돈다는 점도 그렇고,
허유와 이어진 놈이라는 점도 그렇다. 가만 놔두었다가는 오
원의 단결에 위험 요소가 될 것이 틀림없다."

"소마군의 처분을 생각하시는 것도 그렇다면……."

"그래. 그놈의 처리도 중요한 이유 중의 하나다. 소마군은
분명 높은 전공을 거두고 있지만, 그 때문에 생기는 한계도
분명히 존재한다. 적들도 이제는 소마군을 알고 있어. 작전
하나를 짤 때도 소마군의 행보를 계산에 두어야만 한다."

"소마군의 움직임 때문에 전투가 복잡해진 것은 틀림없는
일이겠지요."

"복잡해진 정도가 아니다. 작전대로만 따라오면 나쁠 것도
없겠지. 하지만 이놈들은 그렇게 고분고분한 놈들이 아니다.
제멋대로 움직이는 못된 습성까지 가지고 있지. 대산도 그렇
고, 운룡이란 놈도 그렇다. 적들이 예측하지 못하는 방향으로
움직이기는 하지만, 그것은 적들에게뿐이 아니라 우리에게도
마찬가지야. 소마군의 움직임은 언제나 돌발적이다. 그것으
로 인해서 전투 부대의 짜임새가 흐트러진 것도 한두 번이 아
니다. 지금의 소마군은 전투 부대의 지원을 위한 것이 아니라,
제놈들이 살아남는 것을 최우선으로 하고 있다는 말이다."

“심려가 크셨군요. 소마군이 그 정도까지 왔을 줄은 몰랐습니다. 부족한 제가 조금 더 잘했어야 하는데요.”

“너는 아무런 죄가 없다. 그놈들이 너무 커버려서 문제지.”

“처리를 빨리 하시는 편이 좋겠습니다. 자꾸만 골치만 썩을 바에는요.”

“그래, 네 말이 백번 옳다. 소마군의 유지는 이제 심각한 낭비가 되어버렸다. 소마군의 존재 목적은 전사들의 암중 지원이었던 바. 다 알려져서 적들의 목표가 되고 있는 지금으로서는 없었을 때만 못하다. 게다가 통제도 안 되지. 당장 전력으로 투입할 수 있는 몇 명만 걸러내고 빨리 해체해 버리는 것이 좋아.”

“지당하신 말씀 같습니다. 하오면…… 그것은 언제쯤으로 계획하고 계시는지요.”

“세첸이라고, 북방초원의 실력자가 있다. 제국의 잔여 군벌들 사이에서는 거성(巨星)이라고 불리고 있다 하지.”

“타가가 받들고 있었다는 원의 장수 말씀이십니까?”

“알고 있구나. 이야기가 빠르겠어. 타가는 최근 들어 북방초원의 세첸과 교통로를 만들 수 있었던 모양이다. 서신을 주고받는 데만도 족히 몇 달은 걸렸을 일이겠지.”

“놀랍군요. 그게 가능한 일입니까?”

“어떻게 그럴 수 있었는지는 정확히 알 수가 없다. 동쪽 최남단에서 뱃길을 통했던 것 같은데 확실치는 않다. 여하튼,

그 세첸이란 자가 키운 자들 중에는 뛰어난 장수들이 많다고 했지. 타가는 세첸에게 도움을 청했고, 세첸은 젊은 무장 하나를 이쪽으로 보내주었다고 하였지."

"혹시… 나이만(儺已巒)이라는 장수를 말씀하시는 겁니까? 최근에 갑자기 나타난 자로, 맹획의 정예병들과 부딪쳐 삼십 명을 도륙했다던……."

"그렇다."

타가와 맹획은 동시에 오원을 노리고 있었지만, 타가와 맹획 그 둘끼리의 싸움도 심심찮게 벌어지는 중이었다. 그러던 와중에 이름이 알려진 자다. 한 자루 장창을 기가 막히게 다룬다는 소문이었다.

"무력이 대단할 뿐 아니라 지모도 상당하다는 말을 들었습니다만."

"알아야 할 것은 놓치지 않고 있구나. 실로 다행이 아닐 수 없다. 그래, 네 말처럼 나이만은 상당한 지략까지 갖춘 놈이 틀림없다. 대담하게도 이 나에게 직접 서신을 보내왔을 정도였으니 말이다."

"서신… 을 말입니까?"

"그렇다. 조만간 맹획의 군사 거점인 회한평을 칠 계획이라 하였다. 거기에 힘을 빌려달라고 하더군. 맹획을 상대하는데 양동 작전을 펴자는 것이었지."

"회한평을 말입니까? 거기를 함락시켜 봤자 좋을 것은 우리밖에 없는데요.”

“네 말대로다. 회한평은 오원의 경계와 접해 있는 곳이지. 우리 입장에서는 언젠가 반드시 얻어야만 하는 절대적인 요충지이지만, 타가 쪽에서는 하등 쓸 데가 없는 땅이다.”

“원하는 것이 있겠군요.”

“정확히 보았다. 회한평을 가져온다는 것은 보통 일이 아니기 때문이다. 성공할 수만 있다면 서쪽 경작지의 방비를 튼튼히 할 수 있을 뿐 아니라, 후강 중류의 수원(水源)까지 확보하게 된다. 그런 이득을 거저 얻을 수는 없는 일. 그놈에게 뭐라도 한 가지는 안겨줘야 할 것이다. 아니, 뭔가를 달라고 돌려서 요구한 것이라 해도 무방하겠지. 이쪽에서 받는 것이 있으면 줘야 할 것이 있는 법이다. 서신의 어구에서 느꼈던 대담함을 보건대, 얻는 것 없이 그런 제안을 해올 놈이 아니었다.”

“보통 놈이 아니로군요. 하면… 응하실 생각입니까?”

“일단은 응해줄 생각이다.”

“응하실 생각이라면… 놈에게는 대체 어떤 것을…….”

“모르겠나? 놈에게 줄 것이라면 지금 마침 딱 알맞은 선물이 있지.”

“아! 설마……!”

마사충의 눈이 번쩍 뜨였다. 마건위의 생각을 읽은 그다. 그가 진심으로 탄복했다는 표정을 지었다.

“그 설마가 맞다. 놈에게는 소마군을 줄 것이다.”

“소마군을 넘기고 회한평을 얻어온다면…… 확실히 밑지는 장사는 아니겠군요.”

“그렇다. 어찌 보면 이익이라 할 수도 있지. 지금의 소마군은 우리에게 있어 계륵에 불과하니까. 하지만 그러한 계륵이라도 놈에게는 다시없는 전공이 될 것이다. 타가 측에서는 소마군을 눈엣가시로 생각하고 있으니 말이다.”

“이쪽은 계륵을 버려서 좋고, 저쪽은 계륵을 처리해 주고 전공을 올린다……. 일석이조가 따로 없겠습니다.”

“그뿐이 아니다. 우리가 얻는 것은 회한평 하나만이 아니야. 소마군의 소년들이 장렬하게 전사하게 되면 그 다음엔 새롭게 얻을 수 있는 것이 또 있다.”

“그것이 무엇입니까?”

“타오르는 복수심과 불같은 단결이 그것이다. 첨봉에 나서던 아이들이 죽었다? 어떻게 되겠나? 오원의 전사들은 전에 없는 힘으로 뭉칠 수가 있을 것이다. 회한평을 얻는 것까지 더해서 사기를 높여 나간다면 당분간 오원 전사들의 싸움에 패배란 두 글자는 찾아볼 수가 없게 될 것이야.”

“과연 그렇겠습니다. 여세를 제대로 몰아 나갈 경우, 어느 한쪽을 끝낼 수도 있겠군요.”

“그렇다. 그 대신, 쓸 만한 놈들은 반드시 살려와야만 한다. 정 안 된다 해도 대산만큼은 확실히 살려와야 해. 그것을 어떻게 할 수 있을지 그 점을 특히 고민해 봐야겠다."

"알겠습니다."

대산에 대한 마건위의 집착은 생각보다 강했다. 대산의 실력을 무척이나 높게 치고 있었던 모양이다. 그런 마건위의 앞에서 젊은 뱀, 마사충은 아무런 내색을 하지 않았다. 두 눈만큼은 위험스럽게 빛나고 있었지만 마건위는 미처 그것을 눈치 챌 수가 없었던 것이다.

"이번 일은 이전 것과 다르다. 늑대 놈이 알아채서는 절대로 안 된다. 늑대 놈뿐 아니라, 그 누구도 알아선 안 돼. 소마군을 버린다는 것은 사실, 크나큰 손해를 감수하는 일이다. 선별 작업이 제대로 되어야지만 바라던 결과를 모두 다 얻을 수 있단 말이다. 계획대로 돌아가지 않을 수도 있을 테니, 여러 가지 상황을 상정하여 대비해 놔야 할 것이다. 준비에 차질이 있어서는 절대로 안 된다."

"명심하겠습니다."

늙은 뱀과 젊은 뱀은 그렇게 대화를 마쳤다. 소마군의 운명을 결정짓는 일은 그렇게 탁자 위에서 이루어지고 만 것이다. 누가 죽고 누가 살아날지 모르는 미래, 성공과 실패를 예측할 수 없는 잔인하고도 살벌한 대화의 끝이었다.

"조심해라. 이번 출정은 험난할 것이다."

"알고 있어. 이번에는 다르다는 것."

단운룡은 회한평으로 출격하기 전날, 허유를 만났다. 회한평 공격은 쉬운 일이 아닐 것이라 했고, 싸움의 향방은 예측이 불가능하다 하였다.

"살아 나오는 것이 우선이다. 오직 그것만 생각하라."

"항상 그래 왔잖아."

살아남아라.

허유는 아버지와 똑같은 말을 했다. 몇 년의 시간을 격하고 듣게 된 말, 살아오라는 그 말은 실로 묘한 감정을 불러일으키고 있었다.

"타가 측과 은밀한 교류가 있었던 모양인데, 정확한 내용은 비밀에 부쳐져 있다. 무슨 일을 꾸미고 있는지 모르겠어. 나에게까지 감추고 있다는 것이 특히 마음에 걸린다."

"그자가 뭐든지 감추려 했던 것이 하루 이틀이었어? 적이 하나 늘었다고 생각하면 그만이야."

단운룡은 자신있게 말했지만 마음속은 결코 그와 같지 않았다. 전에 없이 불길한 느낌이 들고 있었던 까닭이다. 살기 어린 공기가 오원 전체를 덮고 있는 듯한 기분이 들었다.

'위험해.'

허유의 말을 대수롭지 않게 넘기는 것 같았으나, 실제로 단운룡은 그의 말을 몇 번이나 곱씹으면서 일어날 수 있는 위험에 대해 여러 가지로 고민하는 중이었다.

'회한평의 퇴각로는 험하지 않아. 이전까지와는 다르다. 지

형의 도움은 기대할 수 없어.'

지난 삼 년간의 싸움에서 겪었던 위기들을 하나하나 떠올려 보았다.

한 치의 실수가 죽음을 부를 수 있는 순간들이다.

맹획과 타가, 양측 병사 모두에게 포위되는 상황을 머릿속에 그려보았다. 마건위가 배신을 하여 직접 연검을 들이대는 광경까지도 상상해 보았다.

'소용없는 일이다. 막상 닥쳐 봐야…….'

언제나 그랬다. 아무리 무슨 생각을 해봐도 정작 싸움에 나서면 예상했던 것과는 다른 양상으로 전개되곤 했다. 그것이 싸움의 본질이다. 어떻게 될지는 직접 맞닥뜨려야만 알 수가 있는 법이었다.

단운룡은 다음날 출정을 나서면서, '역시나'라는 마음을 아니 가질 수가 없었다.

전사들이 엄청나게 많다.

일찍이 경험해 본 적이 없었던 규모다.

오원에 이렇게 남자들이 많았나 싶다. 당장 칼을 쥐고 나선 전사들만 해도 천 명은 되는 듯하다. 오원의 외곽을 방어하던 전사들이나, 다른 지역에 흩어져 있던 전사들까지 모두 다 모였기 때문인 것 같았다.

'총공세다. 이런 적은 없었어.'

저 앞에 세워진 누대에는 마건위와 허유가 나란히 서 있었다.

뱀은 공격, 늑대는 방어다.

마건위가 오원 전사들을 이끌고 회한평 공격에 나서면 허유는 이곳에서 남은 전사들과 함께 오원을 방어하기로 되어 있다. 그것이 이번 싸움의 전체적인 골자였다.

'공격하는 쪽이나 방어하는 쪽이나 큰 부담을 떠안게 되었다. 이것은 확실히 모험이야.'

다시 둘러봐도 정말 많다. 일대 장관이라 해도 과언이 아니다.

이상할 뿐이었다.

예전의 단운룡 같았으면 이와 같은 광경에 흥분과 기대를 감추지 못했겠지만, 기이하게도 그런 마음이 들지를 않았다.

이들 전사들이 이 싸움에서 질 것 같지는 않다. 왜인지는 모르겠다. 이기게 되더라도 해서는 안 될 싸움이라는 생각이 들었다.

'이미 늦었어.'

이제 와서 되돌릴 수도 없다. 단운룡이 상념에 젖어 있는 사이, 전투의 의지를 고취시키는 마건위의 연설이 있었고 나아질 미래를 약속하는 허유의 다짐이 뒤따랐다.

오원 서문(西門)으로 향하는 출정이다.

일사불란하게 진행되는 행군은 다른 상념을 허용하지 않았다. 만도병대와 궁병대가 진용을 짜고 움직인다. 커다란 북을 지고 있는 고수병들과 색색의 군령기를 펄럭이는 군기병들이 전사들 사이사이에서 발을 맞추고 있었다.

줄줄이 움직이는 전사들의 숫자는 보이는 것뿐 아니라, 실제로도 천 명을 넘어서는 것 같았다. 오원이 가동할 수 있는 전체 병력의 숫자가 천오백도 안 된다는 것을 감안하면 천을 넘는 숫자는 정말 엄청난 것이라고 할 수 있다. 그야말로 최소한의 방어 병력만을 남기고서 싸움을 치른다. 도박에 가까운 시도였다.

'늙은 뱀은 바보가 아니다. 늑대도 마찬가지야. 늑대는 승산이 있는 것처럼 말했다. 아주 터무니없는 도박은 아니라는 뜻이겠지.'

마건위나 허유나.

그 교활함은 익히 인정하는 바다. 어느 한쪽의 독단이었다고 한들, 오원에 손해가 되는 짓은 결코 하지 않는다.

오원을 비워두었다?

이번 공격은 맹획을 향한 공격이다. 맹획을 공격하고 있는 중에 타가의 공격을 받으면 낭패를 면치 못한다. 오원 전체가 함락될 수도 있는 상황이었다.

'확신이 있는 거다.'

타가는 공격해 오시 않는다. 허유는 말했다. 마건위가 타가 측과 은밀한 담합을 한 것 같다고. 그것은 어쩌면 타가가 오원을 치지 않으리라는 것을 확약받은 것인지도 모른다.

'늙은 뱀……'

정확히 어떻게 된 것인지는 알 수가 없지만, 한 가지만큼은 장담할 수 있는 것이 있다. 마건위는 잔인하고 교활하지만, 오원을 위하는 마음만큼은 진짜다. 오원을 위험에 빠뜨리는 선택을 할 리가 없었다.

'불안감은 접어두자. 집중해야 해. 그것밖에 없다.'

백번 긴장하고, 주변을 잘 살피는 수밖에 없었다. 정신을 흐트러뜨려서는 안 된다. 어떤 상황에서라도 기민하게 반응할 수 있도록 마음가짐을 단단히 했다.

"저 산만 넘으면 곧바로 목적지다! 만도병은 선발로 움직이고, 궁병은 산 능선에 진을 친다! 개전(開戰)까지는 한나절도 남지 않았으니, 준비를 철저히 해라!!"

마건위의 목소리가 천 명 전사들의 머리 위로 쩌렁쩌렁하게 울렸다.

오원에서는 고작 하루 거리다. 지친 사람은 아무도 없었다.

오원 서쪽의 산.

회한평 평원에 접한 회한산이 거기에 있었다.

회한산(悔恨山).

후회함의 회(悔)와 한탄할 한(恨)이다.

평생토록 잊지 못할 이름이었다.

"첫 교전 예상지는 산 반대편의 적진이다. 오십 남짓의 병

력이 지키고 있는 적진이지만, 이전보다 방비가 튼튼해져 있
을 것이다. 단숨에 몰아쳐 오원 전사들의 무서움을 보여주도
록 한다!"

오원 전사들은 함성을 내지르지 않았다. 산 반대편까지 들
릴 리도 없었지만, 지금은 그 타오르는 불길을 가슴 속에 깊
이 감춰둘 뿐이다. 함성이라는 것은 싸움에 임하여 내질러도
늦지 않은 까닭이었다.

산을 넘는 것은 오래 걸리지 않았다. 높지도 않은 산이다.
꼭대기까지 올라가는 데 소요된 시간이 두 시진에 불과했을
정도였다.

'잘 보고 있겠지, 두목?'

단운룡은 산속의 지형을 눈여겨보아 두었다. 험한 산이 아
닌지라 특별히 담아둘 것도 없었지만, 그래도 샅샅이 훑어놓
기를 소홀히 하지 않았다.

얼핏 돌아본 대산도 단운룡과 다를 바가 없었다. 날카로운
눈으로 주변을 돌아보는데, 곤두선 긴장감이 전해져 왔다. 대
산 역시도 단운룡처럼 알 수 없는 불안감을 느끼고 있는 모양
이었다.

'너무 단순하다. 예상대로야. 이렇게 단순한 지형은 써먹기
가 어려운데……'

움직일 수 있는 경로가 다양해야 살아날 수 있는 확률도 높
아진다. 단운룡은 자연스럽게 도주로부터 찾고 있었다. 소마

군이라는 집단이 지닌 한계를 볼 때, 공격로보다는 퇴각로에
초점을 둘 수밖에 없었던 것이다.

그렇게 산을 넘었다.

태양이 중천에 이르고 있는 순간.

오원의 전사들은 쏟아지듯 산비탈을 내려가 넘쳐흐르는
홍수처럼 첫 번째 적진으로 돌진을 감행했다.

퍼얼럭! 둥둥둥둥둥둥!

군기가 펼쳐진다. 전투의 시작을 알리는 북소리는 장엄한
음악의 서두와도 같았다.

그것은 절정의 음악이었다.

오원에서 볼 수 있었던 모든 싸움들의 결정체나 다름이 없
었다. 오원 전사들의 돌진은 흘러내리는 다섯 개의 강물이다.
다섯 개의 노래다. 경포족, 아창족, 화니족, 납서족, 포랑족.
다섯 부족의 전사들이 달리고 있는 것을 보고 있자면, 터전을
잃은 자들의 슬픈 노랫소리가 귓전을 울리는 느낌이 든다.

"와아아아아아!"

마침내 터져 나오는 함성 소리.

함성 소리는 그 노랫가락을 극점으로 몰아가는 촉발제와
다름이 없었다. 적진의 목책을 부숴내는 소리는 두드리는 북
소리에 타악기의 강렬함을 더한다. 부딪치는 병장기의 쇳소
리는 찢어지는 고음으로 빚어내는 격한 울림이었다.

적진의 한가운데에 불을 지르니, 검은 연기가 하늘로 치솟

는다. 소리없이 올라가는 그 연기조차도 들을 수 없는 무성(無
聲)의 음역을 표현하는 듯하다. 적진의 함락까지 걸린 시간은
고작 반 시진, 맹획을 따르는 주력 부족인 이족(彝族) 전사들
의 피가 대지를 적셨다.

　그 거대한 악극(樂劇)의 다음 장은 곧바로 이어졌다.

　북소리가 잦아들고, 깃발의 움직임이 멈추었을 때.

　남쪽 대지를 흔드는 엄청난 울림이 있었다. 지축을 뒤덮는
말발굽 소리였다.

　"남쪽에 적병들이 접근하고 있습니다!"

　"기병들! 기병들입니다! 타가의 군사들입니다!!"

　멈춰졌던 전고가 새롭게 울려 퍼진다. 싸움의 흥분을 되살
린다. 전사들이 삽시간에 전열을 정비해 나갔다.

　"걱정하지 마라! 이번 싸움에서 저들은 우리의 대적이 아니
다!"

　마건위의 외침은 급변하는 선율을 의미했다.

　고조되었다가 꺾여서 내려오는 음성이다. 속도를 줄이며
멈추는 말발굽 소리가 변화하는 선율을 완벽하게 따라가고
있었다.

　"타가의 군사들을 원수로 둔 자! 타가의 군사들에게 땅을
빼앗긴 자! 이번만큼은 그 분노를 칼끝에 머물러두어라! 더
큰 것을 얻기 위해서다! 언젠가 그 분노를 더 크게 터뜨릴 날
을 위하여, 오늘은 참아야만 하는 것이다!!"

누구도 거부할 수 없다.

선봉에서 손을 휘두르며 주먹을 쥐는 마건위의 목소리는 절대적인 명령과도 같았다. 단운룡까지도 감탄을 금치 못할 정도였으니, 다른 전사들이야 말할 것도 없다. 모두가 멈출 수 없는 흐름에 휩쓸려 버렸다. 그 순간 마건위가 토해내는 언어들은 이미 인간 이상의 영역에서 들려오는 음성이라 해도 과언이 아니었다.

"기다려라! 우리는 거대한 승리를 위해 적들의 수괴와 손을 잡는다. 잊지 마라! 오직 승리를 위해서임을! 이번에 손을 잡는다 하여, 그들이 우리와 같지는 않다는 것을 결코 잊지 말아라!!"

마건위는 홀로 원마왕의 기병을 향해 걸어갔다.

회한평이 시작되는 곳.

삼백여 기마병의 앞으로 성큼성큼 걸어가는 마건위의 발길에 산천초목이 숨을 죽였다. 더욱더 격정적인 선율을 퍼뜨리기 위한, 폭풍 전야의 침묵이었다.

채애앵! 콰악!

적 기병들의 선두에는 기상이 출중한 젊은 장수가 있었다. 그가 장창을 빼 들어 땅바닥에 꽂았다. 그 바로 앞까지 걸어간 마건위는 기마의 대군을 전혀 두려워하지 않는 것 같았다.

젊은 장수, 나이만이 기마의 아래로 뛰어내렸다.

내미는 손에는 일시적인 동맹을 의미하는 작은 창날과 얇은 죽간이 들려 있었다. 그것을 받아 드는 마건위의 반대편 손에도 비슷한 것들이 들려 있다. 날을 없앤 단검의 손잡이와 역시나 얇은 죽간 하나가 그것이었다.

서로의 물건을 교환하는 그들은 상대방에게 아무런 말도 하지 않았다. 가식이 섞인 밝은 표정도 짓지 않았다. 적의를 감추지 않은 채 각자의 뜻만 확인한다. 고대의 전투, 옛이야기의 한 장면을 그대로 보여주는 듯했다.

푸르륵! 히히히히힝!

나이만이 말에 올라 말 머리를 돌리는 것으로, 숨죽였던 선율들이 되살아나기 시작한다.

회한평 저쪽, 회한산 기슭에 있는 첫 번째 진지와는 비교조차 할 수 없는 대규모 진영이 자리하고 있었다. 그곳을 향해 몰아치는 선율이었다.

"우리도 간다! 맹획의 졸개들에게 절망을 안겨주자! 그들에게 있어 다시없는 회한의 땅으로 만들고 말리라!"

진격이다.

용맹함을 자랑하는 원마왕 삼백 기병이 선봉으로 나서고, 숲을 달리던 오원의 전사들이 평원의 한쪽을 까마득하게 채워 나갔다.

"앞으로 나가지 마! 소마군의 임무는 어디까지나 후방 지원이다!"

노도와 같이 기세를 탄 전사들의 노랫소리는 소년들의 가

습속에도 똑같이 울리고 있었다. 뒤쪽이 그들의 자리임을 잘 알고 있으면서도, 자꾸만 앞으로 뛰쳐나가게 된다. 아무리 달려도 지칠 것 같지 않고, 어떤 적이 온다 해도 죽을 것 같지가 않다.

냉정함을 잃지 않은 것은 대산과 단운룡밖에 없었다.

소년들의 격정을 통제하려는 대산의 외침도 이 엄청난 격류 앞에서는 통하지 않는다. 비로소 진정한 하나가 되어버린 오원의 전사들에게 있어, 노소의 경계 따위는 없어져 버린 지 오래다. 소마군의 소년들도 이미 한 명의 전사들, 싸움의 선율은 그처럼 모든 사람들을 하나로 섞어버리고 있었던 것이다.

"원마왕의 기병이 적들의 방어벽을 무너뜨리고 나면, 만도병들은 우회하여 회한평의 서편을 노린다! 궁병들은 서쪽 언덕에 자리를 잡고, 연사를 준비하라!"

그들의 공격은 거침이 없었다.

회한평, 맹획의 대진영(大陣營)으로부터 수백 명의 이족 군사들이 쏟아져 나왔지만, 나이만이 이끄는 기병들의 위력은 믿을 수 없이 강했다.

순식간에 전열이 무너지고, 사상자가 속출했다. 어떤 방비도 소용없었을 정도로 강력한 급습이었다.

'질 수가 없는 싸움이다!'

단운룡은 회한평 싸움의 결말을 간단하게 예상할 수가 있었다. 적병들은 벌써부터 패색이 짙어 보였다. 기병들의 공격에 당황하는 기색이 역력했다. 기병들의 위력이 믿을 수 없는 수준이었다고 한다면, 우회해 들어가는 오원 전사들의 위력은 측량할 수 없는 지경에 이르러 있었다. 소수 정예로 절망적인 싸움만을 해왔던 그들이 마침내 이토록 거대한 흐름으로 뭉쳤다. 뿜어내는 군기만큼은 원마왕 기병들의 열 배에 달하는 듯했다.

콰콰쾅!

변변한 공성 병기조차 없었다. 그럼에도 목책이 부서지는 것은 순간이었다.

인해(人海)다. 분노의 해일이었다.

"가자! 맹획의 병사들을 도륙해라!!"

쉬쉬하면서 숨겨왔다지만, 오원 전사들은 이미 알고 있다.

무용 영감이 왜 미쳤는지.

약에 찌들어 정신이 나간 사람들이 왜 생겼는지.

전사들에게도 눈이 있고 귀가 있다.

그 모든 것은 맹획의 수작이다.

분노로 휘두르는 만도의 파공음이 악극의 이장을 살벌하게 달구었나.

"죽여라! 하나도 남김없이 죽여라!!"

누구도 그들의 무자비함을 탓할 수가 없다. 목책을 무너뜨리고 진영에 난입하는 오원 전사들은 그 안에 살아 숨 쉬는 생명들을 가리지 않고 몰살시켰다. 병사들의 외로움을 달래기 위한 창녀들도, 싸울 힘이 없어 잡일을 하는 노병들도 오원 전사들의 분노를 피해갈 수는 없었다.

태양이 하늘 높이 오르고, 서쪽으로 기울어져 간다. 초록빛 하늘 끝이 노란색으로 주황색으로 변해갈 때다. 회한평의 대진영 중심에 우뚝 선 누각이 불길에 휩싸였다. 거대한 악극의 종장(終章)을 의미하는 불길이었다.

대승이었다.

기병과 오원 전사들의 조합이 그렇게까지 대단한 위력을 발휘하게 되리라고는 누구도 예상하지 못한 듯했다.

맹획의 대진영에 주둔하고 있던 적 병력은 일천여 명에 달했었다. 전략적으로 굉장히 중요한 곳이었다는 반증이다. 그러한 일천여 병력이 한나절 만에 전멸이나 다름없는 피해를 입었다. 살아서 도망친 병사들은 손에 꼽을 정도다.

반면에 오원의 피해는 비할 데 없이 작았다. 맹획의 군사들이 몰살에 가까운 피해를 입는 동안, 오원 전사들의 사상자는 고작 이백 명도 되지 않았다.

물론 이백은 적은 수가 아니다. 오원의 입장에서는 이백 명도 크다.

하지만 적병들을 생각하면 그렇게 큰 손해라고 볼 수도 없었다. 더욱이 오원은 회한평이라는 요지를 점령하고 말았다.

그것까지 계산하고 보면 이 싸움에서 얻은 것은 그야말로 산출이 불가능할 정도로 크다 해도 과언이 아니었다.

'그 기병들은 달랐어. 타가의 정예병이 지닌 진정한 위력은 그와 같았던 것이다.'

기병들을 이끌던 장수가 최근 들어 유명해진 나이만이라는 것은 싸움이 끝난 후에나 들을 수 있었다. 그런 기병들은 이미 이 회한평에서 사라지고 없다. 전투가 끝나기가 무섭게 썰물처럼 회한평을 빠져나가 버렸던 것이다.

'그들의 창날이 우리를 향했더라면……'

기병들의 선전이 없었더라면 이렇게 압도적인 승리는 애초부터 불가능한 것이었다 할 수 있었다. 항상 적으로 만나던 놈들이 이 순간 대승의 기쁨을 누리게 해준 것이다. 하지만 그들이 안겨준 것은 승리의 환호이되, 무서운 경각심이기도 했다. 그들은 삼백이란 숫자로 무시 못할 전투력을 보여주었다. 그 삼백과 오원 전사 천이 부딪친다고 가정해 보아도, 어느 쪽이 이길지 장담할 수 없을 정도였다.

"그들이 우리를 도와준 이유가 무엇입니까?"

누군가가 물었다. 그 질문에 대답하는 마건위의 얼굴은 그럴듯한 비통함을 잘도 그려내고 있었다.

"거래를 했다. 원수와 손잡은 나를 탓하라. 그것만으로도 나는 오원에 씻을 수 없는 죄를 졌으니……."

"어떤 거래를 하셨기에……."

　모든 전사들의 이목이 마건위에게 집중된다. 마건위가 침통한 표정으로 대답했다.

　"그들은 우리에게 남산천(南山川) 일대의 경작지를 요구했다. 남산천 부근의 전답을 넘기면, 회한평을 얻도록 도와주겠다는 이야기였다."

　"남산천을 말입니까?"

　웅성거리는 전사들이다. 남산천 일대는 오원 최남단에 있는 땅으로서 비옥한 토양이 곳곳에 산재한 중지(重地)였다. 어찌 보면 회한평 못지않게 중요한 곳, 웅성거리는 사람들을 앞에 두고 마건위는 늙은 뱀으로서의 극적인 면모를 유감없이 보여주었다.

　"그들은 우리에게 남산천을 달라고 하였다! 그러나 내 묻겠다! 여기에 모인 오원 전사들이여! 남산천이 누구의 땅이었던가!!"

　쩌렁 울리는 외침에 전사들의 표정이 변한다. 이글거리는 불길, 마건위가 다시 한 번 외쳤다.

　"대답하라! 남산천이 누구의 대지였는가!!"

　"오원의 땅입니다!"

　누군가가 외친다. 마건위가 목소리를 높여 화답했다.

　"남산천은 오원의 땅이다! 그것을 누가 감히 넘보는가!"

　그가 주먹을 쥐고 하늘을 향해 울부짖는다. 누구도 범접할 수 없는 기개를 뽐내면서 커다란 울림을 터뜨렸다.

"남산천은 줄 수 없다! 우리는 회한평을 얻었고, 남산천도 주지 않는다! 오원의 전사들이여! 그들은 분노하고 절망할 것이다. 오원의 전사들이여! 분노하여 몰려오는 타가의 기병들을 막을 각오가 되어 있는가!!"

"물론입니다!"

모두가 외친다.

각오는 충분하다고.

오원은 오원의 대지를 누구에게도 빼앗기지 않겠다고 소리치고 있었다. 마건위가 품속에서 한 자루의 창날과 한 개의 얇은 죽간을 꺼내 들었다. 그가 허리춤에서 연검을 빼 든다. 그의 손이 놀라운 속도로 움직였다.

째애앵! 후두둑!

나이만에게 받았던 창날이다. 죽간이다.

그 두 개의 물건이 박살나 땅 위로 흩어졌다. 손을 잡았으되 절대로 타협하지 않는다. 그 강력한 의지를 모두에게 알리는, 또는 알리는 것처럼 보였던 그다. 마건위의 모습은 그처럼 많은 것을 드러내고 있으면서도 많은 것을 감추고 있었던 것이다.

"이번 싸움에서는 나설 기회가 많지 않았겠군."

"승리를 얻었으니, 달리 바랄 것은 없습니다."

마건위는 대산을 불렀다. 열아홉, 성년에 이른 대산의 앞에서 마건위는 인자한 미소를 지어 보였다.

"그동안 소마군을 맡고서 많은 고생을 했다. 벌써 오 년이다 되었던가?"

"사 년입니다."

"처음에는 오합지졸에도 미치지 못했던 소마군이었다. 지금에 와서 이처럼 잘 돌아가게 된 것은 전부 다 네 녀석의 공이라 할 수 있겠지."

"모두의 힘이었을 뿐입니다."

"그래. 다른 아이들도 기대 이상으로 자라주었어. 내 정말 흡족하기 짝이 없다."

"……."

대산은 대답하지 않았다. 마건위가 다시 한 번 웃으며 만족스런 얼굴로 물어왔다.

"지금 나이가 몇이지?"

"열아홉입니다."

"그렇군. 진정한 전사로 인정받을 때가 되었어."

대산은 비로소 올 것이 왔다는 느낌을 받았다. 나이가 차서 소마군을 떠나게 되는 때다. 며칠 전부터 계속되었던 불길한 예감은 바로 이것을 의미하는 것일지도 몰랐다.

"당장 어른들 틈에서 싸우게 되더라도 무리가 없겠지. 아니, 그 어떤 어른들보다도 출중한 실력을 보이게 될 것이야."

마건위의 탁한 목소리는 양털 가죽처럼 부드럽게 이어지

고 있었다. 방금 전 전사들의 앞에서 소리치던 것과는 전혀 다른 목소리였다.

"그렇기에 내 명하겠다. 너는 이 싸움을 마지막으로 더 이상 소마군이 아니다. 어엿한 한 사람의 전사다. 한 사람의 전사일 뿐 아니라, 앞으로 더 큰 책임을 지니게 될 것이다."

"더 큰 책임이라니, 무슨 말씀이십니까."

"내 너를 전투 부대의 대장으로 임명하겠다. 투입되는 것은 바로 다음 싸움부터다. 전투원 이십 명에서 삼십 명까지, 전사들의 목숨이 네 손에 달렸다는 뜻이다."

"대장을……."

대산은 놀랐다. 언젠가는 당연히 그렇게 되리라 생각했지만, 대장까지 맡긴다는 것은 예상 밖의 일이었다. 대산은 아직 어리기 때문이다. 젊다기보다는 어리다는 표현이 어울리는 나이였다.

"네가 대장이 된다 하여 불만을 가지는 전사들은 한 명도 없을 것이다. 너는 이미 충분하게 네 능력을 입증했다. 특히 그 전투력은 어떤 전사들 이상이라 해도 과언이 아닐 것이라 생각하고 있다."

가슴이 벅찬 일이다. 하지만 동시에 가슴이 답답한 일이기도 하다.

떨치기 힘든 우려가 함께하는 까닭이다.

그 우려의 대상은 다른 것이 아니었다. 소마군이다. 자신이 없는 소마군을 생각할 때면 언제나 불안감이 엄습하곤 했다.

'아니다. 지금은 괜찮다. 소마군엔 그 녀석이 있으니까.'

대산은 억지로 마음을 다잡았다.

소마군, 그 위로 올라가는 것은 늘상 고대해 왔던 일이다. 빠르냐 늦느냐의 차이만 있을 뿐, 반드시 위로 올라가도록 예정되어 있었던 일이지 않았던가.

"무슨 이야기인지 알겠지? 설마하니 준비가 안 된 것인가?"

"그렇지 않습니다. 준비라면 예전부터 되어 있었습니다."

대산의 대답은 스스로의 마음에 하는 다짐과도 같았다.

더 이상 미적거리고 있을 이유가 없다.

소마군을 떠나야 한다면 지금이다. 지금이 옳다. 더 높은 곳으로 가기 위해서는 스스로를 둘러싸고 있던 틀을 과감하게 깨부술 필요가 있었다.

"준비가 되어 있다니, 역시 네 녀석은 나를 실망시키지 않는구나. 다만, 아직 한 가지가 남아 있다. 이 싸움은 끝나지 않았어. 너는 소마군을 이끌고 마지막 임무를 하나 더 완수해야만 한다."

"마지막 임무라고 하셨습니까?"

"그렇다. 소마군으로서의 마지막 임무다."

"어떤 임무이지요?"

"우리는 회한평을 점령하기 위해 대군을 동원했다. 그로

인해 오원의 방어 병력에는 커다란 공백이 생겨 버린 상태지. 따라서 우리는 즉각 삼백여 병력을 오원으로 회군시켜야만 한다. 그 공백을 하루빨리 메워야 하기 때문이다."

"소마군의 역할은 무엇입니까."

"삼백여 회군 병력에는 거동이 어려운 부상자들이 대거 포함되어 있다. 소마군의 지원이 필요하다는 이야기다. 소마군 전원이 움직여야 할 거야. 소마군을 이곳에 데려온 것도 애초부터 그런 것을 염두에 둔 일이었으니 말이다."

"그렇군요. 준비를 서둘러야 하겠습니다."

"알아듣는 것이 빨라서 좋다. 부상자들은 이미 회군 준비에 들어가 있다. 만도병 백여 명과 궁병 백 명은 벌써부터 준비가 끝난 상태지. 소마군만 준비가 되면 금방이라도 출발할 수가 있을 것이다."

"알겠습니다."

"반 시진 정도면 충분하겠지?"

"물론입니다."

"아, 그리고 소마군의 이번 임무는 회군 병력에 대한 지원만이 아니다."

"또 있습니까?"

"그래. 승전보를 전해야 할 것 아니냐. 전례없는 대승의 소식을 말이다."

"그것이라면 문제없지요. 잊지 않고 전하도록 하겠습니다."

마건위의 웃음을 뒤로하고 대산은 회한평 점령지의 막사를 나왔다.

홀로 남은 마건위다.

만면에 떠올라 있던 웃음이 지워지는 것은 순간이었다. 그가 아무에게도 들리지 않을 만큼 나지막한 목소리로 중얼거렸다.

"잘 가거라. 무운을 빌겠다."

음험한 눈빛, 불길함의 실체를 예고하는 광채가 늙은 뱀의 두 눈을 가득 채우고 있었다.

"서둘러! 우리는 오원으로 돌아간다."

"돌아간다고?"

"당장 출발이다. 회군 병력을 지원하는 임무를 맡았다."

"지금 당장? 이제 곧 밤이 온다구!"

"언제 우리가 밤낮을 가린 적이 있었나?"

"전투가 끝난 지 얼마 되지도 않았는데."

"어차피 싸워보지도 못하지 않았더냐. 이번 싸움에서는 우리가 설 자리가 처음부터 없었다."

"결국은 들러리였다는 거잖아."

"정확하다. 들러리라도 어쩔 수 없다. 명령을 받았으니 서두를 수밖에."

불만을 이야기하는 흑로다. 하지만 대산은 단호했다. 통하

지 않을 불만이라는 것을 깨달은 흑로는 더 이상 토를 달지
않았다.

"꼭 지금 가야 되는 거야?"

질문은 다른 목소리로 이어졌다. 흑로의 눈이 날카롭게 변
했다. 그 목소리의 주인이 단운룡이었던 까닭이다.

"그래, 지금 가야 한다."

"감이 안 좋지 않아?"

단운룡이 다시 한 번 물었다. 그러자 흑로가 한 발짝 나서
며 두 눈을 날카롭게 치떴다.

"그만 해라. 두목이 가야 한다면 가야지, 말이 많다."

두목의 말에 불만을 터뜨릴 수 있는 것. 그것은 흑로만의
특권이다.

흑로만이 할 수 있고, 흑로만이 나눌 수 있다. 단운룡이 나
설 일이 아니라는 듯한 태도가 흑로의 얼굴 전체에 드러나고
있었다.

"흑로, 그만 해라. 그리고 운룡, 감이 안 좋은 것은 아마도
다른 이유 때문일 거다. 그것에 대해서는 오원에 돌아가서 차
차 말해주도록 하마."

대산은 가벼운 어투로 말했다.

감이란 것을 그토록 확고하게 믿어왔으면서도.

아니, 그렇게 믿어왔던 감이기에 더욱더 간과하게 되었는
지도 모른다. 그것을 소마군을 떠나게 되어서라고 굳게 믿어

버렸으니 말이다. 엄습하는 위험스러운 느낌을 다른 것으로 잘못 생각할 만큼, 소마군을 떠나게 된다는 것이 대산에게 있어서도 보통 일이 아니었을 따름이었다.

"다 되었으면 출발하자."

소마군의 준비는 오래 걸리지 않았다.

급박한 이동에 익숙한 소년들이다. 행낭 하나 포대 하나 둘러메면 그만이다. 실어왔던 식량도 대부분을 이곳에 놓고 간다 하였으니, 따로 챙길 만한 것은 부상자들을 실어 나를 수레들밖에 없었다.

부상자들을 옮기는 데 또다시 반 시진.

소마군과 어른들이 회한평을 가로지르기 시작한 것은 핏빛과도 같은 노을이 서쪽 하늘을 하나 가득 물들이고 있을 때였다. 만도병 오십 명과 궁병 오십 명이 선발대로 속도를 내어 평원 저편으로 사라지고 나니, 전투의 흔적이 가득한 대지를 밟아나가는 것은 백여 명의 전사들과 백여 명의 부상자들, 그리고 오십 명의 소마군 소년들뿐이었다.

'속도가 무척 느리다.'

부상자들을 이끌고 가려니 어쩔 수가 없다. 불과 몇 시진 전, 이 땅 전체를 노도와 같이 진격했던 일들이 며칠 전의 일처럼 느껴졌다.

"무슨 소리 안 들려?"

단운룡은 자꾸만 뒤쪽을 돌아보는 중이었다.

느리지만 꾸역꾸역 앞으로 나가고 있자니, 어느새 회한평의 진영이 까마득한 곳까지 이르렀다. 태양은 이제 그 반쪽을 땅바닥 밑으로 들이민 상태였고, 동쪽에서는 어스름한 만월이 하늘 위로 한참이나 솟아올라 있었다.

"아무 소리도 안 들린다. 대체 왜 그러는 거야?"

소봉이 단운룡의 어깨를 툭 치면서 말했다. 소봉의 얼굴은 대낮의 승리 때문인지 잔뜩 들떠 있는 것처럼 보였다. 몇 달 전부터 하고 다니는 조악한 귀고리를 만지작거리면서 콧노래까지 흥얼거리고 있었다.

"별일은 아니야. 이상한 소리가 들리는 것 같아서."

"이상한 소리는 무슨! 제발 그만둬라. 네놈이 그런 소리를 하면 일단 겁부터 난다."

소봉이 과장된 몸짓을 하며 너스레를 떨었다. 단운룡이 이런 식으로 이야기한 다음에는 반드시 무슨 일이 생긴다. 가장 가벼운 것이 살 떨리는 도주요, 십중팔구는 뼈아픈 고초다. 긴장할 수밖에 없는 이유였다.

"일단 산으로 들어가야 한다. 이곳은 노출되기가 쉽다."

대산이 재촉했다. 어차피 큰 의미는 없는 재촉이었다.

이곳은 탁 트인 평원이다. 이쪽의 위치는 처음부터 줄곧 환하게 노출되어 있는 상태였다. 주변에 적이 있었다고 한다면, 이제 와서 서둘러 보았자 별반 소용이 없는 일이었다.

일이 시작된 것은 산기슭에도 채 접어들기 전이었다.

은은하게 들려오는 말발굽 소리가 단운룡의 귓전을 파고들었다. 귀가 밝은 몇몇 전사와 소년들도 그것을 느낀 듯 뒤쪽으로 고개를 돌리고 있었다.

'안 좋은 예감이란, 한 번쯤 틀려줘도 좋은 것이련만……!'

말발굽 소리가 점점 더 가까워지고 있었다.

모두의 안색이 변했다. 말발굽 소리는 불길함의 상징이다. 대낮에는 같은 편이었지만 그것은 어디까지나 이례적인 일이었다. 마건위의 말마따나 손을 잡았다고는 해도 잠시였을 뿐이다. 타가의 기병들과 오원의 전사들은 물과 기름처럼 절대로 섞일 수가 없는 사이였음을 너무나 잘 알고 있었다.

"온다! 적습이다!"

어른들은 그들을 적이라 칭하길 주저하지 않았다. 깔려오는 어둠 저편, 검은 그림자들이 나타나고 있다. 기마를 탄 병사들이다. 원마왕 타가의 군대, 오늘 낮에 보았던 기병들이었다.

"부상자들을 먼저 산 쪽으로 옮긴다! 소마군부터 움직여라!! 서둘러!!"

만도병대를 지휘하던 전사 하나가 신속하게 지시를 내렸다. 잠시 당황하는 듯했던 소년들이 일사불란한 움직임을 시작했다. 도주에는 이력이 난 그들이었다.

소년들이 수레를 끌고 산비탈을 올라가는 와중이다. 대산이 달려와 단운룡에게 소리쳤다.

"먼저 움직여라! 운룡, 아이들을 맡아라! 나는 이곳에서 적
들의 선봉을 막겠다!"

"아니야! 아이들의 지휘는 두목이 해!"

"뭐라고?"

"여기엔 내가 있겠어! 도주하는 아이들에겐 두목이 있어야
만 해! 그쪽에도 매복이 있을 거야!!"

어째서 그런 말이 나왔는지 스스로도 알 수가 없다.

그래야만 한다는 느낌이다. 틀림없다. 산 쪽은 위험하다.
소년들에겐 강한 사람이 있어야 한다. 마음속의 목소리. 머릿
속에 들려오는 강력한 명령과도 같았다.

"빨리 가! 두목! 도주는 험할 거야! 나로는 안 돼!!"

산 쪽의 도주는 대산이 이끌어야만 한다.

번뜩이는 예감이 그렇게 말해주고 있었다.

대산이 강렬한 눈빛으로 단운룡을 바라보았다. 물러나지 않
는 단운룡의 눈빛에 결국 대산의 고개가 끄덕여지고 말았다.

"알았다! 네 녀석 말을 믿어보지! 아이들은 내가 이끌겠다."

"죽지 마. 뭐가 있더라도!"

"네 녀석이야말로!"

대산이 힘있는 목소리로 말했다. 곧바로 몸을 돌려 흑로 쪽
으로 달려간다. 여전한 흑로, 대산을 바라보는 흑로의 얼굴은
역시나 기분 나쁘다는 표정으로 가득 차 있었다.

'이번에는 어쩔 수가 없었어.'

어차피 누군가는 남아야 하는 일이다.

상황이 돌아가는 것을 확인해야 했기 때문이다. 그래야만 다시 합류했을 때, 더 좋은 방향으로 움직일 수 있다.

언젠가부터 자연스럽게 굳어진 방식이다. 전투를 수행하며 전황을 파악하는 소년이 있고, 도주를 지휘하는 소년이 있다. 대산이 주로 전자를 맡아왔다면, 단운룡은 후자다. 그들이 맞추어온 교감이 곧, 소마군의 생존 비결이라 할 수 있었다.

"속도를 줄이고 있다. 왜 저러지?"

누군가의 목소리다.

단운룡이 고개를 돌려 달려오는 기마병들을 바라보았다.

말 그대로였다. 기병들의 속도가 느려지고 있다. 급기야는 하나둘 멈추기 시작하더니, 십 장여 간격 앞에서 대열을 맞추었다. 곧바로 짓쳐들 생각이 전혀 없는 것처럼 보였다.

"신경 쓰지 말고 움직여라! 계속 가!"

기병들의 변화.

소년들을 이끌고 있던 대산은 조금도 흔들리지 않았다.

대산의 목소리가 산비탈을 울린다. 속도를 줄이고 멈춰 선다고 해서 공격해 오지 않으리라는 보장은 어디에도 없다.

역시 대산이다. 대산을 보낸 것은 틀림없이 옳은 선택이었다.

"내가 가보겠다, 무슨 일인지."

멈추어 선 기병들이 앞에 있다. 나선 것은 만도병대의 대장이었다.

진용을 갖춘 기병들.

대장이 앞으로 걸어간다.

아까와 비슷하면서도 어딘지 모르게 다른 광경이다. 기병들의 숫자가 훨씬 적어서인지도 모른다. 기껏해야 오십 기 정도밖에 안 되는 것 같았다.

"무슨 일인가!!"

대장의 목소리가 어두운 평원을 갈랐다. 하지만 기병들 쪽에서는 대답이 없었다.

구름처럼 피어오르는 긴장감이다.

기병들을 살피던 단운룡의 눈에 기광이 맴돌았다.

'나이만이라 했지? 그자가 없다!'

적들을 지휘하고 있는 자는 나이만이 아니라 다른 사람으로 보였다.

어둡지만 알 수 있다.

나이만이란 자는 놀라운 기세를 뿜내는 자였다. 어디에 있어도 단숨에 알아볼 수 있을 정도다. 하지만 이들 중에는 그와 같은 기도를 지닌 자가 없었다. 강해 보이긴 하지만, 나이만에 비해서는 훨씬 뒤떨어지는 자, 커다란 철곤을 비껴 멘 자가 선두에 있을 뿐이었다.

'나이만이 없다면……'

단운룡이 고개를 돌려 산비탈 쪽을 바라보았다. 수레들을 끌고 깜깜한 숲으로 들어가고 있는 소년들의 뒷모습이 보였다.

산 쪽에서 느껴지는 암울한 기운이 자꾸만 마음속을 찌른다.

산으로는 가고 싶지 않다. 숲에는 들어가고 싶지 않았다.

'설마… 저쪽에 있는 것인가……?'

단운룡은 고개를 저었다.

그럴 리 없었다. 그래서는 안 되는 일이었다.

나이만이 저쪽에 있다면, 대산을 대신 죽으라 보낸 것밖에 안 되는 까닭이었다.

'아니다. 진정해. 마음을 가라앉히자.'

단운룡은 치솟는 불안감을 억지로 눌러놓았다.

지금은 그런 불길함에 굴복당할 때가 아니다. 당장 일어나는 일에 집중할 때였다.

다시 고개를 돌려 평원 쪽을 보았다.

대장의 뒷모습이 거기 있다.

아까 한낮의 마건위처럼. 적들의 바로 앞까지 당도한 상태였다.

"무슨 일로 이곳까지 돌아왔는지, 어서 말하라!"

그의 목소리가 또 한 번 평원 위에 울려 퍼졌다.

푸륵. 푸르륵.

정적을 깨는 것이라고는 기마들의 투레질 소리밖에 없었다.

긴장감을 고조시키는 소리다.

잠시의 침묵도 영원 같은 시간이 지난 후, 돌아오는 대답이 있었다. 서툰 한어, 선두에 선 자의 목소리였다.

"잊은 것이 있어서 왔다."

"잊은 것? 그것이 무엇인가?"

단운룡은 피부로 느꼈다. 참고 있던 것이 터져 나오는 느낌. 커다랗게 부풀어 올라 터져 버리는 불길함이었다.

"무엇이냐고?"

'안 돼!'

단운룡은 목구멍까지 올라온 외침을 삼켰다. 외쳤다 해도 이미 늦었다. 거친 대답이 무서운 일격과 함께 돌아오고 이었다.

"네놈들의 목숨이다!"

말이 다 끝나기도 전이다.

기마가 달려든 것은 순간이었다. 커다란 곤봉이 단숨에 휘둘러 내려쳐졌다.

쐐액! 투학!

대장은 아무런 대응도 하지 못했다. 통째로 박살나 흩어지는 핏물과 머리뼈만이 그들 앞에 닥쳐오는 현실일 따름이었다.

"가라! 놈들을 남김없이 죽여라!"

다음은 북방어다. 날카롭게 터져 나오는 원제국의 언어였다.

두두두두두두!

기마들의 움직임이 재개되고 있었다. 그들 앞에 있는 것은 한순간에 대장을 잃어버린 오원의 전사들. 갑작스런 사태에 대응할 방법조차 찾지 못한 그들이었다.

‘이것은 정말 위험하다!’

단운룡의 눈이 가볍게 흔들렸다.

위험을 예감하고 있었으면서도 피해가지 못했다. 아니, 피해갈 수가 없었다. 이렇게 될 수밖에 없도록 예정되어 있었던 듯한 느낌이 머릿속을 스쳐 지나갔다.

『천잠비룡포』 2권 끝

― 한백무림서의 무림 세계.

팔황과 사패, 그 첨예하면서도 은밀했던 대립.

다음은 '무당마검'과 '화산질풍검'에서도 언급이 되었던 사패 라는 말에 대한 간략한 설명이다.

한백무림서의 11가지 이야기는 기본적으로 같은 세계관을 공유하고 있으므로, 각 이야기의 내용 전개는 결국은 이 사패와 팔황의 대립 체계에서 그 근원을 찾아볼 수 있을 것이다.

사패(四霸), 네 사람의 패주를 뜻하는 말이기도 하지만, 일단 은 한백무림서 이전 시대에 있었던 네 개의 강대 세력을 의미하 는 것으로 보는 편이 옳겠다.

그 네 개의 강대 세력은 다음과 같다.

천하제일을 원했던 무적진가(無敵震家).

천하제패를 꿈꾸었던 천룡회(天龍會).

세상을 바꾸고자 했던 전륜회(轉輪會).

반원의 기치하에 살업을 행하던 입정의협살문(立正義俠殺門).

이들이 활약했던 시기는 원나라 말기를 기본으로 한다.

몽골 초원의 기마 민족들이 중원을 제패한 때, 원제국은 무림에 대한 강력한 탄압정책을 펴고 있었다. 수많은 문파들이 당송시대의 성세를 잃어버렸으며, 수많은 명가들이 몰락의 길을 걸었던 암울한 시대다. 구파일방은 그 전통으로 인하여 다른 어떤 문파들보다도 관가의 집중적인 견제를 받게 되었으며 결국은 겨우겨우 명맥만을 이어가는 상황이 이어지게 되었다.

그와 같은 공백의 시대.

홀연히 일어난 네 개의 문파가 그들 사패다.

그들에겐 구파일방과 같은 뿌리깊은 전통이 없었지만, 넘치는 젊음과 패기가 함께하고 있었다. 하지만 공백의 시대가 키워낸 것은 사패들뿐이 아니었다. 어둠 속에서 자라나던 여덟 개의 문파들이 있었으니, 그들이 곧 팔황이다.

원말의 결정적인 혼란기.

팔황이란 출신과 성분, 수단과 방법을 가리지 않았던 문파들이다. 제국의 세력가들과 손을 잡은 자들도 있었고, 무림문파 탄압에 있어 제국의 첨병이 되었던 문파들도 있었다.

그들은 무림의 깊은 곳에서 암중에 세력을 키워왔으며, 각자 패업을 다투던 네 개의 문파들과 필연적이자 운명적인 싸움을 하게 된다.

　세상으로 솟구쳐 오른 수많은 문파들이 서로 부딪치며 경쟁
하기 시작했으니, 그것이야말로 시대가 저물어가는 혼란의 절정.
'명'이라는 새로운 제국이 탄생하기까지 이어졌던 그 암투와
사투의 기록이 사패 시절의 격전이라 할 수 있을 것이다.

　북뢰왕 무적진가 천뢰공 진무혼.
　남법왕 전륜회주 전륜법왕 공선.
　동천왕 천룡회주 천룡대제 철위강.
　서패왕 입정의협살문주 협제 소연신.

　이와 같은 사패의 이름들을 보여 드리는 가장 근본적인 이유
는 다른 것이 아니다.
　천잠비룡황, 단운룡의 진전은 결국 이들 중 하나에서 비롯된
것이기 때문이다.

　그 실체와 그 무공, 단운룡의 도약은 다음 3권에서 엿보실 수
있을 것입니다. 기대해 주십시오.